中公文庫

エージェント

巡査長 真行寺弘道

榎本憲男

中央公論新社

目次

登場人物

真行寺弘道……警視庁刑事部捜査第一課　巡査長
小柳浩太郎……令和新党党首　衆院議員
北村健一……右翼団体構成員
桑原ミカ……痴漢事件の被害者
豊崎巧……スカイ・プレイヤー社長
手島一夫……スカイ・プレイヤー社員
水野玲子……警視庁刑事部捜査第一課　課長　警視
家入……新宿署　刑事課　警部補
加古……新宿署　刑事課　課長
諏訪悟……焼肉屋の客
篠田豊……焼肉屋の客　諏訪の同僚
森園みのる……真行寺宅の居候　ミュージシャン
白石サラン……ワルキューレ社長　森園のガールフレンド
黒木（ボビー）……ハッカー
朴泰明……ソフト・キングダム社長
中町猛……経済産業省　課長

戸埜村正隆……総務省　課長
尾関幸恵……衆院議員
喜安……首都新聞　記者
前畑由衣……桑原の友人
芳原……ソフト・キングダム社員
カーリー・フィリップス……アメリカのミュージシャン

エージェント

巡査長　真行寺弘道

X　罠

「悪かった」

初老の男は言った。

「どういうことだ」

鋭く反問するその声はうわずり、息もあがっていた。

「まんまとはめられた。おびき出されたんだ」

上着の内側に入れた手が引き抜かれた時、そこにはリボルバーが握られていた。三十過ぎと見られる男の目が見開いた。

「おい、多勢に無勢だぞ」

その声は震えていた。

「じゃあ両手を挙げて出て行くか。向こうはおそらくここで始末するつもりだ」

「そんなばかな」

「ここだと人目につかないからな。お誂《あつら》え向《む》きなんだよ」

「いったい、なにが起こっているんだ」

「すべて白状したんだろう。そこでやってきたのがあの連中だ」

初老の男は、シリンダーをスイングアウトさせて、銃弾が充塡《じゅうてん》されているのを確認した。

「よせ。そんなもの使ったらいよいよ収拾がつかなくなるぞ」

「とにかく、走れ」

「おい、冗談を言っている場合か」

「できればしたいよ、冗談にな」

撃鉄《げきてつ》を引いて、そして叫んだ。

「走れ！」

1　時代は変わる？

へんな夢を見て、未明《みめい》にいちど目を覚ました。振り込みましたよ、確認してくださいねと女の声に促《うなが》され、ＡＴＭに通帳を吸い込ませて、〈記帳〉のボタンを押してから、機械音のあとで吐き出された預金通帳を開いたけれど、記載されたはずの数字はうねうねと動いてうまく読めない。目をこらして凝視すればするほど、数字はにじむようにかすむように揺れて、近づいたり、遠ざかったりしながら、その線を明瞭にしなかった。おまけに数字の横に漂っている記号が¥なのか£なのか$なのか€なのかはたまた₣なのか判然としない。だんだんと腹が立ってきて、もうどうでもかまうもんかとパタンと閉じたら、目が覚めた。喉《のど》が渇いていることに気がついたが、キッチンへ立つのが面倒で、そのまま毛布を掛けてまた眠った。

次に目を覚ましたときには、すっかり明るくなっていた。

自室を出ると、しんとしていた。キッチンのテーブルには「七時にワルキューレの名前で予約しています」とサランの字で書き置きがあった。その下に店の名前と住所が添えてある。森園《もりぞの》もきっと一緒に出たのだろう。そう気がついた時、ひとりの家に静けさが染み入った。真行寺弘道《しんぎょうじひろみち》はこのひさかたぶりの孤独な時間を歓迎した。

それで、湯を沸かして卵を茹《ゆ》で、ベーコンを炒《いた》め、パンを軽く炙《あぶ》ってからバターを塗り、サンドウィッチをこしらえた。

冷蔵庫からアイスコーヒーのパックを取ってグラスに注ぐと、それらをトレイに載せてリビングに運び、低いテーブルに置いた。ひとつつまみ、ソファーに半身を沈め、ひとくち囓《かじ》って、「うまい」と言った。我ながらうまくできた。マッシャーでゆで卵をつぶす際にマヨネーズにマスタードを垂らした、その加減がよかったな、と満足しつつ、真行寺は空いた手でスマホを操作した。

目の前のスピーカーから拍手が流れてきた。グレイトフル・デッドのライヴ盤『Without a Net』。ＣＤで買い直したものをＨＤＤにデジタルコピーして、Raspberry Pi という小さなコンピュータで鳴らしている。両手がふさがっている時にはデジタルオーディオは面倒がなく、音は素直でクリアで、実にいい。

不思議なバンドである。ロックバンドにとってコンサートツアーが新譜のセールスプロモーションにすぎなくなってからも、グレイトフル・デッドはコンサートに注力した。同じツアーの間でも、セットリストを日ごとに書き換え、同じ曲であっても大胆にアレンジを変えた。そのせいか、レコードセールスではさほど大きな成果を残さなかったけれど、多くのファンがツアーバスを追いかけて一緒に移動し、コンサート会場はいつも熱気に包まれていたらしい。

ロックコンサートと言えば、録音機を持ち込んでないかを調べるために、係員が会場入口で入場者のバッグの中をのぞき込むようになってからもうずいぶん経《た》つ。真行寺は会場に足を運ぶたびに、こんな甘いチェックで録音機など発見できるのだろうかと怪しんでいる。そういえば、レッド・ツェッペリンのマネージャーは、演奏中に、こっそり録音している者を見つけたら、手当たり次第に殴っていたそうだ。しかも叩《たた》き込《こ》まれるのは元プロレスラーの鉄拳だからたまったもんじゃない。

グレイトフル・デッドはファンが会場にカセットデッキを持ち込んで、録音するのを認めていた。黙認ではなく奨励していたと言っていい。録音機を持った連中に、専用の席を設けてさえいたようだ。そして、ライヴの模様を収めたテープをファンどうしで交換するのもオーケーだった。グレイトフル・デッドにとって、ファンは自分たちの仲間であり、グレイトフル・デッドという共同体の成員だった。彼らは〝デッドヘッズ〟と呼ばれた。

だからだろうか、このバンドには、社会からコースアウトしたヒッピーたちが焚《た》く香のような、奇《あや》しい香りが漂っている。それは商業音楽のメインストリームからコースアウトした移動集団《バンド》にふさわしい匂いだ。もっとも、金に頓着《とんちゃく》しないように見えて、意外なことになかなか稼いでいたらしいのだが。

——金か。なぜ預金通帳の夢なんか見たんだろう。公務員の真行寺は、難病を患ったり怪しげな投機に手を出さなければ、食うには困らぬ身分である。ここのところ、サランと森園の会社のワルキューレが開店休業状態だから、自分でも気がつかないうちにそのことを気にかけていたのだろうか。サンドウィッチを平らげ、アイスコーヒーを飲み干し、空になったグラスと皿を手に、真行寺は立ち上がった。

台所に入り、ダイニングテーブルの脇を横切った時、サランが残した書き置きの下から封筒の角《かど》が覗《のぞ》いていた。つまみ出すと、投票所入場券である。今日は衆参同日選挙の投票日だと思い出した。

グラスにアイスコーヒーを満たし、キッチンのテーブルに着いて、頬杖《ほおづえ》をついて考えた。かったるいな、と思った。七時に新宿《しんじゅく》なら、五時には支度してここを出なければならない。投票に行くのなら四時頃から動いたほうがいい。今日は日がな一日、好きな曲を聴いて家でダラダラしていたかった。しかし、いい大人が選挙に行かないというのもだらしない。選挙なんて行っても行かなくても同じだというほど性格がねじけているわけではない真行寺は、結局グレイトフル・デッドのTシャツにデニムのジャケットを羽織って自転車で出かけた。

投票所になっている小学校へ行き、入場券と引き換えに用紙を受け取り、壁と仕切り板で三方を囲まれたちいさなテーブルの前に立って、目前に掲示されている候補者の名前を見た時、誰がどういうことを公約しているのかも知らないでここに来たことに気がついて、我ながら情けなくなった。しかし、こうなってはもう出直すわけにもいかず、真行寺は適当な人名と政党名を書いて、妙にむなしい気持ちになって出た。

靴脱ぎ場を抜けて、太陽の下へ出たとき、〝取材〟の腕章をつけてバインダーボードを抱えた男が、幼児を連れた若いカップルを前に訊《き》いていた。その前を横切るとき、「令和《れいわ》」という単語が聞こえた。真行寺の視界の片隅で、腕章の男がなるほどとうなずいて、ペンを走らせるのが見えた。

五月の改元は、まるで正月が二度来たような異様な盛り上がりを見せた。新元号の発表の場で「令和」の額《がく》を掲げた官房長官の人気までもが上昇し、大型連休の中に組み込んだ改元の盛り上がりは、下降気味だった政権支持率を押し戻した。もっとも、振り返って考えてみると、改元のタイミングを五月一日に持ってきたのは、考え抜かれた戦略であった気がする。祭りを立ち上げ、盛り上げ、国民にはややこしいことは考えさせないようにし、新元号で日本人であるという精神的な結束を固めておいて、北朝鮮・韓国・中国などの脅威をさりげなくすり込みつつ、改憲の足がかりとする胸算用だったにちがいない。そして、それはとてもうまく進行しているように思われた。しかし、政権与党にとっては、令和フィーバーに便乗されたというか、乗っ取られたとでも言うほかない事件が起きた。

ひとりの若い議員が離党し、新党を立ち上げたのである。

政党名は「令和新党《れいわしんとう》」であった。党の代表が、若く、女性を中心にたいへん人気のある二枚目の議員だったから、その若さと新しい時代の到来がみずみずしく調和して、政権側にとっては、もののみごとに祝儀をかすめ取られたような按配《あんばい》となった。

小柳浩太郎《こやなぎこうたろう》議員は、新しい時代の旗手をうまく演じて新党を立ち上げた。けれど、このような大胆な行動に出るまでは、確かに人気はあるものの、いまひとつなにがやりたいのかよくわからない政治家だった。党内では確実な議席確保の要員、不祥事があった場合に清涼なイメージを散布する清掃担当くらいの存在にすぎなかった。その一方、なにせ面構《つらがま》えがたいそういいのでマスコミに受けがよく、目立つ存在だったので、次の内閣では環境大臣あたりで入閣させるのではないかとも噂《うわさ》されていた。それだけに、選挙目前の離党と新党設立には誰もが驚いた。しかし、その商魂たくましい政党名の戦略的意図はじゅうぶん理解できるものの、肝心の綱領を読んでも、令和新党が目指すところはいまひとつ見えてこなかった。

もうひとり〝令和〟を掲げて政治団体を立ち上げた政治家がいた。俳優から参議院議員に転身した山元次郎《やまもとじろう》である。団体名は「令和一揆《れいわいっき》」。こちらの目指すところは明白だ。最低賃金のアップ、ベーシックインカム、富裕層からの徴税強化、ローン地獄と化している奨学金から学生を救済する等々。つまるところ、格差是正と弱者救済が政策目標である。

もっとも、この選挙戦で、テレビ局のカメラが追いかけたのはほとんど小柳浩太郎だけだった。総理大臣まで務めた自民党《じみんとう》議員を父に持つ無派閥議員の離党と新党旗揚げにメディアはダイナミックな物語を嗅《か》ぎつけ、山元次郎の令和一揆を見捨てて、ひたすら小柳を追った。カメラの前で小柳はその端整な顔を引き締め、じっとレンズを見つめながら、しかしたいして内容のないことをやたらと重々しく語った。そう、小柳の口からはありきたりな政権批判以外はなにも語られなかったのである。

サドルの上で夏の名残が残る夕風を受けながら、駅までの坂を自転車で駆け下りた。高尾《たかお》駅からの始発に乗って、新宿で降りた。ディスクユニオンに寄って何枚か漁《あさ》りたかったが、時間がないので諦《あきら》めた。

——それでも結局、比例では令和新党と書いたんだよな、俺は。

そう苦笑まじりに思い出しつつひと駅歩いて、新大久保《しんおおくぼ》に向かった。なにかが変わるべきなのだ、と思った。やはり令和新党に期待したい気持ちは自分にもあったのである。目的地に到着し、幸楽庵《こうらくあん》と書かれたガラス戸を開けた。

サランだけが座敷に座っていた。

「森園は」と真行寺が訊いた。

「先に行ってろって」

「なんでまた」

「プレゼントを取りに行くんだって言ってました」

「そうか、誕生日おめでとう」腰を下ろし、テーブルの下に足を入れながら真行寺は言った。

「いくつになったんだっけ」

「二十二です」

その若い数字は息が漏れるほど眩《まぶ》しかった。

「ため息なんかつかないでくださいよ」とサランが笑った。

「いやまあ、それでさ、なにを渡そうか悩んだんだけど、この年齢《とし》になると若い子の誕生日にふさわしいものなんてわからないし、変なものあげて気味悪がられるのも切ないしな」

なんですか気味悪がるようなものって、とサランが言った。まあじっくり考えるとどことなくいやらしい気がするようなものだよ、と真行寺が真面目《まじめ》な顔で言うと、いやだあそんなの、とサランはまた笑った。

「いいですよ、そんな気を遣《つか》ってくれなくても。いつもお世話になっているんだから」

「そう言うと思った。けど取っときなよ、半分は、閑古鳥が鳴いてるワルキューレへのカンパみたいなもんだ」

「すいません」

「謝ることはないさ。というわけで、そっちが都合よく使えるようなもののほうがいいと思うんだけど、商品券ってのはどうだろう」

「デパートなんかで使えるやつですか」

「確かショッピングモールでもいけると思ったんだが」

「だったらオプトでいただくことはできますか」

「オプトって、ああ、あれか。そのほうがいいんならそうしよう。金額はあまり多くないから期待しないでくれよ」

「しますよ。――あ、来ましたね」

「いやあ、店で受け取るのにすごく待たされてさ」

森園は入ってくると、約束の時間になっていないのに言い訳した。「もう頼んじゃいました？」

「いや」と真行寺が首を振った。「まだメニューももらってないよ」

サランが、テーブルの間を忙しそうに往来している若い店員に手を挙げて、チョギヨと声を掛けた。この店を選んだのは彼女である。遠い親戚の店なんだそうだ。兄ちゃんがやって来て、メニューを置いて行った。それを開きながら、ハラミがおいしいですよ、とサランが言った。

タン塩とサラダからはじめて、カルビやらハラミやらホルモンやらをつつきながら三人でビールを飲んだ。網を替えてもらう頃合いを見計らったように、森園がはいこれとプレゼントの包みをサランに渡して、誕生日おめでとうございます、と添えた。

「なんだ、これって〈オツレサン〉じゃない」大きな箱を受け取ったサランは不満そうである。

「欲しいって言ってたから」と森園は弁解するように言った。

「言ってたかもしれないけど」

「〈オツレサン〉ってなんだ」と真行寺が割って入った。

「AIを使ったペットロボットです。前は〈お孫《まご》さん〉って名前で、老人介護が専門だったんですけど」とサランが説明した。

〈お孫さん〉なら知っている。八王子《はちおうじ》の老人ホームで購入され、爺《じい》さんや婆《ばあ》さんに優しく語りかけて人気を博していた。ところがある日突然、暴言を吐きだし、ついには「殺してやる」とまで言いだして、ショックを受けた入居者がひとり死んだ。この事件の捜査のために警視庁捜査一課から真行寺が八王子署に出張《でば》ったのである。

たまたま知り合ったハッカーにアドバイスをもらい、この珍事のカラクリを解明してみせた。そのハッカーは黒木《くろき》と名乗った。彼が住んでいた高尾の赤いレンガ造りの一軒家にいまは真行寺と森園が起居している。

ともあれ、〈オツレサン〉は〈お孫さん〉のニュータイプだ。高齢者のみならず広範囲の年齢をターゲットにして、パートナーを連想させるような単語の〈連れ〉に前作から引き続いて接頭語の〝お〟を加え、〈オツレサン〉としたのだろう。

「だってこれ、ただみたいなもんじゃない」とサランが不満げに口をとがらせた。

「ただじゃないよ、ゴッキュッパ、ちゃんと払ってきたんだから」

「けど、まるまるオプトでポイントバックされるんでしょ」

「そうだけど、それは明日以降の話だよ」

真行寺が解説を求めた。こういうときに頼りになるのはサランのほうである。

「〈オツレサン〉、つまりニュー〈お孫さん〉の小売価格はゴッキュッパの５９８００円です。だから、森園君はそれだけ払ってきたんだって威張っているんですが、購入と同時に特典があって、オプティコイン３７５０オプト分のポイントバックを受けられるんです」

「１オプトの値付けはどうなっているんだ」

「１オプトは16円です」

真行寺はスマホを取り出して、３７５０×16と呼びかけてみた。「答えは６００００です」という声がした。ただどころか買ったほうが得じゃないか。どうしてメーカーの本郷《ほんごう》技研《ぎけん》は売れば売るほど損をする商売をやっているんだろう。

「仕掛け人はソフキンなんですよ」とサランは言った。

「ソフト・キングダムが……」

「ええ、ニューバージョンの〈オツレサン〉からは本郷技研とソフト・キングダムの共同開発なんです」

「ソフト・キングダムって通信会社だろ。まあ、自動運転とかいろいろやってるみたいだけど、それだって通信機能を使ったものじゃないか」

「今度の〈オツレサン〉は個体ごとにインターネットに接続しますから」

ネットがらみの製品ならば、ソフキンがしゃしゃり出てくるのもうなずける。しかし、もう一方の59800円もするような商品をただで配布するというのはいったいどういうことなんだろう。

「ソフト・キングダムがオプティコインの仕掛け人なんです。とにかくオプティコインを普及させようと、特典と称してどんどん配布しているんですよ」

「でも、1オプトが16円なんだろ。そんなに気前よくばらまいたら損しちゃうじゃないか」

「そこはいろいろ考えてるんだと思います」

サランの説明は急に霞《かすみ》がかかったように茫洋《ぼうよう》として摑《つか》みどころがなくなった。

「携帯電話が普及し始めた頃、機種によってはただで配ってたっていうじゃないですか」

つけ足された例もどこか不自然だった。そうつぶやいた当人も、わかんないけど、とか言いながら生ビールのジョッキに口をつけている。

「しかしなんで、1オプト16円なんて計算をやらせんだろう。1オプト1円のほうが面倒がなくていいじゃないか」真行寺は素朴な疑問を口にした。

「なんか、コンピュータネットワーク上での処理の都合らしいです」と森園が言った。「オプティコインのベースとなるオプトランプをヘキサデシマル・プロセッションで演算処理をおこなって算出したものが1オプトで、端数は切り捨てて1オプト16円にしている……、そう書いてありますけど」

「お前、いま言ったこと、自分で理解できるのかよ」と真行寺は言った。

「いやまったく」

「でも、オプトで支払えるところはオプトの表示もあるし、ビットコインよりもぜんぜん計算は楽ですよ」

サランが弁護するようなことを言ったので、真行寺も森園の弁護人を買って出ることにして、

「誕生日のプレゼントが〈オツレサン〉ってのは確かにご不満だろうけど、いまは森園も厳しいところなんだから勘弁してやりなよ」と言った。

サランが社長を務めるワルキューレ唯一の所属アーチストである森園には、この数ヶ月これといった仕事がない。先日、金に困って機材を売ろうとしたのを、真行寺がもうすこし我慢しろと言って思いとどまらせたばかりだ。

「お前も金がないならないで肩たたき券でも渡す誠実さが欲しいよな」こんどは森園に向かって訓戒を垂れた。

「え、なんですか。まるでおばあちゃんみたい私」とサランが驚いてみせた。

「そいつを俺が買い取るんだよ」

真行寺がそう言って三人して笑った頃には、店内のテーブルが埋まりだした。座敷から土間を見ると、壁際のテーブルには、サラリーマンのふたり連れが陣取り、ネクタイをゆるめて、網の上の肉に箸《はし》を伸ばしている。焼肉屋ではよくお目にかかる光景である。

ところが、このふたりは、卓上のメニュー・スタンドからメニューを取っ払ってそこにタブレット端末を差し込み、画面を見ながらブツブツなにか言葉を交わしていた。見ているのがプロ野球中継ならまだわかるが、ディスプレイに現れているのはインターネットテレビの選挙速報である。ふたりの男は、「まいったな」とか、「ここも取られたのか」とか、歎《なげ》いたり驚いたりしながら、肉を頰張《ほおば》っていた。

壁際に沿ってこの隣のテーブルには、麻の長袖シャツにチノパンといういでたちの男がひとり、やはりタブレットをこちらはテーブルの上に置いて、これまた選挙速報を見ながら、時折マイクつきのイヤホンをつけたスマホを使い小声で話していた。「よかったな」「当確でたな」などとささやくように言いながら、満足そうに肉を焼いている。このふたつのテーブルの光景は、新大久保の焼肉屋で目撃するものとしては、似つかわしくなく、かすかに不穏なものを感じさせた。

サラリーマンのふたり組はときどき麻のシャツに目をやりながら、不機嫌そうに飲み食いし、見られた側はさりげなく視線を受け流しては、あちこちに電話をかけて、肉とビールを堪能していた。

こんなところでそんな無粋なことをするなよと、ふたつのテーブルのどちらにも真行寺は抗議をしたかったのだけれど、わざわざそばに行ってよせと言ったりはしなかった。

　誰かの携帯が鳴った。サランは不思議そうに首を傾《かし》げたあとで、自分のスマホを耳にあてた。イエスと小声で言い、次にノーと言った。そして、私はコリアンジャパニーズなので中国語は話せませんなどと英語で言いながら立ち上がり、土間に置かれた店のサンダルをつっかけて外に出て行った。

「なんだろ」と森園がモツを網の上で転がしながらどこか不安そうに言った。

まったく見当がつかないので真行寺は、「さあな」と言ってビールを飲むしかなかった。

するも店のドアが開いて、学生風の男四人が入ってきた。「令和令和イエーィ!」などと唱和している。若者たちは騒々しく、いま空いた中央のテーブルに陣取り、それぞれメニューを開くとひとしきりはしゃいだ末に注文し、運ばれてきたジョッキを摑んでこれを高く掲げて乾杯した。サラリーマンのふたり連れが露骨に顔をしかめた。

　改元の日の五月一日にもこのような令和フィーバーが都市部のいたるところで見うけられた。その時に吹いた風は、公文書改ざんや、所属議員の不始末などで、あちこち傷だらけとなっていた政権側に味方した。そして今回は、令和新党という新しい政党を躍進させたようだ。

　取るに足らないことで世の中の流れが大きく変わることは、「クレオパトラの鼻がもう少し低かったら世界の歴史は変わっていただろう」という箴言《しんげん》で小学生のときに教えられた。それにしても、この事態は真行寺の目にいささか異様に映った。祭りで盛り上がり、世の中が変わると浮かれ、時が経てば忘れる。平成という時代では、そういう光景がなんどもくり返された。これは日本に巣食うある種の病《やまい》のように、真行寺には感じられた。

突然、「うるせえぞ！」と怒号が店に響いた。

「馬鹿のひとつ覚えみたいに令和令和とはしゃぎやがって！」

サラリーマンのふたり連れの体格のいいほうが、学生たちを睨《にら》みつけていた。

冷や水を浴びせかけられ、若い連中は急に静かになった。

「内容がねえんだよ」とガタイのいいのがさらに言った。「平和平和って連呼すりゃ平和が来るとでも思ってんのか」男は言いつのった。

騒いでる者を注意するのはかまわない。しかし、彼の咎《とが》め立ては、新党に議席を取られてしまったことに対する苛立《いらだ》ちの色に染まっているのが隠せていなかった。

「内容がないって」一瞬しゅんとしたひとりが口を開いた。「そっちだってないじゃないかよ」

そう言った青年の言葉は相手を現政権支持者と決めつけていた。しかし言われたほうはこれを問《と》い質《ただ》さずに、

「どういう意味だ。聴かせてもらおうじゃないか」と応戦した。

「アコノミクスなんてちょっと株価を気合いでつり上げただけだろ、無内容もいいとこじゃないか」そういったあとで、「それこそ浮かれてんじゃねーよ、だ」とつけ加えたので、仲間が笑った。

すでにビールで赤かった男の顔はますます紅潮し、「悔しかったら株価のひとつも上げてみろ！」という怒鳴り声とともに歪《ゆが》んだ。

「悔しかったら、負けるんじゃねーよ。日本は民主主義の国なんだから、選挙で勝たなきゃ意味ねえんだ」

「いい度胸だな、このクソガキが！」

この時、店に戻ってきて、この状況に出くわしたサランが驚いて、真行寺を見た。警官というのは、こんな場面では、仲裁に入ることを期待される。面倒なので、店の人間に収めて欲しかったが、メニューを持ってきてくれた兄ちゃんはなぜか見当たらなかった。しかたない、と思って立ち上がろうと膝《ひざ》を立てた時、まあまあと割って入る人物が先にあった。

「敗戦を相手の支持層に当たり散らすのはお門違《かどちが》いですよ」

そう言ったのはチノパンだった。確かにその通りだが、そんなことを言っては仲裁にならない。案の定、相手は、

「なんだとテメエ！」とますます激昂《げきこう》し、手にしたジョッキをテーブルに叩きつけるように置いて立つと、チノパンの胸ぐらを摑んだ。気に入らないのは与党が大いに議席を減らしたことにあるのだが、それにも増して、それをひそかに喜んでいるチノパンの一挙手一投足であるのは明白だった。いちおう、連れが「もういいじゃないか」と止めようとしたが、こちらは華奢《きゃしゃ》な体格で背も低く、抑止効果はなきに等しかった。

「ほとんどなにも考えてないような学生に迎合するんじゃねえよ、ボケ」と赤い顔をチノパ

ンの鼻面に近づけてガタイのいいのが言った。

「そういう風に若い人を見くびって、政権を維持できると思い上がった結果なんでしょうね」

火に油を注いでいるようなものだ。やれやれと思いながら真行寺が立ち上がる前に、チノパンの顔面に拳《こぶし》がめり込んだ。これは駄目だと思った。一一〇番。サランに言って、真行寺はサンダルを履いて男の前に立った。

「あんたがやったことは立派な犯罪だぞ」

「そうかい。なら、店で騒いだあいつらは騒乱罪で逮捕だな」

男はなおもいきがっていたが、やりすぎたと感じていることはその表情から読み取れた。

「それは警官に言ってくれ。いま呼んだから」

男のごつい手が伸びて真行寺の胸ぐらを摑み、着ていたTシャツが捻《ね》じくれた。

「あんたにはよれたTシャツに見えるだろうが」真行寺は男の手首を摑んでねじ上げた。

「このあいだネットで競り落としたものなんだよ。グレイトフル・デッドってバンドのビンテージだ」

手首をねじりながら、相手の人さし指と中指のつけ根の皮膚が硬くなっているのを見た。

「酔っているとはいえ」

そう言ってさらに力を加えた。苦痛に耐えかねて男は腰を低くした。森園がひょいとやってきて男の席から椅子《いす》を引き出し、その尻の下に据えると、真行寺はさらにねじってそこに男を着座させた。

視線を巡らすと、チノパンは殴られたあたりを手で押さえながら、土間に尻をつけていた。押さえた手の指の間からかなりの血が垂れている。

「空手をやってるんなら」真行寺は男に向き直って続きを言った。「傷害罪は免れないよ」

男はため息をついた。酔った頭でも、これ以上やるとまずいと悟ったらしい。それでも「平和平和ってうるせーんだよ」とか「政治ってそんなもんじゃねえんだ」とか「無内容だろ」とか「政治家やめて役者にでもなりやがれ」とかぶつくさ言っていた。

まもなく、近くの交番から制服警官がやってきて、男を連れて行った。

仕切り直してまた肉を焼いていたが、案の定、真行寺のスマホが鳴った。状況の確認のために署まで出向いて欲しいとのことだった。休日が台無しである。行くと返事し、冷麺を注文した。

「すいません、私がここを予約したばっかりに」

金を払い終わると、申しわけなさそうにサランが言った。真行寺は笑った。

「どう考えても君のせいでも店のせいでもないよな。空気を読んで謝ったりしないほうがいいぞ」

サランは黙ってうなずいた。誕生日おめでとう、あらためてそう言うと先に店を出た。そして、店の前でタクシーを拾って、新宿署まで出向いた。

新宿署では見知った刑事がふたりで出迎えてくれた。休みの日に災難でしたね、とねぎらいの言葉をもらって席に着き、事件のあらましを話し、調書を取らせた。

「なんだかやたらと今日は選挙がらみの揉《も》め事《ごと》が多いんですよ」

聞き取りを終えた後、宇田川《うだがわ》が言った。

「被疑者の素性は」と真行寺が訊いた。

「まともな会社員ですね」

「ふたりとも？」

「ええ、会社の同僚です」

「政治関係ってわけでもないのか」

「ぜんぜん」溝口《みぞぐち》はメガネを外して、レンズを拭《ふ》きながら首を振った。

ふーん、と真行寺は言った。選挙の結果を見守り、その戦果に失望し、さらに腹を立て、酔った勢いで政敵《せいてき》の勝利にはしゃいでいる若者を殴った。普通のサラリーマンにしては、政治に熱心すぎる気がする。

「勤めは？」

「ダイリンですよ」

真行寺が首を傾げると宇田川は、空調メーカーの、と注釈を加えた。有名なのかと訊くと、確かうちもそうじゃなかったかな、官公庁の施設はほとんどダイリンです、と教えてくれた。

日本最大手で、世界各国に輸出している大企業ですよ。そうか。酔ってなければ、善良なる市民ってわけだ。真行寺がそう言うと、宇田川はうなずいた。ひと晩泊めてやれば、明日には酔いも醒《さ》め、おとなしく詫《わ》びを入れるでしょう。

「殴られたほうは？」と真行寺が訊いた。

「いま病院で手当を受けています。酔っているからかなり出血したんですが、大したことはないようです。あとでこちらに来てもらい、事情を聞いたら終電に間に合う時間に帰す予定です」

「こちらも政党の関係者とか、そういうことは？」

溝口は首を振った。

「映画関係らしいですよ」

「……映画屋にしては品がよかったな」

真行寺さんが言うのはいわゆる活動屋でしょ。現場でカチンコ鳴らしたりしてる、と宇田川は笑った。

「あの人は配給部門だそうです」

配給と言われても具体的にどういうことをしているのかわからなかったが、政党関係じゃないならそれでよしとした。

お疲れ様でしたと言って宇田川は解放してくれた。真行寺は食堂に行って、自販機からアイスコーヒーを買って飲んだ。まだ署に残っている刑事が五人、食堂に備えつけてあるテレビで選挙速報を見ていた。

予想以上に令和新党が議席を取っていた。こりゃ大波乱だな、と紙コップからコーヒーをすすりながら、画面を見つめていた刑事が言った。与党の選挙対策本部が映し出された。首相の愛甲豪三《あこうごうぞう》の表情は硬かった。その時、速報が入り、和歌山三区に当確出ました、というアナウンサーの声とともに、知った顔が映った。尾関幸恵《おぜきゆきえ》は選挙スタッフに祝福されながら、頭を下げていた。しかし、その表情に浮かぶのは満面の笑みではなかった。勝つには勝ったが、党全体がこのありさまではそうは喜べないのだろう。

署を出て、大ガードをくぐり、新宿駅に向かって歩いていると、アルタのビジョンに、令和新党の小柳浩太郎代表が映っていた。こちらの表情にも笑みはなかった。これだけの議席をいただいたことは、日本をなんとか改革して欲しいという国民の期待の表れだと受け止め、身が引き締まる思いである、というようなことを口走っていた。それは映画俳優のように様《さま》になっていた。

中央線に乗って、電車の中でまた考えた。「内容がねえんだよ」と口走った男の気持ちは真行寺にも覚えがあった。印象操作にあやつられ、盛り上がり、時が経《た》つと幻滅し、結局は長きにわたって政権を担ってきた自民党に任せるしかないと諦める、そのような、行きつ戻りつを日本は十年ほど前に経験した。今回もそうなる気がする。

政治はキレイゴトではすまない。清濁併《せいだくあわ》せ呑《の》む大人の政治ができるのは自民党だけだ。まあ悪いようにはしないよ、と言って、実際そう悪くはしてこなかった。キレイゴトばかり並べる今の野党に政治はやれない。特に外交なんか危なっかしくてしょうがない。それに権力の座についたらいまの野党だって、叩けばほこりの出ることをやるにちがいない。――有権者の多くはそんなことを思っているようだ。五十を過ぎて世の中を眺めると、そんな大衆の心中《しんちゅう》がよく見えるようになった。

しかし、キレイゴトがなくなるのもさびしいものだ。キレイゴトを捨てて、人々がむき出しの欲望をぶつけあう世の中には棲《す》みたくない。本音で語り合おうと言ったって、人間の本音なんてそんなに美しいものじゃないからよしたほうがいいんじゃないか。こらえ性がなく、あまり深く考えることができない連中、つまり大多数の人間の本音なんて、聞いていて楽しいものじゃないものな。しかし、ここでまたも振り出しに戻るのだが、キレイゴトだけ語るような人間に政治を任せていいのだろうか、とは思うのである。

小柳浩太郎が語ったのはキレイゴトだけだった。平和は、多くの犠牲のもとに戦後日本が築き上げてきたかけがえのない財産であり、改憲の可否には多くの議論が重ねられるべきだ。米軍基地の辺野古《へのこ》への移設は沖縄県民の気持ちを踏みにじるもので、断じて許してはならない。いつまでも日本はアメリカの属国でいいのか、大相撲《おおずもう》の神聖なる土俵に土足で上げてほくそ笑んでいるほどの接待外交で得られたものは一体なんだ。せいぜいが拉致《らち》問題解決の後押しくらいではないか。これらの弁舌は、彼の風貌《ふうぼう》や、改元のムード、令和新党という党名、新時代にふさわしい若い力への期待感が絶妙に作用して、受けた。

受けはしたものの、であれば日米安保《にちべいあんぽ》を破棄するのか、米軍基地はそのまま普天間《ふてんま》に置いておくのか、それとも米軍に撤退願うのか、そんな交渉をどのように開始するのか、拉致問題についてはなにか具体的な解決策を持っているのか、などという点については、いま準備中であるからいずれ発表する、と言って具体案は一切口にしなかった。当然、政権側は、そんな案などあるはずがない、ただ無責任に放言しているだけだとやり返した。

しかし、ここは小柳のほうが、役者が上だった。堂々と相手をいさめるように、そしてさわやかに、しかるべきときが来たら必ず発表するので首を洗って待っていろ、と自信満々にふるまったので、人々はそんな妙案はあるはずがないと思いつつも、とりあえず聞いてはみたいと思ったのである。

経済政策についても、小柳は辛辣《しんらつ》でかつ大胆不敵だった。愛甲首相の名前を冠した金融緩和政策、アコノミクスについてはさまざまなエコノミストから批判があったが、一番激烈だったのは、自民党を離脱する直前の小柳から発せられたものだった。小柳は首相を小馬鹿にするような態度さえ取った。アコノミクスをいくら続けていても、2％のインフレは絶対に達成できないし、デフレからの脱却など夢のまた夢。そんなことは経済学をすこし勉強すれば高校生にだってわかることなのだ。誰によからぬ入れ知恵をされたのか知らないが、間違った政策をここまで長きにわたってやられては、もう黙っているわけにはいかない。首相は残念ながら経済というものをまったくわかっていないから、誰かまともなエコノミストをブレーンに加え、早いところ方針を転換するべきだ、と真っ向から非難した。

まだ自民党に籍を置いているときのことだったので、小柳は気がちがったという声が党内で上がった。誰かに後ろで操られているのだろうという噂も立った。

虚仮《こけ》にされた首相は、「さぞかし小柳議員は経済学を勉強されているのでしょうが」と皮肉たっぷりに応戦したが、「はい、総理や、総理にいらんことを吹き込んでいる財務官僚よりは」と返し、「すくなくとも、デフレの真っ最中に消費税を上げるなどというのは、絶対やってはならぬ愚策だくらいのことはきちんと学んでいます」と後をつけたものだから、驚いたのは与党だけではなかった。野党も驚いた。そして、小柳浩太郎は、国会答弁でもっとも大きな拍手を野党からもらった自民党の議員となった。

たまりかねた官房長官らが、すこしは党員としての立場をわきまえろ、と小柳に注意を与えたものの、私は党よりもむしろ国民のためにバッヂをつけているのです、と聞いたような台詞《せりふ》を吐いて、まったく反省の色を見せなかったらしいことも、夜の十時のニュースで〝関係者筋〟の証言として紹介された。

真行寺の目に映っていた以前の小柳は、このようなスタンドプレーに出るタイプではなかった。時折ちょっと気の利いたことを言うだけで効果的に好印象を与えることができる容貌の持ち主は、そのような自分のポジションに満足しているように見えた。

例えば、自民党所属議員の異性問題や大臣の舌禍《ぜっか》について、党の管理責任や首相の任命責任にまで野党の追及が及んだときには、小柳が「呆《あき》れますね、気持ちがたるんでいる証拠だ」とか「被災者の気持ちを考えると憤《いきどお》りを禁じ得ない」などと発言することで、自民党にも良心的な議員がいるのだなということを印象づける浄化効果があった。

しかし、所詮《しょせん》はその程度の政治家だろうと真行寺は思っていた。だから、ここ最近の小柳の豹変《ひょうへん》には大いに驚かされた。

「蛙《かえる》の子は蛙」

そんな解説を施す政治評論家もいた。

小柳浩太郎は二世議員である。父親の小柳良太郎《りょうたろう》もなかなかいい面構えをしており、派手なパフォーマンスが映え、「既存の政治をぶっ壊す」というキャッチフレーズで特に若い世代から支持を得た。「既存の政治をぶっ壊す」という祭りが立ち上がり、人々は祭りに乗って、既存の政治への不安や不満を吐き出す。「蛙の子は蛙」とは党内主流派に対する過激な反抗と自《みず》らへの演出が巧みなのが父親とそっくりだと評した言葉である。

しかし父親の良太郎は、スローガンこそ過激だったが、あくまでも自民党に留まって、公共の財産を、民営化という名の下に、損得《そんとく》だけで価値を推し量る領域へと移動させた。彼に拍手喝采を送った若者たちに残されたのは、以前よりも増して過酷な環境だった。ぶっ壊された既存の政治のほうがまだましだったとわかったときには文字通りあとの祭りである。しかし、騙《だま》されたことさえもすぐに忘れて、人々は次の祭りを待ち望むようになった。そして時を経て現れたのが、この小柳浩太郎だというわけだ。

ともあれ父親の良太郎は、総理大臣にまで上り詰めたわけだから、それなりに党内調整はうまかったのだろう。これに対して浩太郎の言動は、もはや造反だと捉《とら》えられ、除名処分も検討せざるを得ない、という意見が党内にくすぶった。

しかし、官房長官に注意された小柳は実にあっさりと離党した。そして令和新党をひとりで立ち上げた。結果的に、旧弊なシステムに対してたったひとりで反旗を翻す男がいるという絵を掲げることになった。その絵を見た世間は喝采した。

この人気にあやかろうと、党内での処遇に不満を持っていた自民党議員や、野党でこの流れに乗ろうとする者、リベラル派の学者、官僚などが合流し、令和新党は急速に所帯を大きくしていった。

小柳は各メディアで引っ張りだこになり、また自らも積極的に出て行った。そしてここぞとばかり、愛甲政権とアコノミクスを手厳しく批判した。幾度《いくど》となく、刺客《しかく》とも思われる経済評論家が番組に同席してつぶしにかかったが、小柳はこれを真っ向から迎え撃った。経済に疎《うと》い真行寺には、この戦《いくさ》の審判はできなかったが、すくなくとも小柳は負けているようには見えなかった。むしろ勝っているような印象を残した。そして、勝っているように見えることこそが、「劇場型」と呼ばれる政治の舞台では非常に重要だったのだ。

愛甲首相にとっては最悪のタイミングで、内閣府の統計担当者が政府統計のGDPの数字に手を加えていた事実が発覚した。「アコノミクスは張り子《はこ》の虎《とら》だ」という小柳浩太郎の誹《ひ》謗《ぼう》を裏付ける形になってしまい、「在任中の六年間に、日本のGDPを10・9%伸ばした」と自画自賛していた首相は赤っ恥をかくことになった。

さすがにこのニュースに接した時には、政府統計の数字をいいように調整するなんて、国民を騙しているに等しいじゃないか、と政治にあまり関心のない真行寺も呆れた。担当警官が調書を勝手に書き換えて事件をでっち上げたのと同じである。こんなことをしていたら民主主義の土台が崩れる、と柄にもないことまで考えた。

政権側はこれを、いらぬ忖度《そんたく》をした統計担当者の不始末であるとして、政権側への追及をかわそうとした。しかし、忖度といえば、国有地の払い下げ問題でも、近畿財務局《きんきざいむきょく》の首相へのおもんぱかりが取りざたされてまだ日が浅かった。さすがに二度にわたって「個人が勝手にやったこと、俺は知らん」と処理するのは、小柳浩太郎の舌鋒《ぜっぽう》鋭い攻撃もあって、無理があった。やがて「愛甲さんも、そろそろこのへんが潮時ではないか」という声が与党内からもあがり始めた。愛甲は、これに甚《いた》く自尊心を傷つけられたのか、解散総選挙という博打《ばくち》に打って出た。これに勝利して、もろもろの問題をチャラにするつもりだった。

結果、この積極策は裏目に出た。自民党は大きく議席を失い、公明党と併せてなんとか過半数をギリギリ超えるという土俵際まで追い詰められてしまったのである。

国分寺《こくぶんじ》駅で高尾行きに乗りかえた。高尾駅について自転車置き場からクロスバイクを引っ張り出して長い坂を登った。

家に帰ると、サランが来ていた。泊まっていくのだろう。最近はこっちで寝ることのほうが多いくらいだ。若い夫婦に自宅を乗っ取られているような気持ちになることもあるけれど、向こうも気にしている節《ふし》はあるようだ。だから口にはしない。

「どうでした」とサランが訊いた。

「飲食店でよくあるいざこざだろ。——どうだ、それ？」

サランは箱から取り出した〈オツレサン〉をダイニングテーブルの上に載せて、スマホを使ってセットアップしていた。

「もうすぐです」

「なんて名前にするんだ。〝モリゾノくん〟とか？」

〈お孫さん〉もそうだったが、〈オツレサン〉もユーザーが好みの名前で呼びかけられるように設定が可能だ。

「まさか。この子はボウイですよ」

真行寺は笑った。ロックファンの女子でデヴィッド・ボウイが嫌いな子はそういない。

「じゃあ試しにボウイに訊いてくれないか。新宿でオプティコインを購入できるところを」

そう言って、水を満たしたケトルをコンロにかけた。

「ちょっと待ってくださいね、いま起動します」

サランはスマホを使って設定を完了させると、パワーボタンを長押しして、再起動した。しんみりとくぐもった分散《ぶんさん》和音《わおん》が響き、プラスチック樹脂《じゅし》のボディが朱《あか》く灯《とも》ると、内側から照らす光が〈オツレサン〉の外被《がいひ》をほんのり柑子色《こうじいろ》に染めた。

——はい初めまして、ボウイです。サラン誕生日おめでとう。

ありがとうとサランが言うと、〈オツレサン〉はスティーヴィー・ワンダーの「ハッピー・バースディ」を歌い出した。

「ありがとうボウイ。でもその曲はもういいわ」

歌が止《や》んだ。

――サランはこの曲、あまり好きではないのかな。

「そうね」

――覚えておくよ。

こうやって主人の好みを学習するのだろう。

「ボウイ、新宿でオプティコインを買えるショップを教えて」

――新宿なら、二十一の店舗で購入可能だよ。

「新宿駅から一番近いのはどこ？」

――ヤマダ電機　ＬＡＢＩ新宿東口館だね。朝十時から夜の十時まで開いているよ。

「ありがとう」

――どういたしまして、サラン。

大したものだな。挽《ひ》いた豆に湯を注ぎながら、真行寺は感心した。

「ところで森園はどこだ」

「部屋で制作してます。そういえば真行寺さん、ボビーさんと連絡とってますか」

ボビーというのは、前にここに住んでいた黒木のあだ名である。サランと森園はあだ名しか知らない。もっとも黒木というのも偽名なのであるが。

「いや連絡してないな、なにかあるのか」

「すこし大きな仕事が入りそうなので、この話がまとまったら、再来月には黒字に戻せると思うんです」

「店でかかってきた電話ってその件だったのか」

「そうです」

森園は珍妙なノイズミュージックを作っているが、ミュージシャンにファンが多く、ごくたまに海外のアーチストからレコーディングに誘われることがある。インターネット経由で音源を送ってもらい、それに合わせて自分が担当するトラックを追加し、コンピュータから吐き出したオーディオファイルを、またインターネット経由で送り返す。半年ほど前、森園は世界的に知られた北欧のミュージシャンのレコーディングに参加したが、本人と直接顔も合わせていなければ、電話で話す機会もなかった。ただ、やはりネット経由で、「ハイ、モリゾノSAN、元気？　あなたの素晴らしいサウンドのおかげでいいアルバムが作れたわ。心よりの感謝を！」というビデオレターが送られてきた。この時ばかりは心から森園を尊敬した。

「でも今回はライヴなんですよ」

「へえ、日本のミュージシャンか」

「いや、アメリカ人なんですけど。カーリー・フィリップスです」

名前は聞いたことがある。どちらかと言えばポップスに分類されるような歌手だ。

「じゃあ来日公演にサポートメンバーとして呼ばれたんだ」

「それもちがって会場は北京《ペキン》なんです。実はカーリーはじいちゃんが中国人なんですって」

ははあ、それをネタに中国市場を狙《ねら》いにいくんだな、と真行寺は思った。CDが売れない時代になったので、アメリカの大物アーチストといえども、新しいマーケットを開拓する必要に迫られているらしい。確かに中国の巨大な市場は魅力的だ。

「じゃあ、北京にはいつ行くんだ」

「行かなくていいんですよ」

「え、今回はライヴなんだろ？」

「日本からインターネット回線を使って参加するんです」

「そんなことできるのか」

「5G《ファイブジー》って新しい通信ネットワーク技術を使えば。そう言ってました」

「5Gか。最近よく聞くな、確か中国の国営企業が5Gを手がけていて、そこの副社長が海外で逮捕されてもめてたやつだろ」

「華威《ファーウェイ》ですね。コンサートはそこの主催なんだそうです。とにかく、華威の技術を使うと、日本で音を出しても、ほぼ遅延ゼロで北京で鳴るそうですよ」

そうか。そのコンサートそのものが、新しい通信技術のプロモーションなのだ。中国がアメリカの有名アーチストを招へいし、そしてアジア系ミュージシャンを5G経由で出演させ、超低遅延をアピールしようってわけだ。そういう公演ならさぞかしギャラだっていいだろう。

「よかったじゃないか」と真行寺は言った。

「まだ本決まりじゃないんですが」とサランは言った。「もしボビーさんが心配してたら、再来月にはなんとかできそうだって、言っておいていただけますか」

ボビーこと黒木はサランたちの会社の出資者である。サランが集めようとしていた倍の額を黒木は出してやった。社名のワルキューレも黒木の命名だ。もっとも、事業を早く軌道に乗せろなどとは言ってない。命名権を買ったようなつもりでいる。それでも、「言っておくよ」と言って、マグカップを持って真行寺はリビングに移動した。

大きなスピーカーの間に吊《つ》り下《さ》げられた生地を取り去ると、50型の液晶テレビが現れた。真行寺はリモコンを摑んで、ソファーに座った。

「珍しいですね、テレビ見るなんて」

この家でテレビがつけられることは稀《まれ》である。森園とサランはまったくといっていいほどテレビ番組に興味を示さない。ごくたまに真行寺が Blu-ray やＤＶＤで映画を見たりするけれど、日頃はスピーカーからの音が反射して音響に悪影響するのを嫌って、テレビの液晶パネルにはシルクのオーガンジーが被《かぶ》せられている。

「まぁそうなんだけど」

曖昧《あいまい》な返事をして、真行寺は選挙速報に切り替えた。

「大躍進ですね、令和新党」

「そうだなあ」

「真行寺さんはどこに入れたんですか」

「令和新党に入れたんだけど、いくらなんでも勝ちすぎだろう、これは」

「なに心配してるんですか、いいことじゃないですか」

「やっぱり令和に？」

「やだな、私は在日だから選挙権はないんですよ」

すっかり忘れていた。真行寺はどう取り繕おうかと焦ったが、

「森園君には令和に入れるように言っておきましたよ、もっとも令和一揆のほうですけど」

とさらりと言ってくれたので、その必要はなくなった。


あくる朝、キッチンに行くと誰もいなかった。冷蔵庫を開けるとアジの干物があったので、グリルで焼いた。さらに卵も焼いて、レンジで解凍した白飯にインスタントの味噌汁《みそしる》を添えて、ひとりで食べた。

家賃ゼロでここに住まわせ、食材費も毎月必要なだけ渡している森園には、掃除と炊事を言いつけてあるのだが、音の仕事が入った場合は勘弁している。その例外的措置が蔓延《まんえん》して、朝飯は自分で支度して食べるのが一般化してしまった。今日は手間をかけて干物なんか焼いたもんだから、家を出るのが遅れた。

それでも座りたくて、一本見送って乗り込んだ高尾発の東京行きは、いつもより二本遅い便だった。遅刻だなと覚悟した。おまけに、阿佐ケ谷《あさや》を出たところで電車はにわかに減速し、高円寺《こうえんじ》のホームにゆるゆると滑り込むと、そこで動かなくなった。案の定、人身事故が発生

して、対応中だというアナウンスが流れた。遅刻確定である。しかし、事故があったのだから言い訳はできた。不謹慎にもしめしめと思いながら、スマホを取り出し、あるアカウントにログインして、メールを書いた。

「サランからの伝言。二ヶ月続けて赤字だったが、仕事がはいったので来月から頑張りますとのこと。なんだか、大物アーチストの中国での公演に5Gっていう超高速デジタル通信回路を使って森園が参加するそうだ。すごい時代になったものだ。デジタルといえば俺は1BITアンプってのを聴いてみたいと思っているんだが、どうなんだろうか。オーディオでは1BDSDってファイルも1BITだよな。ビット数が上がると音がいいと思ってたのに1ビットでいい音を出すという仕組みがわからない。まあ、わからなくても音がよければそれでいいんだが」

最後にふたりの共通の話題であるオーディオのトピックを追記して、下書きフォルダーに保存した。

この meandbobbymacgeetakao@gmail.com は黒木と真行寺のふたりの共同アカウントである。互いにここにメールを書いて下書きフォルダーに残す。折を見て、ここにログインしては、相手が下書きフォルダーに残したメールがあればこれを読む。読んだら削除する。自分が書いたメールが削除されていたら、それは先方が読んだというメッセージだ。

なぜ伝言板を読みに行くような真似《まね》をするのかというと、黒木が公安警察に追われている身だからだ。

下書きフォルダーには黒木のメールはなかった。スマホをポケットにしまい、すこし寝ようと目をつむった。うとうとしていると、まもなく発車しますというアナウンスが聞こえ、やがて電車が動き出すのを感じた。

登庁し、電車が遅れたんですと言い訳してから自分の席に着いて、雑務をこなしていると、すぐ昼になった。今日はどこで食おうかと思っていると、机の上の電話が鳴った。「新宿署から外電が入っています」という同僚の声のあとで「家入《いえいり》です」と太い声が名乗った。「お忙しいところ失礼いたします。新大久保の幸楽庵での暴行事件について、すこしお伺《うかが》いしたいことがございまして」

きっと、一晩経って酔いが醒めた被疑者が目撃者としての真行寺の証言を「それはちがう」などと言い出したのだろうなと思い、「はい、なんでしょう」と応じた。すると「それでは、これから伺います」と言われ、真行寺はいささか意表を突かれた。わざわざ桜田門《さくらだもん》まで出向いてくるなど、飲食店の喧嘩《けんか》の始末にしては念が入《い》っている。丁寧《ていねい》なやつだなと思いながら、「それでは、お待ちしています」と言って、切った。

三十分後、家入はひとりで本庁の刑事部捜査第一課の部屋の戸口に現れた。背が高く、百八十五センチはあるように見えた。大きなスーツはひょっとしたら特注かもしれない。

とにかく、小会議室に案内し、テーブルを挟んで向かい合った。

「お忙しいところすみません」ともういちど言って、家入が名刺を差し出した。家入一正《かずまさ》警部補とあった。

「おおごとになっているんですか」と真行寺は訊いた。

「そうなんです」と家入はうなずいた。

「殴られた被害者の怪我《けが》が意外と深刻だったんでしょうか」

「そうなんですが……少しややこしくて」

鼻でも折ったのか。殴られた男の指の間から盛大に流れた赤い血が脳裏に甦《よみがえ》った。それにしたって、ここまで出張《でば》るほどのことじゃないだろう。

「今朝、死亡が確認されました」

なんだって⁉ そんなふうには見えなかったぞ。救急車に乗るときも自分で歩いていたし、その足取りもしっかりしていたじゃないか。うちどころでも悪かったのだろうか。

「脳内出血？」

「いや、豊崎《とよさき》は、これは被害者の名前ですが、病院で手当を受けた時点では大した怪我ではないと診断されました。派手に出血しましたが、鼻骨は折れていなかったし、倒れたときに頭を強く打ったということもなかったようです」

「しかし、頭部の打撲は、大丈夫だと思ってもあとで大事に至ることが」

「おっしゃる通りです。心配ならばＭＲＩを撮ったほうがいい、と医者も言いました」

「撮らなかったんですか」

「いや、この日はもう酒も飲んでいたし、飯も食っていましたから」

うっかりした。

「なので、それは後日ということで豊崎はこの日は家に帰りました。そして明けて今日、新宿駅のホームから突き落とされて、轢死《れきし》しました」

真行寺は黙った。家入のほうも口を閉じたままだ。真行寺は考えた。そして、ふたたび口を開いた。

「突き落とされて死亡ということでしょうか」

「ええ、一応」

家入は妙な答え方をした。

「突き落とした犯人は？」

「いま行方を追ってます」

人目も多い新宿駅でホームから突き落としたんだとしたら、逮捕は時間の問題だ。捜査支援分析センターが駅の防犯カメラで犯人の人相や風体を特定し、今度は駅周辺の防犯カメラを片っ端から調べて、犯人が映っているカメラをそれぞれ点とし、これらの点と点を線でつないで犯人の足取りを追うだろうから。

「それで」と家入が口を開いた。「豊崎はホームから突き落とされる前に、乗車した電車の中で痴漢を働いたと女に騒がれ、そばにいた男にホームに引きずり出されました。豊崎は濡《ぬ》れ衣《ぎぬ》だと訴えましたが、男ともみ合いになり、ホームから落ちたというわけです」

最初は、突き落とされた、と言い、そのあとで、落ちた、とも言った。このあたりがまだ曖昧なんだろう。

「痴漢を訴えた女のほうは？」

「こちらも姿を消しました」

少し考えてから、

「どこか変ですね」と真行寺は言った。

「ええ」と家入はうなずいた。

「それで」と真行寺は先を促した。

「昨夜の幸楽庵でなにか気がついたことがなかったかと思いまして」

こういう漠然とした質問は真行寺もよくする。なにか腑《ふ》に落ちない時、なにかが欠けていると感じた時、その欠けたピースがどこかに落ちていないかと思った時には。しかし、昨夜の記憶を巻き戻してみても、あの店のどこかにあやしいやつがいたという場面は再生されなかった。真行寺は首を振った。そうですか、と家入は言った。

「あのダイリンの社員はどうしてますか」真行寺は逆に訊いた。

「例によって、一夜明けたら青くなって平謝りです。本人は豊崎さんに謝りたいと申し出たんですが……」

もう謝りようがないってわけか。

「そいつの名前は」

「諏訪《すわ》悟《さとる》。こいつは殴ったほうです。同席者は篠田《しのだ》豊《ゆたか》」

「豊崎の身内には――」

「奥様に知らせましたが、気が動転していて、まだまともに話を聞けておりません。ただ、絶対に痴漢などするはずがないから、これはなにかの間違いだと」

痴漢なんかするはずがないと思われているやつが馬鹿をしでかすケースに何度も遭遇してきたので、この手の言葉にはすぐうなずくわけにはいかない。しかし、そんなことは目の前の警部補だって承知のはずだろう。


家入が引き上げた後、真行寺は少し遅めの昼食に出た。

この日は、有楽町《ゆうらくちょう》まで足を延ばすのが億劫《おっくう》だったので、お隣の法曹会館《ほうそうかいかん》の地下食堂に降りて食べた。和洋中とそろっているが、真行寺はここの中華を贔屓《ひいき》にしていた。今日の回鍋肉《ホイコウロウ》定食にも満足できた。皿を下げてもらい、メールをチェックしようとスマホを取り出した。またしても、meandbobbymacgeetakao@gmail.com にログインし、黒木がデジタルアンプのことで返事をくれていないかどうかチェックした。下書きフォルダーに残した真行寺のメールは削除され、新しいのと差し替えられていた。けれど、それはデジタルアンプについてではなかった。件名欄には――

Sky Player――とあった。本文を見てみると――、

「豊崎巧《たくみ》の件は追ったほうがいいと思います」

聞き覚えがあるものの一瞬だれのことか思い出せなかった。それはさっき教えられたばか

りの、新宿駅のホームから突き落とされて轢死した男の名であった。驚いた。どうして黒木がその名を？　と思った。あわてて Sky Player を検索する。広告代理店らしい。豊崎が映画配給にかかわる会社の社長をしていることは新宿署で昨夜《ゆうべ》聞いた。ホームページには、手がけた作品として、いくつもの映画のポスターが掲載されていた。おそらく宣伝を担当したのだろう。

真行寺は立ち上がり、勘定を払って店を出た。デスクに戻り、新宿署に電話を入れた。あいにく家入はまだ戻っていなかった。携帯で呼びましょうかと言われたが、ちょっと考えて、いやいいと言った。自分がなにを訊こうとしていたのかさえ、定かではなかったから。

キーボードを叩いていると、机の上の電話が鳴った。

「遅くなってすみません」と家入は言った。

真行寺は恐縮した。家入は警部補である。おそらく四十《しじゅう》ちょいの彼は真行寺よりほぼひとまわり年下とはいえ、階級はふたつ上だ。

「その後、何かわかりましたか」真行寺はとりあえず漠然とした質問を投げた。

そうですねえ、と言って家入はひと呼吸置いた。

「新宿駅の聞き込みを続けていますが、まだ何も」

「女が姿を消したってのも解《げ》せないんですが」

「そうなんですよ。ただ、痴漢だと騒いだことでことが大きくなり死人まで出たので怖くなって逃げた、ということはありえますが」

「冤罪《えんざい》の可能性はどうでしょう」

「聞き込みをしてるかぎりは、まだわかりません。痴漢をしているのを見たという証言はないのですが、朝の車内ではひとは周囲《まわり》にあまり気を配らないものですから」

そうだろうな、と真行寺は思った。

「ところで、ダイリンの諏訪はどうしました」

「さきほど帰しました」

この処置に不自然なところはない。しかし――。

飲食店で諏訪は豊崎に言いがかりをつけ、殴った。諏訪はしょっ引かれ、豊崎は病院に搬送され、そこから帰宅した。そして、翌日、豊崎は新宿駅のホームから突き落とされて轢死した。このあたりの因果関係はどうなっているんだ。

「殴ったのと同席していたの、ふたりのダイリンでの所属部署などを教えてくれませんか」

と真行寺は言った。

「それはまたなぜ？」

「鑑取《かんど》りをしてみたいと思いまして、そちらの捜査の邪魔にはならないようにしますから」

「ご協力いただけるのでしたら。ではメールで送ります。その代わり、なにかわかったら教えていただけますか」

真行寺はもちろんですと言って切ってから、なんか変だぞと首を傾げた。家入という警部補の態度は丁寧すぎる。先の場面なら「首を突っ込まないでもらえますか」というのがお決まりなのに積極的に真行寺の手を借りたがっている。なぜなんだこれは。

三時をすこし回ったあたりで、本庁を出て有楽町駅から山手線《やまのてせん》に乗った。ダイリンは品川《しながわ》駅のほど近くに大きな本社ビルを構えている。コンコースを歩きながらスマホを取り出し、ダイリンにかけた。諏訪を呼び出してくれと頼んだが、休んでいると言われた。そこで、諏訪と同席していた篠田という同僚に回してもらった。幸楽庵でお会いした者ですと名乗り、できれば駅ビルのカフェに来てくれないかと言ったら、飛んできた。

「警視庁の方《かた》とは知らずに、大変失礼いたしました」

篠田は真行寺の名刺を見ると、ますます恐縮した。

「こちらこそ呼びつけてすいません」と真行寺は心にもないことを言った。

「いえいえ」と篠田はかぶりを振った。

まあそうだ。刑事に職場を訪ねられて喜ぶサラリーマンはいない。同僚や上司からはなにがあったんだと疑われるだろうし、実際、自慢にならないことをしでかしているのだから、勤め人としては大変に不都合だろう。そのへんをおもんぱかって会社の外に呼び出したのである。

「今日は諏訪さんは？」

「謹慎です。ま、自主的にですが」

「会社にはなんと？」

「体調がすぐれないと」

なるほど、と真行寺は言った。

「それでなにか」と篠田は探るような目つきになった。

「いや、別になんでもないんですがね。まあ相手の方がああいうことになられたので」

「ああいうこととは」

「今日はまだニュースはご覧になってませんか」

「……と言いますと」篠田はコーヒーカップの取っ手をつまみながらその先を尋ねた。

刑事にとって難しい仕事のひとつは、人の死を告げることである。新宿駅のホームから突き落とされて轢死した、とだけ言った。篠田は、持ち上げたコーヒーカップを宙に浮かせたまま、言葉を失っていた。その表情と仕草を見て、こいつは本当に知らなかったんだな、と真行寺は判定した。さもなければ助演男優賞を狙えるくらいの役者である。

「豊崎さんとはあの店で初めて会ったんですか」と真行寺は訊いた。

「もちろんです」

「どうして喧嘩までしなきゃならなかったんです？」

「いや、それはもう酔っていたとしか言いようがないことで」

「やはり選挙のことですか」

「まあそうですね」

「しかし、会社の同僚どうしで選挙速報見ながら飲むなんてのは私には不自然に思えるんですが」

篠田は困ったような笑いを浮かべた。

「いけませんか」

いけなくはない、と真行寺は前置いて、

「ひょっとして党員ですか。それならわかるんですが」と訊いた。

いえいえ、と篠田は首を振った。そうですか、と言って真行寺はさきほどもらった名刺を見た。

「この〝パブリックアカウント部〟ってのはどんな部署でしょう」

「官公庁などへの営業部門です」

「諏訪さんもこちらの部署なんですよね」

「はい」

「自民党に勝ってもらったほうが、おふたりのお仕事には都合がいいんでしょうか？」

「いや、我々が営業をかけるのは政治家ではなく役人ですから」

「では、もめた学生たちのなにが気に入らなかったんでしょう」

「なにがって……あまりにも騒がしかったので、ほかのお客さんにも迷惑だと思ったんでしょう」

「諏訪さんの声もかなり大きかったと感じましたが」

「そうですね」

「平和を連呼したって平和がくるわけじゃないとおっしゃってましたね」

篠田は黙った。

「では、簡単な質問です。パブリックアカウント部の取引先は官公庁ですね、じゃあこの第五課というのは」

「……防衛省です」

防衛省。そうつぶやいて真行寺は、カップの中の茶褐色の液体に視線を落として、しばし黙った。

「防衛省が取引先だから、平和を謳《うた》う令和新党が勢力を得るのは困るという理屈も、よくかりませんね。なにせ御社《おんしゃ》は空調メーカーなんですから。平和や戦争は防衛省内の空調には関係ないでしょう。となると、ただただ防衛省は大事な取引先だから、そこに気遣って、平和平和と騒ぐ若い連中を怒鳴りつけた、こういうことでしょうか」

「いやいや」と篠田は曖昧な返事だけを寄こした。

「確かに、令和新党がここまで勝つと、防衛費の削減を要求してくるかもしれませんね。F－35戦闘機を買う金があったらこんなことができる、あんなことができるなんて声もあがりそうです。けれど、たとえ令和新党が政権を取ったとしても、防衛省そのものをなくせ、夏も冬もエアコンなしで仕事しろなんてことにはならないんじゃないですか。確かに予算は削られるかもしれなくて、メンテナンスの費用なんかにも影響が出るかもしれない。だけど、それを心配して男ふたりが焼肉屋で選挙速報見てるなんてのはちょっと気が早すぎるのでは」

ええ、とだけ篠田は言った。その声にばつの悪さが表れていた。

「この第五課のあとについているSチームってのはなんですか？」と真行寺は訊いた。

「まあ特別班みたいなものです」

「スペシャルのSですね。どうスペシャルなんでしょう」

「うちは……空調部門ではないんです」

そうなんだろうな、と真行寺は薄々感づいていた。しかし、こいつらが実際に営業している商品の具体にまでは考えが及ばなかった。

「うちはホーダンを納めているんです」

ホーダンが砲弾に変換されるまで少しかかった。

「そいつは戦車の？」

篠田はうなずいた。

ならばわかる。警察官である真行寺はすぐに理解した。防衛省の予算が削減されれば、軍事演習で撃てる弾数《たまかず》は減り、そのことはセールスに影響するだろう。似たようなことは警視庁にもある。警官は射撃訓練で撃てる銃弾の数が年に何発と決まっている。銃弾は無料《ただ》ではないからだ。日本は平和だし、犯罪で銃が使われることもほとんどない。砲弾にせよ銃弾にせよ撃たなくて済むのならそれに越したことはないという理屈で、予算が削られる可能性はある。

考えていると、篠田がおそるおそる口を開いた。

「それで、巡査長がここに来られたのはなにを確認されたくて……」

そうだ。俺はなにかを確認したくて来たのだ。

真行寺はこの質問には答えず、テーブルの上にあった革製の伝票ホルダーに手を伸ばした。それを篠田がむしり取るように奪って、ここは私が、いや本当に、と言ったので、払ってもらうことにした。

酒席の喧嘩が原因して、自分たちだけが悪者になり、ひとりが一晩放り込まれたことを根に持った彼らが、満員電車で相手を痴漢にしたて上げ、ホームでもみ合ったあげく、線路の上に突き落とした、――なんてのは妄想にすぎない。しかし、真行寺はやはり確認したかった。ドアが開き、真行寺は山手線を降りた。

五反田《ごたんだ》はほとんど降りたことのない駅だ。轢死した豊崎が経営するスカイ・プレイヤーは目黒川《めぐろがわ》を渡った川沿いの雑居ビルにあった。

無人の受付で受話器を取り上げ、身分を名乗って、責任者と話したいと告げて、ロビーに置かれた椅子に座って待った。壁には洋画のポスターが何枚も貼られていた。スーパーヒーローもの、ホラー、サスペンス、文芸調の人間ドラマ、イギリス王朝のコスチュームドラマもあった。そのいくつかを真行寺は映画館で見ていた。自分が切符を買ったのは、彼らの宣伝が功を奏した結果かもしれない、と思った。

ガラス戸が開き、お待たせしてすみません、と言ってヒョロリと背の高い男が現れた。無地のコットンシャツにジーンズというでたちである。手島《てしま》ですと言って疲れきった表情で名刺を差し出してきた。いやこちらこそこんな時に申しわけございません、と真行寺も名刺を出して交換した。受け取った白い紙片には、手島一夫《かずお》代表代理と印字されていた。

「まだ私も状況をよく把握できていないんですが」と手島は憔悴《しょうすい》した顔で言った。

新宿署のほうからは何人か来ましたか、と訊くと、ええ、ゾロゾロ来てさっき帰られましたよ、と言ってから怪訝《けげん》な顔つきになり、

「新宿署の刑事さんではないのですか」

そう言ってさきほど渡した名刺をもういちど見た。

「警視庁?」

「桜田門のほうです」と真行寺は言った。「中に入れていただけるとありがたい」

フロアを横切ると、ほとんどの従業員が受話器を耳に当てていた。

「いかがでしたか」とか「できたら公開日の前の号に載せてもらえませんか」とか「経済評論家のなんとか先生にもお褒めいただいて」とか「いまハリウッドで一番注目を集めている監督で」などと話していた。

「いつもとあまり変わりない風景のようにも見受けられますが」

歩きながら真行寺は背中に声を掛けた。

「宣伝の仕事なもので」とふり返りながら手島は言った。「スケジュール通りに事を進めな

いとすべてがガラガラと崩れてしまいますから。とにかくやるべきことはやらないとしょうがないんですよ」

そう言って奥にあるガラスで仕切られた個室のドアを開けた。アメリカ映画などで重役室として登場する部屋を思わせた。壁を背にして広い机があり、その前に応接セットが置かれていた。勧められて、ソファーに座った。なにか飲まれますかと聞かれたが、飲んできましたから、と断った。

「新宿署からはどこらへんまで説明を受けてますか」

「と言われても……」と手島は言葉を濁した。

真行寺は、中央線での痴漢騒ぎ、ホームからの転落、そして轢死、この流れをかいつまんで話した。これはすでに新宿署から聞かされていたようであったが、

「本当なんですかね、それは」と問い質してきた。

「痴漢の件ですね」

「ええ、ちょっと信じられないんですよ。社内でもセクハラめいたことには気を配っている人だったので」

まさかと思うような高潔な人物がしでかすのが性犯罪である。しかしここはとりあえず、

「豊崎社長が痴漢を働いたという証拠はいまのところありません」とだけ言った。

嘘《うそ》ではない。

「ただ、冤罪《えんざい》の立証もむずかしいでしょうね。そうすると会社にとってはかなりのダメージ

になります」手島は憂鬱《ゆううつ》そうに言った。

頭の回転の速いやつだなと思った。

「こちらは映画の宣伝会社ですか」

手島はちょっと考えてから、「いまのところは」と言った。「今後はいろんなことにチャレンジしていかなきゃ食っていけないと社長は言っていて、そういう努力もしていたのですが」

真行寺は話頭を転じた。

「たとえばこれからどんな方面に展開しようとしていたのでしょうか」

「それは今回の事件と関係がありますか」

「わかりません」と真行寺は言った。

「これは豊崎から口を酸っぱくして教えられていたことでもあるんですが、どのようなクライアントからどういう仕事を請け負っているのかは、先方との関係が固まるまでは外に漏らしたくはないんです。それをお話ししなければならない理由を教えていただけないでしょうか」

さて、どう答えたものかな、と真行寺は考えて、

「では別の質問をさせてください」と言って迂回路《うかいろ》を進むことにした。「映画の公開前に主演俳優とかが来日してテレビに出たりするじゃないですか。ああいう宣伝もこの会社で仕切ったりしてるんですか」

「多少は」と手島は言った。「ただ、うちはインターネットが中心の宣伝会社なんです。ハ

リウッドから俳優や監督を呼んだ場合は、配給会社はテレビの地上波に出したがりますので、そこは配給会社の宣伝部のお手伝いっていう形にはなります」

「でも、やってるわけですよね」

「ええ、まったく関わってないっていうわけではありません」

「テレビに出ると、それがネットのニュースにもなりますよね。ハリウッドのスターが来て日本のタレントとこういう番組でこんな話をしたとかがネットニュースで流れる」

自分のような映画ファンにとっては、実にどうでもいいカスみたいな情報なんですがね、とは言わなかった。

「そこはうちの担当になりますね。たとえば朝の情報番組で監督の来日が報道され、作品が紹介されたりすると。その日の夕方にはネットで拡散させるようにします」

なるほど、と真行寺は言った。

「では、来日したスターに日本はこういう市場だからと宣伝方針を説明し、こういう部分を強調してインタビューに答えて欲しい、なんてことを依頼したりもするのでしょうか」

「それができれば理想的なんですが。まあ相手が大物の場合は、なかなか難しいですね」

「そうですか。ただ、宣伝マンとしてはそれが理想なんですね」

「そうです」

「そういう宣伝がヒットにつながると信じている」

「そう思わないと宣伝プランなんか立てられませんから」

「逆に、そういったことを聞き入れて、宣伝会社の意向に沿うように積極的にキャンペーンに協力してくれる人もいるんですか」

「ごくたまには。これから売り出す初来日の若い監督の中にはそういう人もいました」

わかりました。そう言って真行寺は立ち上がり、

「貴重なお時間をありがとうございました」と言った。

手島はいささか拍子抜けの面持ちで、真行寺を見上げた。

「いいんですか、いまので」

「ええ、お忙しいでしょうから今日はこのへんで。——ところで、こちらは若い頃の豊崎社長ですか」

アームチェアの背後の壁に飾られた写真を指さし、真行寺は言った。利発そうな若者が恰幅《かっぷく》のいい紳士と肩を並べて握手を交わし、カメラに向かって微笑《ほほえ》んでいる。

「ええ、学生の時に会いに行って、一緒に撮ってもらったそうです」

「朴《ぼく》社長ですよね、ソフト・キングダムの」

「はい、尊敬しているとよく言ってました」

「ソフト・キングダムとお取引は？」

「いや、うちはまだそのレベルでは」

「では、そちらは豊崎さんの趣味だったのでしょうか」

真行寺はマスコットのように机の上に立っている〈オツレサン〉を指さした。

「そうですね。ソフト・キングダムが製作に関わるようになってから飛躍的に機能が向上したと言って喜んでいました」

なるほど、と言って軽く頭を下げ、社長室を出ると、宣伝部員たちがデスクに向かい受話器を耳に当てているフロアを突っ切って引き返した。出入口の手前で、扉に貼られているポスターがふと目に留まった。ハリウッドの大作の中で、それだけが野暮ったく、安っぽく、親しみが持てた。東北から来た田舎者《いなかもの》の刑事・港《みなと》トオルが荒くれ者の多い神奈川県警本部に赴任して大活躍するという「横浜《よこはま》無宿シリーズ」。

岩手県警と神奈川県警は言ってみれば別会社であるから、両県警の間で赴任なんてあるはずはない。制作陣もそれを承知でやっているのだ。タイトルからして、B級映画の名手と言われたドン・シーゲル監督の『マンハッタン無宿』からのイタダキなのだから。

「こんなものもやっていたんですか」

「みたいですね。会社を立ち上げてまもない頃の話だと聞いてますが。ただ、こんどまたシリーズが復活するんですよ」

「へえ、監督は長谷部《はせべ》安臣《やすおみ》ですか」

「よくご存知ですね。そうです、アンジン《安臣》さんです。それにタイミングを合わせて、Blu-ray のボックスを出すんですが、それだけはおつきあいで受けさせてもらうことになってるんですよ」

「長谷部監督なら、ラストは埠頭《ふとう》で銃撃戦だ」

このシリーズ、クライマックスは埠頭でのアクションシーンと相場が決まっている。とくに長谷部監督はガンアクションを好んだ。

「港トオルは誰がやるんですか」

「渡部達彦《わたべたつひこ》です」

知らない名前だった。おそらく最近売れてきた俳優を抜擢《ばってき》したんだろう。

「三代目だな」と真行寺が言った。

「お好きなんですか」怪訝な顔をして手島が訊いた。

「成り行きでだいたい見たな。松田雄一郎《まつだゆういちろう》の港が一番よかったけれど」

「へえ。面白いですか」

宣伝会社の社員がなにを言っているんだと呆れたが、この作品の担当は別にいて、手島自身は未見なのだという言い訳を聞かされた。

「面白いかと言われれば別段面白くはないんですが、こういうのを見るとほっとするんですよ」と真行寺は言った。

「ほっとする？」

「カット割とカメラの動きがね。最近の映画はアクションシーンでカメラを動かしすぎるんです。短くショットを刻んで迫力を出そうとしているのがかえって鬱陶《うっとう》しい。B級映画なんてのは必要なショットだけ撮ればいいのであって。まあ僕らはブルース・リーとジャッキー・チェンで育ったんでね。アクションシーンではカメラは引いて欲しいんですよ」

「詳しいんですか、映画は」

「別に詳しくない。気が向いたら休みの日に映画館に入って見る程度です」

勤務中にサボって見ることもあるが、それは言わないでおいた。

「そうなんですか、『横浜無宿シリーズ』の Blu-ray のサンプルありますが持っていきますか」

持っていきますかは贈呈しますよの意味だろう。「横浜無宿シリーズ」の特に第一話が Blu-ray の鮮明な画面で見られるとしたらちょっと嬉《うれ》しい。

しかし、公務員はそういう金品をもらうとあとあと面倒なことになりかねない。そのように辞退すると、あくまでもサンプルで商品ではありませんから大丈夫ですよ。手島はそう言って近くにいた若い女に、「無宿のボックス、こちらに渡しておいて」と伝えると、「この方は刑事さんだから、警視庁の刑事の肩書きでコメントもらうといいかもよ」とつけ足し、「では僕はここで失礼します」と言い残して先程までいた社長室に戻っていった。

自分のボスが死んだにしてはずいぶん余裕があるような気もした。まあ、仕事の話をしているほうが気が紛れるのかもしれない。

駅への道すがら、手島との会話を思い返していると、急にあらぬ方向へ頭が働きだし、周囲の物音が消えてこめかみが痛み始めたので、これはいかんと思い、駅近くのカフェに入り、チョコレートパフェから糖分を脳に与えながら、自分の妄想とつき合った。そして、あるひとつの仮説に辿《たど》り着くと、こんどはコーヒーを注文して、そのまま少し椅子に座って休んでいた。

カフェを出たあとは、桜田門のほうには戻らず、渋谷《しぶや》方面へ山手線に乗って新宿で降りた。東口に出て、ヤマダ電機でオプティコインを購入した。これにともなって、真行寺もオプティコインのアプリを自分のスマホにインストールする羽目になった。そのアプリに記載されたオプティコインから一万円分、つまり625オプトだけを残し、あとはみんなサランに送った。〝誕生日おめでとう〟のアイコンも添付した。気の利いた一言を添えようと思ったけれど、なにも浮かばないので、無理はよした。

店のあちこちに「オプト使えます」の掲示が出ていた。最近はやたらとこの告知が目につく。実際、オプトで払うほうがポイントバックもあるから得である。そのせいなのか、若い層をはじめとして、こういうキャッシュレス化が進んでいるという話はよく聞く。送金だって二十四時間いつでもできるし、手数料は取られない。財布を拡げて小銭を探す必要もない。この間、有名な経済評論家が、もう財布なんか持って外出しませんよ、と言っていた。スキミングで盗難にあったなんて話も聞かない。一万円余分に買って自分のアカウントに残したのは、物は試しの軽い気持ちからだった。

メールの着信音がして、サランがショートメールで礼を言ってきた。

「ボウイから『誕生日プレゼントでオプトの入金があったよ』と言われて確認したら、ビックリしました。これ真行寺さんですよね。ありがとうございます。こんなにたくさん。本当にすみません。ボウイからも『6250オプトは日本円で十万円ぶんだよ』と言われました」

真行寺も驚いた。〈オツレサン〉の言語能力にである。入金があってそれを知らせることは簡単だろう。いままでもパソコンが着信音などでそれを知らせてくれたことはある。メールを読み上げることもめずらしくなくなった。しかし、ロボットがこんなにナチュラルで臨機応変な会話をするとは驚きだ。スカイ・プレイヤーの手島が言ったように、今回の〈オツレサン〉は旧バージョンの〈お孫さん〉と比べて、飛躍的に進歩している。

「売れてますか」と真行寺は店員に訊いた。

「売れてますねえ」と店員は言った。「なんせ無料《ただ》みたいなものだから買って損はないわけですよ」

「けれど、役に立つ局面がこれと言ってなければ、そのうち飽きられて粗大ゴミに出されるんじゃないんですか」

真行寺はそう言ったあとでこれは販売員に対して失礼な物言いだと反省し、うちも娘が楽しく使っているんだけどね、とつけ足した。

「役立つことはあるんですよ」と販売員は真顔で言った。「実際、振り込め詐欺《さぎ》の電話やメールがあった時には、こいつが『この電話は登録されてない番号だから気をつけてね。お金を振り込めなんて言ったらそれは絶対に詐欺だよ』『このメールは怪しいから削除したほうがいいよ』などと知らせてくれるので、そういう機能は大いに重宝されています」

それなら警察にとっても大助かりだ。〈オツレサン〉、えらい。生活安全部が表彰状を出すかもしれない。

「振り込め詐欺って、『どうして簡単に信じて振り込んじゃうんだ』とさんざん言われてたじゃないですか。でも、自然な言葉で言われると信じちゃうわけで、逆に自然な言葉で警告されると、はっと気がつくそうなんです。だから高齢の親に子供たちが買い与えるケースが増えています」

なるほど、だとしたらこれは、新たに開発に参画したソフト・キングダムのお手柄である。旧バージョンの〈お孫さん〉の開発は本郷技研単独によるものだった。もともとオートバイの製造から興《おこ》されたこの会社は、動力部分の工学技術にすぐれ、ロボットの身体的表現、つまり人間的な動きや仕草の実現に秀でていた。発話するときにバンザイをしたり、考え込むしぐさをしたり、もっと歩きましょうと老人に語りかける時には、膝を曲げて歩くポーズを取った。その動きが愛くるしいと評判になったのだが、発話に関しては、あらかじめ書き込まれたテキストをセットされた時間に読み上げるにすぎなかった。

新宿署に足を運んだが、家入はあいにく出ていた。真行寺は桜田門に戻らず、そのまま中央線の下りに乗った。

自宅がある高尾の手前、八王子で降りた。そこからとことこ歩いて、高台にある高級老人介護施設を訪問した。以前、そこに住む老人たちに、〈オツレサン〉の旧タイプ〈お孫さん〉

が悪態をつき、その言葉にショックを受けた老婆がひとり死ぬ事件が起きた施設である。その事件の後、〈お孫さん〉は一度すべて撤去されたと記憶している。しかし、快老院《かいろういん》をひさしぶりに訪ねてみると、大勢《おおぜい》の〈オツレサン〉が老人たちと歓談していた。

「今回からソフト・キングダムが製品作りに関わっているのでもう前みたいなことはないかと思いまして」と院長が言った。「それに前のことがあったからでしょうね、本郷技研のほうから、入居者全員に新型をプレゼントしてくれたんです」

それはずいぶんと太っ腹だな、と真行寺は思った。

「好評ですか、新型の〈オツレサン〉は」

「いやもう大変な人気ですよ。介護士じゃかないませんね」

院長は、隣の席を目で示した。テーブルの上に立たせた〈オツレサン〉に老婆がしきりにうなずいている。

――ナツキちゃんは今日はもう二百歩も歩いて、ご飯もたくさん食べてえらかったね。

「ユージローが応援してくれてるからねえ」

――ナツキちゃんが大好きなコータローも褒めてくれると思うよ。

「褒めてくれるかな」

――ナツキちゃんはコータローのどこがいいと思う？

「若くて世の中を変えようとする姿勢がいいと思うよ」

――そうだね、小柳浩太郎は若くて世の中を変えようとする姿勢がいいね。

ここまでナチュラルにやりとりできるのか、と真行寺はあらためて驚いた。

「よく聞くと、相手が言ったことをもう一度言い直しているだけなんですがね。今日の朝ご飯は美味《おい》しかった？／美味しかったよ／美味しかったんだ、それはよかったね／みたいな感じで。そこがまた自分を肯定してくれているように思えるんでしょうね、とても好評です」

「いまみたいに選挙のことなんかも会話するんですか」

「ええ。夕方にはその日のニュースをピックアップして読み上げてくれるんです。しかも、高齢の父親が息子《むすこ》の引きこもりを苦にして刺し殺した、なんて陰惨な事件は、『次』と言えば、途中でスキップして、次回から類似のニュースは読み上げないようにもしてくれます。選挙については、『次』と言う人は滅多にいなかったので、みなでよく話してました」

「ここに住んでいるご老人たちは投票には出掛けるんですか」

「ええ、今回はかなり盛り上がって、バスをチャーターしていきました」

「どうして盛り上がったんでしょう」

「〈オツレサン〉が誰に投票しますかと訊くんで。それとやっぱり小柳浩太郎人気ですかね」

「へえ」

「〈オツレサン〉には、〝パーティ・タイム〟ってアプリが同梱《どうこん》されてまして、各党の候補者の名前やマニフェストを教えてくれてたんです。わざわざ出かけるのが億劫だと言ってここ数年棄権していた入居者まで投票したいと言い出したので、こちらは大変でしたよ」

真行寺は礼を言って、快老院を後にした。八王子駅まで歩き、再び中央線に乗って高尾の自宅に戻った。

赤いレンガの家の前に黒いバンが停まっていた。

森園が演奏家の仲間を呼んで、弾《ひ》いたり叩いたりしてもらい、曲を作ることがある。その何人かとは真行寺も顔なじみだ。ベースの佐久間《さくま》かドラムの岡井《おかい》あたりが来ているのかなと思って、自宅のドアを開けて上がると、「こちらも確認いたしますので」という声がした。佐久間や岡井はこんな丁寧な物言いはしない。来客らしい。

リビングのドアを開けると四人来ていた。ひとりはスーツを着ていて、あと残りは平服だった。やたらと裾《すそ》広がりのダボダボしたズボンをはいている小さいのがいた。ミュージシャンというよりもアニメのキャラに扮しているオタクのように見えた。

「あの、こちらはソフト・キングダムの芳原《よしはら》さんです」とサランが手を差し伸べてスーツの男を紹介すると、芳原は名刺入れを取り出し、いちまい抜いて真行寺に差し出した。

「ワルキューレの特別顧問の真行寺です」

勝手な肩書きをつけられて紹介された。こうなると警視庁の名刺は取り出せない。真行寺は礼を言ってもらうだけにした。

「5Gプロモーション担当課長」真行寺は相手の名刺に印字された肩書きを読み上げた。

「カーリー・フィリップスの中国公演に森園さんに出演していただけることになりましたので、打ち合わせに参りました。ソフト・キングダムの芳原でございます」

そうか、それでソフキンのお出ましか。この5Gのプロモーション公演で、日本サイドで通信を管理するのはソフト・キングダムってわけだ。

「当日、森園はどこで演奏するんですか」と真行寺は訊いた。

「ここです」とサランが言った。「こちらは撮影スタッフの――」

そう言ってサランはラフな格好の三人を紹介した。

「撮影ってのは」と真行寺が訊いた。

「ここで撮った映像を〈オツレサン〉経由の5Gで送って、中国の会場でプロジェクター投影するんです、そうして森園さんも中国で演奏しているように見せるつもりです」と芳原が解説した。

真行寺は驚いた。撮影場所になるなんてのは聞いていないぞ、と思ったが、サランの立場を酌《く》み取って、黙っていた。カメラの位置などはまた後日ご相談させていただきます、今日のところは現場と回線の確認のみということで、と芳原が言い添えた。

「ソフト・キングダムさんは中国にまで進出しているんですね」と真行寺はいちおう感心した風を装った。

ソフトキンは、プロ野球の球団を買ったり、サウジアラビアに投資したり、人型ロボットを実質無料で配ったりと、なにかとやることが派手な会社である。前に捜査した事件では、インドから天才プログラマーを連れてきてあっと驚くような自動運転のプログラムを開発させていたし、衛星から潜水商船へ位置情報を送ったりもしていた。とにかくソフト・キングダ

ムは油断がならない。ところが、芳原は、

「いや、中国のほうで通信を受けてくれるのは、華威《ファーウェイ》です。——というか、今回うちは華威に協力するという形で参加させていただくことになってます」などと殊勝なことを言った。

「華威って最近よく耳にしますね。御社が脇に回るくらいだから、でかい会社なんですか」

「でかいというか、世界一ですよ、特に5Gでは」と芳原は笑った。

世界一はいくらなんでも言い過ぎだろう、と真行寺は思った。しかし、イギリスがここの副社長を逮捕し、アメリカが国内から華威の製品を徹底的に排除すると息巻いているのも、それだけ脅威を感じていればこそなのだろう。

「5Gで通信するとなると、うちにも5Gが入るってことですか」と真行寺は訊いた。

「はい、当日のみになりますが」

芳原は苦笑交じりに言った。その笑いは、がっかりさせて申し訳ありません、という色合いに染まっていた。しかし、5Gが超高速で超低遅延だからと言って、なにがありがたいんだろう。それで通信料金が上がるのならむしろごめんだ。

四人は〈オツレサン〉からコードを抜くと、リビングの隅に置いた測定器をケースに戻し、それを提《さ》げて出て行った。

「森園はどこ行ったんだ」

「台所で、真行寺さんのお茶淹《い》れてます。食べながら打ち合わせしましょうってことになって、さっきお寿司の出前を取りました。私と森園君は先にいただきましたけど、真行寺さんのぶんも取ってありますから」

これはもちろんソフキンの奢《おご》りだろう。やってきたスタッフたちも、ふたりとのミーティングということにして経費で落とせば、一人前余計に注文してもどうってことない。なかなかちゃっかりしてるな、と思った。

森園が顔を出し、どっちで食べますかと訊いてきた。ここで、と言ったら森園は「お寿司ですよー、しかも回りません」などと言いながら、寿司桶《おけ》とお茶と茶碗《ちゃわん》蒸《む》しを運んできた。

「ボビーさんなにか言ってましたか」とサランが訊いた。

特には、と赤身をつまみながら答えた。事実、黒木はなにも言ってこない、ワルキューレの経営状態については。そのかわり、不思議なメッセージを残していた。——新宿駅のホームから突き落とされて轢死した広告代理店の社長の事件を追え。どういうつもりでそう書き残したのかはわからないが、黒木が言うなら動かざるを得ない。それほどに真行寺は黒木の嗅覚《きゅうかく》と情報を信頼していた。そして、今日一日ほっつき歩いてみると、確かになにかおかしなことが起こっている気がする。

「それにしても」と森園のほうを向いて、「向こうの音も通信で送られてくるんだろう。そいつに合わせてライヴで音を出すなんて、そんな器用なことお前にできるのか」と訊いた。

「いや、ヤバい」と森園は言った。そしてサランがちょっと席を外した隙に「本当は断って欲しかったんですよ」と小声でつけ加えた。

「ただ、あっちはプロ中のプロなんで、とりあえず向こうに完璧な世界を作ってもらって、そいつに向かってへんてこりんなものを投げつけるしかないですね」

そうだろうなと真行寺も思った。森園には弾きこなせると言える楽器はひとつもない。こいつが部屋にこもって、機材をいじくり回し、配線をとっかえひっかえ抜いたり挿《さ》したりしていると、風変わりな音が煙のように立ち上る。それがまたへんてこなので特に玄人《くろうと》筋からは受けがいい。ただ、やはりミュージシャンとしては異端だ。カーリー・フィリップスもずいぶん大胆な人選をしたもんだな、と思った。

寿司を口に運びながらそんなことを考えていると、オーディオセットの横に段ボール箱が置いてあるのが目に入った。

「あれ、あいつら機材を忘れていったんじゃないか」

真行寺はサランに声をかけた。

「いえ、昼間に届いた宅配便です」

「俺に？」

「そうですけど、差出人も真行寺さんになっていますよ」と言ってサランは段ボール箱を抱えて、寿司を食っている真行寺の足下にそれを置いた。さほど重くはなさそうである。ただ、段ボールの紙はやたらと分厚く、Fragile という赤いシールも貼ってあった。差出人の欄には Hiromichi Shingyoji とある。

「ロンドンから送られてますね」

「なんなんだろうな、いったい」

腰を浮かせようとしたら、カッターナイフがテーブルの上に置かれた。「食べてからでいいんじゃないですか」と持ってきてくれたサランが言った。それはそうだなと思い、ゆっくりと寿司をつまみ、最後の玉子を口の中に放り込んでから、カッターを取った。

ガムテープで閉じ合わせたところに刃を入れて開封し、中の緩衝材を取り除くと、電子機器のようなものが出てきた。それも上蓋《うわぶた》がなく、基板がむき出しになっている。

こんなものを海外から送ってくるのは黒木に決まっている。アンプの類《たぐ》いかも知れない。もうひとつ、新宿駅の轢死事件を追え、というメッセージと関係があるとも考えられる。けれど、いったいどう関係するのかということになると、ぜんぜんわからない。真行寺はリビングの隅にでも置いといてくれと森園に頼んで、自分の部屋に戻り、Gmail のアカウント、meandbobbymacgeetakao@gmail.com にログインし、メールを書いて下書きフォルダーに保存した。

〈なんかへんなものが送られてきたけれど、とりあえず取っておくよ〉

風呂に入り、まとわりついているへんな気分を洗い流して、心機一転、もらってきた『横浜無宿』の第一話を自室のパソコンの画面で見て、早々に床《とこ》に就いた。

けれど、またへんな夢を見た。夢なんてのはへんに決まっている。けれど、へんだという情感だけが染み入るように広がって、そこから深いところに落ちていく感覚があった。それはとてもへんだった。

あくる日は、定時の便に乗った。事故もなく満員の乗客を乗せて中央特快は順調に東京駅に向かってひた走っていたが、真行寺は新宿で降りた。

「昨日は来ていただいたのに、すみません」出迎えた家入はあいかわらず丁寧だった。「本庁に折り返しかけたんですが、あいにくまだ戻られていないとのことだったので」

「まだじゃなくて戻らなかったんです。そのまま帰ったもので。寄り道して、鑑取りの真似ごとはしてましたがね」

家入は呆れているようすだったが、とりあえず「そうだったんですか」と相槌《あいづち》を打ち、さらに、こちらもバタバタしていましてと前置いてから、

「実は自首してきたんですよ」と告げた。

「自首？　逃げていた被疑者がですか」

「そうです。北村健一《きたむらけんいち》。四十五歳。右翼団体『国栄天理館《こくえいてんりかん》』の構成員。――だそうです」

「……動機は？」

「痴漢を働くなど卑劣の極みで、日本男子の風上にも置けない。豊崎が逃げるそぶりを見せたので、腕を摑んだら振りほどこうとした。それで、もみ合いになって、はずみで突き落としてしまった」

家入は手元のノートを読み上げながら言った。

はあ。どうにも芝居がかっていて信用できない。だいたい逃走しておいて、日本男子を口にするなど聞いて呆れる。

「自分が原因で豊崎が転落したことは認めているんですね」

「そうなんですが、故意ではなかったとは言っています」

「その右翼団体の構成員ってのは自己申告ですか」

「いや、いちおう国栄天理館には問い合わせて、北村がそこに出入りしていることは確認しました」

「その組織の中では北村ってのはどういう存在なんでしょう」

「パシリでしょうね」

　刑事部屋の隅に置かれた応接セットのソファーに座り、家入は投げやりに言った。真行寺はこめかみに中指を当てて、

「鉄砲玉に使われた可能性は？」

「国栄天理館が北村を使って、ホームから豊崎を突き落としたってスジですか」

　そう言って家入は薄く笑った。しかしその笑いは苦笑ともちがって、その問いを歓迎しているようにも見えた。

「そう考えるとどこがおかしいですか？」と真行寺はさらに訊いた。

「であれば、痴漢だと騒いだ女も共謀《グル》だってことになります」

「共犯だってことにして考えるとどうなります？　電車内で女が痴漢だと騒ぎ、義憤に駆られた乗客を装って、北村が豊崎をホームに引きずり出す。身に覚えのない豊崎は抵抗する。もみ合いになる。列車がホームに滑り込んでくるタイミングで北村が豊崎を線路へ突き落と

すって計画は？」

なるほど、と家入がうなずいたので、真行寺は拍子抜けした。突飛《とっぴ》な筋書きを開陳すると、大抵は苦笑される。真面目にやれと怒られることもある。ただ、ときどき的中するからやめられない。裏を返せば、外れることも多い。まちがったなと思ったらすぐに自説を撤回してしれっとしている当人は、適当に馬鹿にされていたほうがやりやすいとさえ思っている。しかし、この警部補は、積極的に食いついてくる。調子が狂ってしまうじゃないか。

「ただそうすると」と家入は言った。「そういう無茶なことまでして豊崎を殺《や》らなきゃいけない理由がわからないんですが」

「まあ、そうなんですよ」真行寺はそう言ってその先を濁し、「そのあたりは北村を締め上げて吐かせてみてくれませんか」

「了解しました」

家入はすんなりとそう言って手帳を開いて鉛筆を走らせた。これではどちらが階級が上かよくわからない。

「ところで」と家入はあらたまった。「昨日わざわざこちらに来ていただいたのはどのような用件でしたか」

「いや、ＳＳＢＣのほうからなにか収穫が出たかなと思って、寄ったまでです」

捜査支援分析センター《ＳＳＢＣ》は防犯カメラを調べまくって、犯人の足取りを追うことを得意としている。近年、めざましい成果を出して、ＳＳＢＣの力を借りて解決される事件が増えた。

防犯カメラを設置した当初は、プライバシーがどうのこうのと言っていたが、いったん事件が起こると人々は、防犯カメラが事件現場を見ていたことを期待する。そして、これは捜査の強い味方になる。最近の調査は、SSBCの独擅場《どくせんじょう》と言ってよい。

「まあ、SSBCにあまり活躍されるとこっちの肩身が狭いんで、自首してくれて助かった」と真行寺は冗談めかして言い、ではこれで、と立ち上がった。

署を出ようとすると知り合いの刑事に声をかけられた。一年前にある事件でここに詰めたから、見知っている顔がいくつもあった。最近どうしているんだと訊かれたので、相変わらずですと答えたら、そりゃ最悪だなと口の悪い加古《かこ》課長が笑って返した。そうだ、このくらいのほうがやりやすいぞ、と思いながら、じゃあまたと言って新宿署をあとにした。

新宿駅に向かって歩いていると、名前を呼ばれた。振り返ると、小走りに近づいてきたのは家入だった。真行寺さん、昼飯食いませんか、と言われた時には正直驚いた。

「まだちょっと早いですが」家入は言った。「この先に安くてうまい天ぷら屋があるんですが、どうでしょう」

昼飯時にはまだ少しあったから、店は空《す》いていた。家入は女将《おかみ》さんに、個室を使わせてもらっていいかなと言った。書き入れ時を前に、ふたりで個室を占領されたら迷惑だろう。しかし女将さんは、どうぞ使ってください、と言って奥座敷の襖《ふすま》を開けた。混んできたら相席でいいですからね、と家入は靴を脱ぎながら断りを入れた。

「昨日はダイリンとスカイ・プレイヤーに行かれたんですよね」

注文をすませ、改まって向かい合うと、家入は言った。ええ、と真行寺はうなずいた。ダイリンとスカイ・プレイヤーの情報は家入がくれたのだから、さっき報告するのが筋だったな、と思い直した。

「諏訪はいましたか」

「いいえ、自宅で頭を冷やしているとのことで、同席していた篠田に会いました」

「彼らの部署については気づかれましたか」と家入は言った。

「部署というと」

「あいつらが売り歩いているのは、風《かぜ》じゃなくて弾《たま》ですよね」

真行寺はうなずいた。諏訪と篠田が戦車の砲弾を扱う部門で働いてることはすでに調べているらしい。

「関係があると思いますか」と家入は訊いた。

「わからない」と真行寺は首を振った。

襖が開いて、女将さんが顔を出し、上定食の膳を二つ卓に並べた。大盛りでと注文した家入の丼《どんぶり》にはめしが盛大に盛られていて、平皿に載った海老も一尾多かった。どうもその節は色々とお世話になりました、と女将さんは頭を下げた。いえいえ、こちらこそすみません、いつもサービスしてもらって、と家入は言ったあと、その後はなにごともなく？　と訊いた。ええ、おかげさまで、と女将さんはまた頭を下げてから襖を閉めた。

家入はこの店になにか便宜《べんぎ》を図ったことがあるのだろう。新宿という土地柄からすると暴力団絡みのいざこざをうまく収めてやったのではないか。この店にとってそれは、ランチタイムに座敷の個室を使わせ、盛り付けにちょっと気を利かせるくらいにはありがたかったにちがいない。

「いかがですか。なかなかうまいでしょう」とどんどん飯をかき込みながら大きな身体《からだ》の家入は訊いてきた。

確かに、と真行寺は相槌《あいづち》を打って頬張った。本心を言えば、あれこれ気になって、味のほうには注意がいかなくなっていたのだけれど。

俺は思うんですが、と丼を持ったまま家入が身を乗り出した。真行寺は麦茶のグラスに手を伸ばし、続く言葉を待った。

「関係ある気がするんですよ」

なにが、と念のために真行寺は訊いた。

「諏訪と篠田の仕事、彼らの仕事内容、つまり防衛産業と豊崎が死んだことが、です」

「なぜ」

「諏訪と篠田は選挙速報をあの焼肉屋で見ながら飲んでいた。そして、安全保障において愛甲首相と対立関係にある令和新党の勝利を喜んでいる若いのと一悶着《ひともんちゃく》起こした」

「平和平和と馬鹿のひとつ覚えみたいに言ってるんじゃねえ、なんて台詞も吐いてましたしね」

「ええ、調書のほうを読ませてもらいました」と家入は言った。「そこまではわかるんです。あのふたりにとって令和新党の躍進は、仕事がやりにくくなるという点で、端的に気に入らないわけです。だから、仲裁に入った豊崎もまた敵陣営の手合いに思えた」

真行寺はうなずいて、

「豊崎もまた令和新党のシンパなんですよ。それは店の中の態度でも明確でした」と同意した。

「そうですか」

「これはあくまでも俺の印象にすぎないことなので、調書には落としてないんですが、豊崎もタブレット端末で選挙速報を確認して喜んでいましたからね。わりと控えめにやっていたので文句をつけるわけにもいかなかったけれど、諏訪たちの癇《かん》に障《さわ》っていたことはまちがいないでしょう」

「なるほど。阪神がボロ負けしている甲子園《こうしえん》球場の一塁側スタンドで、巨人ファンが追加点にガッツポーズをするようなもんですね」と家入が言った。

最近は野球をほとんど見なくなった真行寺であったが、この譬《たと》えはよくわかった。

「ただ、その程度では大それた計画の動機にはならないでしょう」と真行寺は言った。「酔った勢いで、気に入らない政党の同調者を殴った。けれど、酔いが醒めたら、やりすぎでした申し訳ないとかしこまる、これはもう、それだけのことですよ」

家入はうなずいた後で、

「しかし、豊崎が特別な人間だったらどうなりますか」

「特別とは？」

「わかりません。なんとなくそう言ってみただけです。要するに〝殺すに値する人間〟ということになりますが、そのあたりはスカイ・プレイヤーで鑑取りした巡査長にはどう見えたのかな、と思いまして」

「新宿署から鑑取りに行ったほかの連中はなんて言ってるんですか」真行寺は逆に訊いた。

「なにも。私もその方面から突っ込めとはまだ指示してませんし」

真行寺は箸を止めて家入を見た。

「ところで、家入さんはどうして私に対してそんなに丁寧なんですか」

「いけませんか」

「いけなくはありません。けれど、家入さんは警部補で、私は巡査長ですよ」

「いやいや、年齢とキャリアは真行寺さんのほうが上ですから。それにいろんな噂も耳に入ってますし」

「どんな噂ですか」

「まあいいじゃないですか、とにかくただの巡査長じゃないってことですよ。それはちょくちょくいろんな方面から聞きますので」

真行寺は苦く笑った。「たとえばどこから？」

「そうですね。たとえば吉良《きら》警視正」

懐かしい名前が出た。キャリア組の吉良とは彼が警察大学校を出て現場に配属されたばかりの頃、一緒に事件を担当したことがある。妙に気が合ったが、相手はその後とんとん拍子に出世したから、ふたりの間にはさしたる交流はなかった。もう一年以上前になるが、公園でバイオリンを弾いている彼を見つけて声を掛け、取りかかっていた捜査のヒントをもらった。それからは本庁でも見かけることはない。

「真行寺さんのこと『面白い』と言っていましたよ、吉良さんは」

「いまどちらにいらっしゃいますか」

「内閣府直属の組織の立ち上げに関わってるそうです」

そうですか、と真行寺は言って、蓮根《れんこん》を箸でつまんで天つゆにつけた。刑事をやっていると、キャリアの連中とは見ている世界がちがうなと、思うことがままあるが、一緒に鑑取りをやったあの若い警官が三十代半ばでもうそんなでかい仕事をしてるのかと思うと、格のちがいってものがあるのだ、と痛感させられる。真行寺さん、と家入がまた言った。

「別に裏はありません。巡査長だろうがなんだろうが、うちの課長だって口は悪いが真行寺さんには一目置いてます。だから、知り得たことは教えていただきたいんです。ただそれだけです」

実は真行寺は昨日、スカイ・プレイヤーで感づいたことを家入に話してやろうと思い、新宿署に立ち寄った。ところが、あいにくと不在だった。それで、今日出直したら、被疑者があっさり自首していた。家入が丁寧すぎるのもどこかきまりが悪く、ならば、もうすこし成り行きを見ようと思い直して、そのまま署を出てきたのである。けれどいま、吉良の名前が家入の口から出たことで、真行寺のガードが下がった。そして、そこまで買いかぶってくれているのなら、荒唐無稽《こうとうむけい》な推理をこの男にぶつけてみるのも面白いと思い直した。

「スカイ・プレイヤーは映画の宣伝会社です。大手の配給会社から作品をあてがってもらい、それを売り込むことを生業《なりわい》としています」と真行寺は言った。

「つまり、政局や政情とはまったく関係のない仕事をしているわけですね」

そうです、と真行寺はうなずいた。

「豊崎はサブカル界隈《かいわい》の片隅で生計を立てている人間です。だから、令和新党の躍進が気に入らないからといって、こいつを始末したってしょうがない。カッとなって殴ることはありえるが、生かしておくとヤバいというほどの人間ではない。殴るのとホームから突き落とすのはまったくちがう。——まあ当たり前の話ですが」

家入はうなずいた。

「ところで家入さんは映画を見ますか」

「昔は結構見ましたが、いまはネットで見ることが多いですね」

「そうですか、俺はぷらっと映画館に入って見るのが好きなんです。特に勤務中にさぼって見るのが大好きなんですよ」

「あとのほうは聞かなかったことにします」

「たとえば俺に、映画の情報を目に入れさせ、タイトルを覚えさせ、作品の内容を知らせ、興味を持たせ、劇場まで足を運ばせ、チケットを買わせるように仕向ける。これが豊崎らの仕事です。映画の宣伝というのは、とどのつまりは、これを目指しているわけです」

　まあそうでしょうね、と家入はまたうなずいた。

「でね、映画っていうのは、こういう映画なんだろうと思って見に行くと、あれ、ぜんぜんちがうじゃないかってことがあるんです」

「ああ、ありますね。感動大作だと言うので見たら、けっこうややこしい話だったりしたことがあったなあ」

「でしょう。俺の見立てでは、日本の映画宣伝はやたらと観客に泣いてもらいたがるんですよ。それはともかく、どういう商品として映画を売るのか、泣けるやつなのか、ハラハラドキドキなのか、映像が斬新《ざんしん》なのか、俳優がイケてるのか、とにかくその映画が当たる要素を抽出して吟味し、ヒットに向けて進路を定め、公開日まで突き進む。その道行きの中で進捗《しんちょく》状況を分析し、同日公開の競合作品の動向も気にしつつ、新聞記者やテレビ局に電話を掛けまくり、監督や出演俳優たちをメディアに露出していくわけですよね、たぶん。いやたぶんではなくて、オフィスに行ったらみんなそういう電話をしてましたよ」

　ほお、と家入は言った。

「だから警部補の勘もあながち外れてないってことになりませんか」

「どういう意味ですか」

「映画を売り込むこの手口って、ほとんどそのまま選挙運動に応用できると思うんです」

家入が持ち上げた箸は口の手前で止まった。サヤエンドウはまた皿の上に戻された。

「映画の公開日は選挙の投票日です。同日公開の作品は対立候補。政党にはマニフェストというものがある、映画作品にメッセージなりテーマ、売りどころがあるように。これを露出していくための メディア戦略も考えなければならない。作品を好意的に書いたり喋《しゃべ》ったりしてもらいたい映画評論家やライターは、選挙では政治のコメンテーターとかニュース番組のキャスターなんかに相当するんだろうな。こう考えると、ひとりかふたり新聞かテレビ局で政治部にいた人間を引き抜けば、やれるんじゃないですかね」

「つまり、豊崎は令和新党の選挙参謀ってことですか」

「そこまで断言していいかどうかはわかりませんが、何人かいるうちのひとりだった可能性はあるんじゃないかと」

「確かに、選挙戦に広告代理店《エージェント》が張り付くことがあるってのは聞いたことはありますが……。じゃあなぜスカイ・プレイヤーはそれを言わないんですか。立派な商行為じゃないですか」

「令和新党を勝たしたなんてことになると、自民党と懇意にしている企業から仕事がもらえなくなる可能性があるからじゃないですか」

「ありますかね」

「いやわかりませんが」

「ともあれ調べます」

「お願いします」

それからしばらく、ふたりは黙って天ぷら定食の残りを食べた。サヤエンドウも家入の口の中に収まった。家入は箸を置いて麦茶のコップを摑むと、いや驚いたな、と苦笑しながらそれを口に持って行った。荒唐無稽な話ですいません、と真行寺は笑った。いえいえ、ともかくすぐに調べてみます、と家入は請け合った。

そうしてふたりは割り勘で勘定をすませ、店を出ると、その前で右と左に別れた。

新宿駅のホームで真行寺はまた例のGmailのアカウントにログインし、「犯人は自首してきたよ」とだけ書いて、それを下書きフォルダーに保存した。

一週間が過ぎた。

家入からはときどき連絡がきた。真行寺が新宿署に電話することもあった。北村は義憤を感じてやったの一点張りのようである。もともとそういう直情型の人間らしいという情報もどこからか取ってきた家入は、「いや、ひょっとしたら本当に北村は度外れのアホで、これはあいつの単独犯なのではないか、とさえ思えてきました」と言い出し「オウムの村井《むらい》みたいになる可能性も」などと弱音を吐いた。

地下鉄サリン事件を起こし、日本中を震撼《しんかん》させたオウム真理教の幹部村井秀夫《ひでお》を刺殺した暴力団員を警察はすぐにその場で取り押さえたが、「義憤に駆られてやった」という犯人の主張は崩せず、背後の組織を突き止めることはできなかった。

「痴漢を訴えた女のほうはどうなっていますか」

「楽勝だと思ったんですが、なかなか手こずっているようです」

すみません、と謝ったあとで家入は、防犯カメラを死角なく置いてくれるとわれわれの商売は助かるんですがね、と言った。そりゃ助かるだろう。警察は暇なほうがいいとよく言われるが、おそらくは暇どころか一課の刑事はほとんどお役ごめんだ。

そもそも死角なく防犯カメラが置いてあるのなら、それはもはや防犯カメラなんかじゃなく、監視カメラだ。魚眼レンズに二十四時間見つめられている世の中に棲みたいか。俺は棲みたくない。そうなったら『イージー・ライダー』のピーター・フォンダとデニス・ホッパーみたいにバイクを駆って荒野に行こう。もっとも日本にはあんな見事な荒野なんてないから、山に行くことになるのかもしれない。山道をひたすら歩き、鳥と会話し、せせらぎで顔を洗い、裸火で肉を焼き、アルミのカップでコーヒーを飲んで、二週間ぐらいしてから、馘首《くび》になる寸前に下山する。いいじゃないか。これでいこう。

「それでスカイ・プレイヤーのほうなんですが」と家入に言われて真行寺ははっとした。

「当たっていましたよ、真行寺さんの勘は」

「今回の選挙戦に関わっていたんですか?」

「ええ、選挙の少し前から令和新党の広報の仕事を請け負っていたようです」

「で、それは、どういういきさつで?」

「はい、ここで大物が登場します」と家入は多少もったいつけて前置いて「朴社長からやってみないかと言われたらしいんです。あのソフト・キングダムの」と言った。

ふむ。

ソフト・キングダムの朴という言葉が真行寺に刺激を与え、彼は自分がいま電話で対話中だということさえ忘れてしまい、そのまま勝手に切ってしまった。

こめかみに中指を当てて考えた。謀殺。平和と安全保障、そして砲弾。選挙とインターネットによる宣伝、映画、そしてソフト・キングダム。

選挙戦略に関わっていたことをスカイ・プレイヤーのナンバーツーの手島は言わなかった。その理由について、仕事を取る上で、新興勢力の野党に肩入れしたというのは障害になるからだと真行寺は家入に説明した。しかし、そう説明しながらも実はちょっと大げさかもしれないと思っていた。

加えて、それを紹介したのがソフト・キングダムの朴泰明《ぼくやすあき》だとなぜ言い兼ねるのかについては、さらにわからない。殺された豊崎社長の部屋の壁には、若き日の豊崎が朴泰明と握手する写真を収めた額が掛けられていて、それを真行寺はすでに目撃している。その時点で「お取引は」と手島に質問したら、謙遜《けんそん》気味に「ない」と言った。朴と豊崎との関係が、単に仕事を紹介しただけであるならば、「取引がない」は虚偽ではないかもしれない。しかし、あのときの会話の流れからすれば、よしんば選挙選を一緒に闘ったことは伏せておくとしても、色々と目をかけていただいているのでいずれご一緒できればと思っています、くらいのことを言うのが自然ではないか。

ではなぜ言いたくなかったのか。ソフト・キングダムとスカイ・プレイヤーとを結ぶ線をこちらに意識させたくなかったのだ。そうとしか考えられない。

しかし、机の上のコーヒーを飲み干してもう一度考え直してみると、自分の胸中に宿る不審だけをもっともだと決めつけるのも危険な気がしてきた。おい真行寺、新宿署から電話入ってるぞ……。署内の誰かがそういうのが聞こえた。真行寺は目の前の受話器を取り上げた。

「すみません、なんだか急に切れてしまって」と家入は必要のない詫びを言った。

「スカイ・プレイヤーの手島に、選挙戦の戦略立案の仕事をしたことを認めさせるまでかなり手こずりましたか」真行寺はいきなり訊いた。

「いや」と家入は言った。「まず、令和新党の選挙運動の仕事をしたのでは、と単刀直入にぶつけてみたら、あちらから返ってきた答えが、どこから聞いたんですか？　だったんですよ」

「つまり、あっさり認めた、と」

「まあ、隠したくてもちょっと調べればわかりますからね」

「朴社長の名前も素直に吐いたんですか」

「いやこちらに関してはなかなか口を割ろうとしなかったんです」

「手島はなんと言って抵抗を？」

「豊崎は被害者ではないんですかとか言っていたかな。あと、そのことは豊崎の死と関係があるんですか、とかなんとか」

「二番目の質問には家入さんはなんて答えたんです」

「いまのところはなんとも、と」

それだと時間がかかっただろう。自分なら「そう疑ってかかるべきだと判断している」くらいは言っただろうな、と真行寺は思った。

「で、結局吐いた。どうやったんです」

「では、令和新党に問い合わせてみますと言ったら、そこまでの話なんですかと驚いたので、いちおう念の為ですと答え、どうして念を入れる必要があるんですか、そんなことされたら、社長の痴漢と併せてうちが警察に調べられているように思われるじゃないですかと反抗され、しかし人が死んでいるからにはいちおう我々も動かざるを得ないんですよと言うと、だからその理由がわからない、ときた。そうなんです、実は我々もはっきりわかっているわけではないが、念には念を入れたいんですよと粘り、とにかくそういう押したり引いたりをくり返したあげくに、わかりましたよ絶対に他言無用でお願いしますねと言って白状しました」

粘り勝ちだな、と真行寺は思った。ブラフを使わず粘って吐かせる。刑事としては家入のほうが正統派だ。

「とにかく」と真行寺は言った。「手島は朴社長の名前は出したがらなかった。なぜだと思いますか」

「それも訊いたんですが、『迷惑をかけるとまずいので』ばかりをくり返していました」

「どう迷惑なんですか」

「朴社長に言われたと。自分が紹介したことは黙っておいてくれよ、と」

「つまり朴が令和と通じていることは秘匿事項にしておきたいってことですか」

「でも、それもヘンなんですよ。朴社長は令和新党に期待するという内容を「Twitter」で発信したりしてますし、政治資金も寄付してますね」

「じゃあ、朴社長がお気に入りの起業家にちょっと便宜を図って仕事を紹介したというのがどんな迷惑になるんですかね。すくなくとも不正にはならない」

「そう言われれば、そこはよくわからないですね」

「ソフキンに行って聞きますか」

いやあ、と家入は言った。朴さんクラスの大物だと、いちおう上に伺いを立てないと、などと言った。わかりました、と言って真行寺は電話を切った。

さてと、どう動こう？　スカイ・プレイヤーに奇襲をかけて、手島を突《つっ》き回してみようか。しかし、宣伝なんて仕事は、刑事と同じで、外出ばかりしているんじゃなかろうか。無駄足にならないように先に電話を入れておくほうがよさそうだと思い、かけた。はい、スカイ・プレイヤーでございます、と明るく電話口に出た女性は、こちらが映画ライターでも編集者でもテレビのディレクターでもなく、刑事だと知ると急に声が沈んだ。手島は外出しておりますが、とその声が告げた。新幹線の券売窓口で満席を告げるような冷ややかさで。いつ頃お戻りですかと訊いたら、わかりませんと間髪を入れず返してきた。できるだけ早く切りたいのだろう。携帯番号を教えていただけませんかと言ったら、手島に確認しますと言われた。

お願いします、と言って切った。

　こうなったら敵の陣営に訊いてみるかと思い、もう一本かけた。あいにくと不通だった。けれど留守番電話の応答の声はさきほどの宣伝マンよりも温かみがあった。真行寺はメッセージを残した。ご無沙汰しております。教えていただきたいことがあるので、お忙しいところ申し訳ありませんが、お時間を頂戴《ちょうだい》できましたら幸いです。

　電話を切った後、こうなったら審判《ジャッジ》に当たるのもいいだろうと思い、真行寺はまた一本電話を入れた。こちらは出た。その節はお世話になりました、と利発そうに言うその声が懐かしかった。世話したどころか、むしろやっかいに巻き込んでしまい申し訳なく思っていた真行寺は恐縮した。


「ちょうどよかった。東京に出てきたところだったので」

　ウェイトレスがコーヒーを置いて去って行くと喜安《きやす》が言った。

「あの時はいろいろ迷惑を掛けたね」

「しょうがないですよ、そういう商売ですから」

　首都新聞 政治部の喜安は、尾関幸恵の夫が殺された事件を追っていた時、警察回《さつまわ》りのベテラン記者から若手のホープだと紹介してもらった。彼に被害者の政治的なポジションを解説してもらい、それを参考に真行寺は衆院議員 尾関一郎《いちろう》が殺された理由を突き止めた。しかし、その背後には、一介の刑事が正攻法で攻略するにはあまりに大きな力が作用していた。

ハッカーの黒木にそそのかされ、真行寺はすさまじい荒療治《あらりょうじ》を試みた。その効果を見定めた喜安は、官房長官を鋭く問い質し、返り討ちに遭った。支局に左遷《トバ》されたわけである。真行寺も監察に呼び出しを食らって散々いじめられたが、証拠不十分で放免された。出世など念頭に置いていない真行寺にとっては、上出来の結果と言えた。それに引き換え、名古屋《なごや》に追っ払われた喜安に対しては、義理を欠いてしまったという思いがわだかまった。

「東京へは取材で？」

「ええ、そろそろ戻してもらえそうなので」

「早いな。君抜きで本社を回すのはキビシいってことか」

「というより、現政権の力が落ちているので、もう忖度する必要はないと会社が思い切っただけなんですよ。そんなものどんな政権であってもするべきではないので、情けない話です。ただ、正直、東京に戻れるのは嬉しいので素直に喜んでますけどね」

喜安はコーヒーカップに口をつけて、複雑な笑いを浮かべた。

国会図書館の喫茶店は空《す》いていた。かつて殺された議員について解説を施してくれたのもここだった。議事堂からあまり離れてないほうが都合がいいと喜安が言うので、喜安と落ち合うときはもっぱらここにしている。また、真行寺が国会図書館の入館証を使うのもこのカフェのテーブルに着くときだけだ。

「今回の選挙結果から判断すると、愛甲政権は厳しい状況に追い込まれたと判断していいのかな」

「それは間違いないです。公明党と合わせてギリギリ過半数を維持していますけどかなり崖《がけ》っぷちですね。これまでのような余裕はなくなったと見ていいんじゃないでしょうか」

「つまり、衆参ダブル選挙の大博打は裏目に出たと」

「よせばよかったと首相も思ってるでしょう。国有地払い下げ問題とか、所属議員の舌禍事件とかいろいろありましたが、まあ正直言って僕の目には大した問題のようには見えなかった。なんとかやり過ごせたはずなんですよ」

「だけど公文書改ざんってのはマズいだろ」

「ええ、確かにあれは大問題ですよね。民主主義の根幹は討議と情報公開ですから。ただ、そっちに話が流れると先に進めないんで……。とにかく、首相も大した問題じゃないと踏んでいた。野党につまらない揚げ足を取らせてしまったな、と苦笑いしていた程度でしょう。そういうマイナスポイントよりも、外交で稼いだ得点を合わせると勘定はプラスになるはずだと計算していた。しかし小柳が、いつまで対米追従路線をやっているんだと安全保障の問題をやたらと突いてきた」

「しかし、沖縄の問題はさておくとすると、対米追従のなにが問題だと小柳は言ってるんだろうか」

「アメリカの同盟国であるっていうことは、いろんな副作用を生みます。たとえば中東諸国はアメリカのようなスーパーパワーが嫌いです。それにくっついている日本だって、アメリカの小判鮫《こばんざめ》というイメージが強くなれば嫌われるでしょう」

中東か、あのへんはややこしくてよくわからないんだよなと真行寺は焦った。イランとイラクが地図上でどこにあるのかさえぼんやりしていた。昔のペルシャがいまのイランだってことを、インドがらみの事件で昨年覚えたばかりである。

「北方領土にしたってそうなんですよ。戦後、ロシアは、当時はソ連ですが、歯舞《はぼまい》と色丹《しこたん》は日本に返してもいいよ、それで平和条約を結ぼうよと言っていたんです」

え、そうなのかと真行寺は驚いたが、恥ずかしくてうなずくだけにした。

「ところがアメリカに相談したら、歯舞と色丹だけ返還ってことは国後《くなしり》・択捉《えとろふ》はソ連に渡すってことじゃねえか、なに勝手にソ連と交渉してるんだよテメエ、そういうことやるんなら沖縄返さねーからな、と恫喝《どうかつ》され、日本は四島いっぺんに返してくれないとやだと態度を豹変させて、決裂です。それで平和条約が結ばれずに代わりに出したのが日ソ共同宣言ってわけです」

「それいつの話？」

「調べます。ちょっと待ってくださいね。一九五六年」

「半世紀以上も前じゃないか。それはアメリカとソ連がやたらといがみ合っていた頃の話だろ」

「いわゆる冷戦のまっただ中で、いまとはぜんぜん状況がちがうと言いたいんでしょ」

真行寺はうなずいた。

「それがたいしてちがわないんですよ」

やれやれ、そいつは厄介だ。

「日本はアメリカと日米安保条約を結んでいる。これをどうやって運営していくのかを書いてあるのが日米地位協定です」

「沖縄で米兵が問題を起こすと話題になるやつだよな。俺はそれで覚えたよ」

「そうです。治外法権的な特権がアメリカにはあるんです。米兵は沖縄の少女をレイプしても、基地の中に逃げ込めば逮捕されないことになっている」

　真行寺の心の中に複雑な思いが交差した。ロックミュージックを聴き始めた中学生の頃は米軍のラジオ放送を聴いてアメリカのバンドに親しんだし、日頃は騒音で悩まされている地元住民との摩擦を緩和するための交流会、いわゆる〝基地開き〟に出かけて行って、米兵が焼いてくれたフランクフルトをほおばりながら、バンドの生演奏を聴いた。

　ステージに立つ米兵の肩からさがっていたのはギブソンのレスポールという憧れのブランドだった。そしてそこでバンドは、真行寺が知らない曲を演奏した。とにかく迫力があってどことなく田舎臭くていい曲だった。演奏が終わったあとで、ベースを弾いていた米兵を摑まえて曲名を教えてもらった。「スウィート・ホーム・アラバマ」。レーナード・スキナードというバンド名が米兵の発音ではうまく聞き取れず、紙に書いてもらった。

　とにかく、アメリカ抜きではロックは語れない。ギブソン、フェンダー、マーチン、ギルド――ロックのパフォーマンスでは必ずアメリカ産の楽器が鳴らされていた。ロックにおいてはアメリカが本物で、日本は偽物だった。偽物は本物に憧れる。真行寺の中でアメリカへの憧憬はつねに燻《くすぶ》り、熱を持って、消えることはなかった。

しかし、いま聴講した地位協定というのは日本人の真行寺にとってははなはだ悔《くや》しく癪《しゃく》に障る。沖縄県警の所属だったら、基地の前で張り込みを続けて、出てきたところをしょっ引いてやるのにと思った。もっとも、基地から本国にそのまま送り返されたのなら、もう手も足も出せない。これはやはり悔しい。

「北方領土に話を戻すと、問題になるのは〝全土基地方式〟ってやつが安保条約に組み込まれていることです」

そう言われて、われに返った真行寺は、その解説を求めた。

「米軍が望むところには日本全国どこでも基地を置くことができるんですよ。つまり、ロシアにとっては、日本に返還したとたんに目と鼻の先にアメリカの基地が置かれる可能性があるってことになります」

「アメリカはそこまで露骨なことをするだろうか」

「現実的になにが起こるかわかりません。けれど、諜報《ちょうほう》のための施設を置くくらいはありえるんじゃないでしょうか」

真行寺はスマホを取り出した。

「けれど、いま外務省のホームページを見てるんだけど、『日本側の同意なしに、米国が日本国内に施設・区域を設置することはできません』って書いてあるぜ」

「同意させちゃえばいいじゃないすか、簡単ですよアメリカにとっては」

「なぜ」

「日本はアメリカの属国だから」

こめかみが熱くなった。

「ロシアもそう思っているんですよ。日本はアメリカの属国だって。実際、沖縄の海に米軍機が落ちても日本の警察も自衛隊も現場に近づくことさえできないんだから、そう言われたってしょうがない」

真行寺は黙った。ただし、と喜安は言った。

「こういう批判でさえ、愛甲首相はお笑い草だと相手にしなかったはずです」

「なぜ」と真行寺は訊いた。

「安全保障なんてのは、言論としては色々な発信のしかたがあると思いますが、現実的にアクションするとなると、選択肢はほとんどないに等しいんです」

「そんなことはないだろう。その地位協定を改定するくらいはできるはずだ」

「だから、その程度の話なんですよ。レイプ事件があったからといって、米軍に日本から出て行ってくれと言うのは子供の議論です。そんなことは自民党にいた小柳もわかっているはずなのに、つまらんキレイゴトを並べてくる。正直言って僕は小柳がここまで馬鹿だとは思ってなかった」

「馬鹿なのか」

「できもしないことをできると偉そうに言う政治家、つまり万年野党に甘んじている政治家は、そういう芸風で飯を食っている芸人と一緒です。本当の政治家ではない。本気で政治をやろうとしていないんです」

手厳しいことを言う新聞記者である。

「僕の最大の謎は、どうして小柳が野党の道を選んだのかってことですよ」

「その理由は安全保障政策にはないと言いたいわけだよな、君は」

「ちがうと思いますねえ」

「現政権への小柳の批判のもうひとつの矛先はアコノミクスだよな」

「愛甲さんは自分が成し遂げた成果としてアコノミクスを喧伝《けんでん》してきたので、これを張り子の虎扱いされて、そうとうムカついたはずです。じゃあお前にはなにか方策があるのかと問い返したら、折を見て発表すると見栄を切っただけで体《てい》よくダンマリを決め込んでいる。これは、そんなものはないって証拠ですよね。だから、ダブル選挙で国民の信任を得たぞとばかりに、この手の雑音を全部消してしまおうと勝負に出たわけです」

「では、敗因はなんだろうか」

「まんまと小柳のメディア戦略にやられましたね」

「テレビを見るとそんなことがよく言われてるよな。党のイメージカラーをブルーと決めて、選挙スタッフ全員が青いポロシャツを着て清廉なイメージを出したとか。でも、そんなもので勝てるものなのか」

「そんなものが結構な効果を及ぼすんですよ、情けない話ですが。公約を言い募るよりも、青い服を着て笑顔を振りまいたほうが票につながる可能性は大きいと思います。もちろん民主主義を心底信じている人は、有権者はそこまで馬鹿じゃないと言うでしょうが、実際そんなに深く考えて投票してるとは僕には思えない。よくよく考えれば自分に不利になるような政策を訴える政治家に投票している例なんてごまんとありますから」

真行寺は自分が令和新党と書いて、二つ折りに畳んだ紙を投票箱に入れた日のことを思い出した。なにが自分をそうさせたのか、具体的な言葉や決定的なターニングポイントは思い出せなかった。

「メディア戦略がうまかったということのほかに、なにか気がついたことはないかな」と真行寺は訊いた。

「僕が意外だったのは、投票率がすこし上がっていることです。つまり、いわゆる無党派層と言われている人たちのかなりの数が令和新党に投票したという調査結果が出ています。それと、自民党にとっては確実に取らなければいけない、いわゆる保守王国のいくつかで投票率がかなり伸びて、そこの議席を落としている」

それはどのあたりだ、と真行寺が訊いた。茨城二区、栃木三区、岐阜六区、和歌山一区、鳥取二区、山口五区、宮崎一区、このあたりは勝って当然の選挙区なんですが——。

「もう一度訊くけど、総括すると、愛甲政権の敗因は？」

「まあ、これはもう令和の新しい風が吹いていたとしか言いようがないんですよ」

「あまりにも漠然としているじゃないか」

「そうなんです。ただ、保守王国で令和が勝ったところには、小柳は応援演説で現地入りしてるんです。体はひとつだから、どう頑張ってもこの牙城《がじょう》は崩せないと判断したら、そこには行かないはずなんですよ。無駄になりますからね。じゃあ、なんで行ったのかと訊かれても僕にもよくわかりません」

「勝てると思ったんだな」

「行動から読み取れるのはそういうマインドですよね。それとYouTubeの動画も馬鹿にできない。和歌山に行く前に南高梅《なんこううめ》で漬けた梅酒を飲んでうまいって言ってる動画をアップしていました」

なんだそりゃ、くだらねえ、と真行寺は思った。

「けれど、いま挙げてもらった地域って、戦争反対とか九条守れとか、そんな大局的なことを訴えて票が取れるのかね」

「そうなんですよ。安全保障なんてのは地方ではたいして問題にならないんです。だからこういう選挙区に入ると、小柳は経済政策を訴えてる」

「愛甲のアコノミクスじゃ駄目だってことだよな。アコノミクスじゃなくて、ココノミクスでなきゃってわけだ」

「小柳浩太郎だからコヽノミクスですか。いいじゃないですか。それ使わせてもらいます。もしそんな秘策があるのなら」

「そこなんだよ。小柳浩太郎に経済政策の切り札が本当にあるのなら、早いとこ発表しちゃったほうがもっと勝てたんじゃないのか」

「だからないわけですよ、そんなものは」

「だけど、まったくないってことになると、あとで笑いものになるじゃないか」

「なるでしょうけれど、そんなことはたいして責められないんですよ、もはや小柳浩太郎は野党なので」

「どういう意味かな」

「基本的に野党というのは、内閣が出した法案にあれこれ文句言ってればいいんです。そして結局は内閣が出した法案が通る。日本の政治ってのはそうなっているんですよ」

「喜安くんの理屈で言うと、小柳は愛甲政権にいろいろと文句があった。だから、堂々と文句を言う立場を確保するために、新党を立ち上げ在野を選んだってことになるぞ」

「まあ、そうなっちゃうんで僕も困っているわけなんです。理屈で考えるとそうなるんだけど、それじゃああんまりじゃないですか」

あんまりだな、と真行寺も思った。

「喜安くんはアコノミクスをどう評価しているの」

「うーん、正直言うと経済ってのはどうもよくわからないんですよね。アコノミクスが始動した時、確かに株価が上がって景気が一瞬よくなったことは事実です。これには僕もびっくりしました。けれど、その後はあまりぱっとしませんね」

そこらへんの新聞や雑誌に書いてあるような感想だった。

「とにかくさ」と真行寺は言った。「当初の目標として掲げていたデフレ脱却を愛甲政権は達成できていないじゃないかって小柳は責めているわけだよな」

「そうです」

「そして自分には対策があるんだって言っている。本当にあるのかないのかはわからない。とにかく切り札があるぞと言ったことは確かだ」

「そうですね」

「で、これは選挙の焦点になったの」

「なってないと思いますよ」

「つまり小柳に入れた連中も、小柳ならデフレ脱却をやってくれるだろうという期待はしていない」

「そう思いますね」

「ところで、デフレ脱却ってどうやれば実現できるんだ」

「ちょっと待ってくださいよ。そんなことスラスラ答えられるようなら、経済評論家になってますよ」

「じゃあ経済の専門家に訊いたら答えてくれるのか？」

「答えるでしょう、それが商売ですから。ただし、あってるかどうかはわかりませんよ」

「あってなきゃ意味ないだろ」

「でも、アコノミクスだって、経済学者の提言を受けて『理論的にはこれであっているはずだ』と思ってやっているわけです」

「でも現実を見ると、あってないわけだよな」

「あってないことだってまかり通るのが経済学なんですよ」

なんだか変な話になってきた。

「でも当初から、アコノミクスに対して『そもそもあってるはずないじゃん』って声明出してる学者だっているわけだろ。どっちが正しいんだよ」

「だからややこしいんですよ」

話はそこで終わってしまった。喜安は経済の理屈を信用していないばかりか、その話をするのが嫌らしい。さては学生時代に試験で痛めつけられた後遺症かなと真行寺は疑った。

とにかく、現政権は公約として掲げたデフレ脱却を達成していない。いまにする、きっとすると言いながら時間だけがむなしく流れた。それに対して小柳は新党を立ち上げこれを解決すると言っている。喜安はハッタリだと断じているが、その理由は曖昧だ。

国会図書館前で別れた。家入に電話を入れて、捜査状況を報告し合い、大した成果がないことをたがいに認めた。本庁にも電話を入れておいた。いちおう新宿署の加古課長のほうから、豊崎巧の轢死事件については真行寺にも協力してもらいたいという一報を課長の水野《みずの》玲子《れいこ》のほうに入れてもらい、水野もこれを認めたので、この事件を追うことは黙認されている。

ただ、あまり羽目を外すと苦情を食らうことになる。

「いいよなあ、気ままに仕事して」と電話を取った阿久津《あくつ》警部補は言った。

この程度の嫌みならば軽い挨拶代わりである。なにかありましたか、と真行寺は訊いた。

もちろん色々とあった。世田谷《せたがや》で息子からの電話だと思って老婆が300万円振り込んでしまった。新宿の飲み屋でサラリーマンが法外な請求を受け、店に監禁された。首都高であおり運転をした上で路上で無理矢理停車し、後続車のドライバーを殴った男を傷害罪で指名手配した。赤坂《あかさか》のマンションでキャバクラに勤める女が遺書を残して飛び降りた。東京では事件と呼ばれる出来事がひっきりなしに起こっている。これらにおのおのの署が対応する。けれど、この日は本庁が出向いていくような事件はなかった。

高尾駅の改札を出る手前で、サランと出くわした。なんだ帰るのかと声を掛けたら、こくりとただうなずいて、真行寺が乗ってきた折り返しの東京行きに向かって歩いて行った。振り返ってこれを見送り、なんかあったなと思いながら改札を抜けて、自転車に跨《また》がって家に帰ると、やはり一悶着起きていた。

「やめたいって？」

食卓を挟んで向かい合った真行寺は森園を見た。おろし金で大根をおろしながら、森園はうなずいている。5Gを使った中国公演の出演を取り消したいというのである。そりゃあモメるだろう。

「どだい無理なんですよ、もともと俺はそんな器用なミュージシャンじゃないんだから」

真行寺の皿の秋刀魚《さんま》の横に、大根おろしを添えながら森園は言った。

そんなことは真行寺だって承知している。しかし、せっかく入った大口の仕事を断るなんて、黒字になると踏んでいた経営者にとっては、はなはだ迷惑な話である。

「結論出すのは早いんじゃないのか」盛ってもらった大根おろしに醬油《しょうゆ》をかけながら真行寺は言った。「ギャラだっていいんだろう」

　それはそうなんですけどね、と森園もうなずいている。

「だけど、もともと大して好きでもないんですよ、カーリー・フィリップスなんて」

　真行寺も名前は知っているが、ほとんど聴いたことのないアーチストである。

「なんか向こうの音楽監督からすごく難しげな楽譜が送られてきたりして」

「そいつもバンドの一員なのか」

「バンマスですよ。鍵盤担当でおまけにカーリーの旦那で、サウンドの細かいところはそいつが仕切ってるんです。いちばんヤバいのは、カーリーがアンコールに古いジャズを歌うって言い出してることです。中国公演だから特別にそれを歌うんだって言ってるんですが、それにも俺に参加しろと。スタンダードジャズなんて、そんなまともな音楽はオレの守備範囲外なんですよ」

　まあそうだろうなと真行寺は思った。俺だってジャズとなるとほとんど聴いたことがない。マイルスが電気楽器を使い、ジョン・マクラフリンていう馬鹿みたいに巧《うま》いギタリストを採用してロックっぽくなった頃は面白いと思ったけれど。それにしてもだ、森園はここは踏ん張ったほうがいい、自分には重すぎる荷を担ぐこともだいじだぞ、そう思って真行寺はそう言った。それだけならいいんですけど、と秋刀魚のワタを箸でよけながら森園は口を尖らせた。

「ソフキンもいろいろウルサいんですよねえ。〈オツレサン〉の声をサンプリングして使ってなにか面白いことできませんか、とか」

くだらない思いつきだ、と真行寺も思った。

「その案はカーリー・フィリップスのほうは了解しているのか」

「いやそれがわかんないんですよ」

「だったら無視すりゃいいじゃないか。やりたくないんだったら。お前のボスはカーリーなんだろ」

「無視してはいるんですけど、なんども言ってくるんですよ、あいつら」

「でもそれは命令じゃなくてお伺いだろ。そんなものまでまともに聞いてるとわけわかんなくなるから、カーリーの要求だけ聞いてればいいんじゃないか」

「そう思うでしょ。だけどサランはそんなの割り切ってやってやればとか言うから、もめるんですよ」

そりゃあもめるかもな、と思った。それでも、ソフト・キングダムのような大手企業といい関係を保っておくほうが得策だとサランは考えたんだろう。こういう発想は好みではないが、公務員として俸給を取っている自分にそれを責める資格はないとも思った。

「でも、こうなったらやってやろうかなとも思ってるんです」と森園が言った。「最近ボウイのやつ、へんなことくちばしるから、それを使って馬鹿にするっていうのも面白いかなって」

「へんなことって」

「故障してるみたいです。サランも言ってましたよ、こっちはなにも訊いてないのに、とつぜん勝手に喋るって」

「たとえばどんなことを？」

「〝どちらがお好みですか〟」

「そりゃなんだかわけがわかんないな」

「でしょ。あと傑作なのがありました。俺がソファーに座って、カーリーの曲に加える音のアイデアをシンセいじって探っていたんですよ。それで、うまくいかないなあと思って途方に暮れてたら、突然ボウイが〝マシなほうを選んでもらうしかありません〟と言ったんです」

真行寺は大笑いした。

「笑えるでしょ。ホントそんな気持ちですよ最近は。〝マシなほうを選んでもらうしかありません〟って」

「たぶんマイクのセンサーの感度が高すぎるんだな」と真行寺は言った。

おそらく、と森園も同意した。

コーヒーを淹れて、自分の部屋に引き取った。デスクトップのパソコンに向かい、ダブル

選挙について解説しているサイトをあちこち眺めていた。小柳浩太郎が訴えている現政権批判はだいたい、

①愛甲首相はアメリカ大統領との信頼を築きあげていることを盛んに現政権の実績として宣伝しているが、それは日本がアメリカの子分になっているに等しい。日本が一刻も早く確立しなければならないのは、アジアの一員としてのリーダーシップである。

②愛甲首相のアコノミクスはカンフル剤にはなったがもう効かない。これから格差はどんどん広がる。とにかくなにか手を打たないと、日本人はどんどん貧しくなる。

——の二点である。

確かにその通りなのだろうが、よく耳にする意見だし、これだけを言って対案を出さないのならほとんど意味がない。野党に甘んじることを選択したと喜安が判定したのもうなずける。実際、令和新党について、政権担当能力を疑問視する文章があちこちで見られた。特に、安全保障に関しては、小柳はまるで素人《しろうと》だと断罪するコラムが目についた。

あれ？　と真行寺は思った。そして、空になったマグカップを持ってキッチンに戻り、もう一度コーヒーを淹れたあとで、森園の部屋をノックして入った。森園は機材がごった返した部屋で、サンプラーをいじってノイズを加工していた。その音にしばし耳を傾けた後で、

「これはなんの音だよ」と真行寺は訊いた。

「〈オツレサン〉の声です」

ひょっとしてそうかなとも思ったが、派手に加工されているので、なにを言っているのかわからなかった。

「聴こえませんか？　ちょっと汚《よご》しすぎたかな。『高尾の近くでオススメのまずいお寿司屋さんは、一苑《いちえん》と雅《みやび》と桜寿司《さくらずし》です』って言ってるんですけどね、この馬鹿」

「なんでわざわざまずいのを推薦させるんだ。へんなこと口走るとか言ってたけどお前が喋らせてるんじゃないか」

「いやあ、こないだソフキンが来た時にお寿司取ったでしょ、その時も〈オツレサン〉に『高尾の近くでお薦《すす》めの美味しいお寿司屋さんはどこですか』って訊いたんですよ」

それならまともな使い方だ。

「そしたら、一苑と雅と桜寿司を薦めてきやがったんですが、さっきまずい寿司屋を教えろと言ってみたら、やっぱり一苑と雅と桜寿司と答えたので、馬鹿だってことの証明に、両方をサンプリングしてるんです」

改心して、素直に〈オツレサン〉の声を取り込んだのかと思ったら、またつまらないいたずらを仕掛けている。

「〈オツレサン〉を馬鹿にしたらソフキンが怒るだろう」

「わかんないと思いますし、ライヴの生中継なのでわかった時にはもう終わってますから」

まずい寿司屋を教えてもらってどうするんだよ、と呆れつつも、うまい寿司屋とまずい寿司屋の答えが同じというのはちょっとしたオドロキだった。

「いま、うちのインターネットは〈オツレサン〉を経由してつながっているんだよな」真行寺は確認した。

「ええ、そのほうがいろいろと便利だということもあってそうしてるんですが、それがこのザマです」

「ちょっと俺の部屋に来い」

そう言って森園の肩を叩いて自室に連れていき、モニター画面の隅にポップアップされた広告枠を指さした。

「いつもはこのあたりに、オーディオのアンプやスピーカーの広告が出るんだ」

「そういうサイトを見ているからでしょうね。俺の場合は、機材やマイクやエフェクターの広告が出ます」

「じゃあ、こいつはどうだ」

「ああ、最近はこういうのも出るなあ」

――小柳浩太郎と格差社会を語ろう。東京大学特別セミナー　駒場《こまば》キャンパス
イベントの告知である。入場料無料。主催はインターネットテレビのアロハＴＶ。

真行寺はマウスをつかんで何度かクリックした。そのたびに画面が変わり、画面が変わると脇のポップアップされる広告も変わっていく。

――特価　デジタル1BITアンプ　10周年記念版
――五つの質問でわかる　あなたのリベラル度
――グレイトフル・デッド　未公開ライヴボックスセット売ります
――旭化成《あさひかせい》最新型チップ搭載DAC　限定1000台予約受付中
――ハマっ子小柳浩太郎がこっそり教える横浜中華街の穴場10店
――地位協定の改定は日米双方にとって喜ばしいものになるはずだ　伊勢崎真喜人《いせざきまきと》
――マルチウエイへの道　自作スピーカーの測定方法公開
――果たして令和新党は与党になれるのか？　評論家　俵光三郎《たわらこうざぶろう》が大予言！
――カーリー・フィリップスの北京公演をこっそり〈オツレサン〉を使って5Gで見る方法
――21世紀初頭を彩ったAV女優のいま

「ロックとオーディオはわかるんですが、どうしてAV女優の情報が出るんですか」

「そこは問題じゃないんだ」

「なにごまかしてんですか。ちょっと見せてくださいよ。……ああ、懐かしい顔ぶれですね。俺、この横町《よこまち》れいらには世話になったん――あれ、なんで閉じちゃうんですか」

横町れいらはAVを引退後、デリヘル嬢となり、とある事件に巻き込まれた。その事件を担当したのが真行寺である。彼女とは半年前の事件で再会した。いまは小説を書きながら、セレブ限定でデリヘル嬢も続けているという。個人でこういう商売をしているのはいささか心もとないので後ろ盾になってくれないかと何度も頼まれている。断ってはいるが気にはなるので、彼女の名前はわりと頻繁に検索をかけているから、それで出たんだろう。けれどいまはその話をしたいわけではないのだ。

「お前ので見ればいいだろう。それよりこの小柳や令和がらみの広告はそっちでも出るんだな」

「出ますね」

「確かにさっき久しぶりに自分のデスクトップをネットにつないで小柳や令和を検索したから、こういうのが出てくるのも不思議じゃないんだが」

「まあ、そういうのネットでは普通なんで」

「つまり、どのサイトを覗いたのかって履歴から相手の興味を診断して広告出してきてるわけだよな」

「Ａｍａｚｏｎの〝この商品をチェックした人はこんな商品も〟ってのと一緒ですよね」

「お前のパソコンにも、令和新党がらみの広告が出てくるのか」

「いま見たので言えば、中華街の穴場と北京公演は俺のＰＣにも出ましたね」

「北京公演はお前が出るんだから当然出してくるよな」

「Ａｍａｚｏｎは俺の自主制作のアルバムを俺に推薦してきますからね。馬鹿なんじゃないかと思いますけど」

「じゃあ令和新党がらみだと中華街だけか」

「いや、格差がどうのとか、沖縄の基地がどうとかというのは最近よく出るようになりましたね」

「前は出なかった」

「AV系は時々出ます」

「それはいいんだ」

「もちろんAVを見るのは個人の自由ですけど、サランに言っては駄目ですよ」

「いや、それは報告しないとな」

「よしましょうよ」

「うむ、武士の情けだ」

「そういう時に使うんですか、武士の情けって」

「これは誤用だ。——ほかにはないのか」

「ほかだと料理くらいかな。簡単につくれる炒め物とか、手軽にさっと和《あ》えるだけとか、手抜きで美味しい……」

「もういい。わかった。邪魔したな」

そう言って森園を追い出したあとで、ベッドに寝転んだ。目をつぶり、自分の思うところを暗闇の中で自由に泳がせた。こめかみがまた痛くなり、そこに中指を当てて考え続けた。

突如むくりと起き上がると、スマホを取り出した。相手は2コールですぐに出た。

「夜分遅くに申しわけありません」

——いえ、まだ署にいますので。ずいぶん遅いですねと言うと、ええ、とだけあって、なにかありましたか、と先を促された。

「もし可能ならという前提でお願いするわけなんですが、〈オツレサン〉の地域ごとの売上のデータを入手することはできますか」

——それは本郷技研からもらうことになりますか？

「本郷技研からも取れるかもしれませんが、小売の販売戦略に関してはソフキンが仕切ってるらしいので、ソフト・キングダムからもらったほうが正確だと思います」

——きちんと理由を説明したらくれそうですが。

家入らしい回答だったが、

「理由は説明したくないんですよ」と真行寺は言った。

——それはまたどうして？

「警戒されるので」

——そうですか。でも、隠すような数字でもないだろうから、くれるんじゃないんですか。うちらはライバル会社でもマスコミでもないので。

「であれば、適当な理由を説明してもらってくれますか」

——わかりました。そいつは豊崎の轢死と関係あるんですよね。そしてその理由はいまは訊かないほうがいいってことですか。

家入は物分かりが早い。勘が当たってそうならその時はすぐ説明します。そう言って真行寺は切った。

一週間が過ぎた。登庁前に新宿署に立ち寄って家入を訪ねると、不景気な面を下げて現れ、応接室が空いているのでそこに行きましょうかと言われた。刑事部屋を出て行く時に、加古課長から、おい真行寺、相手が相手だからな、慎重にやれよお前、と怒鳴るように言われた。

「どのような理由でそれを必要としているのか説明してくれと言われましてね」

家入はソファーに腰を下ろすなりそう言った。どうやら、〈オツレサン〉の地域ごとの売上一覧を取る件は、やり損なったらしい。

「考えてみたんですが、どうにもうまい理由が見つからなくて」

「とりあえずなんて言ったんですか」

「とある事件の捜査で必要なので、とだけ」

真行寺は笑った。ペット型ロボットの都道府県別の売上表を欲しがる事件てどんなのだよ。

「結構強気に出たんですがね、そうしたら弁護士なんかが出てきて事がややこしくなったんでいったん退散して署に戻ったら、あまり強引なことをするなよって加古さんから釘を刺されたんです」

これで揶揄《やゆ》を交えたあの忠告の意味するところははっきりした。

「――つまりソフキンはここに苦情を持ち込んできたってわけですか」

家入はうなずいた。クレームを部長から下ろされてあわてた課長が、家入が戻ったところを捕まえて、どういうことだと問い質したのだろう。

「民間企業だとこのくらいの警戒は常識の範囲なんでしょうね。刑事なんて特殊なサービス業を生業としている私らが非常識なのかもしれません」

そう言いながらも真行寺は心の中で、ちがうな、と思った。ソフキンの警戒は、俺が疑《うたぐ》ってかかったことが的中している証《あかし》だ。

「ご迷惑を掛けましたね。ここはいったん引きましょう」と真行寺は言った。「それで、新宿駅で痴漢を訴えて、そのまま逃げた女の追跡のほうはどうなってますか?」

「そちらも不思議なくらい手間取っておりまして」

「おかしいな。新宿駅にはあちこちに防犯カメラがあるはずですよね。新宿駅周辺にもかなりあります。SSBCにとっては楽な仕事のはずですが」

「対象は新宿駅の改札を出ていないようです」

「というと乗り換えている?」

「ええ」

「どの線に」

「総武《そうぶ》線です」

「それでどこに?」

「三鷹《みたか》で乗り換えてます」

「三鷹……？　対象は中央線に乗って来たわけですよね。中央線も三鷹には停まりますよ」

「ええ、対象は東京行きの上《のぼ》りに乗っていました。痴漢だと騒いで新宿駅のホームに降りたあとは、いったんその場から逃げて、こんどは総武線の下りに乗りました」

どう考えても妙である。総武線と中央線は重なる駅が多い。新宿から三鷹間はほぼ同じだ。女はやって来た路線を引き返したことになる。

「三鷹で乗り換えたと言いましたよね。三鷹からは？」

「中央線の下りに乗り換えてます」

「で、最終的にはどこで降りたんですか」

「青梅《おうめ》です」

新宿駅までの道すがら、歩きながら考えた。

女が降りた青梅駅は西に長く拡がる東京のかなり西のほうにある。真行寺が住んでいる高尾もずいぶんな山の中だが、青梅はさらに山深いところだ。

そんなのどかな場所なので、防犯カメラも少ない。駅を出てちょいと脇道に入れば、すぐに死角となる。これが狙いだったにちがいない。そこから女がどのようにして自分の本拠地に戻ったのかはわからないが、ここまで周到に計画しているとなると、タクシーを使ってはいないだろう。誰かにピックアップしてもらった可能性が高い。ともあれ、これで豊崎が痴漢に仕立て上げられ、ホームから突き落とされた可能性はさらに高まった。

では、豊崎が殺された理由は何か？　思いつくのは、彼が経営するスカイ・プレイヤーが解散総選挙で令和新党に手を貸したことくらいだ。となると、豊崎を殺害した北村の背後には、政治的な勢力がいるってことになる。しかし、それはあまりにも現実味がない気がする。スカイ・プレイヤーがやったことは所詮《しょせん》は宣伝だ。確かにうまくやったのかもしれないが、そんなことで殺されていたら命がいくらあっても足りやしない。それに、ああいう仕事は選挙が終わったらもうお役ご免だろう。殺すのなら選挙期間中か、その前に殺さなくては意味がない。

スカイ・プレイヤーにも電話してみた。やはり手島はいないと言われた。電話が欲しいといつも通りの言《こと》づけをして切ったが、かかってこないことはわかっていた。

あくる日は休みだった。

遅くまで寝て、昼前にトイレに起きて小用を足していると、ノッカーが扉を叩く音がした。リビングに出ると、玄関口で森園が誰かと話しているのが聞こえた。サインで結構ですという声で宅配便を受け取っているのだな、とわかった。まだ醒めやらぬ身体をソファーに沈めてぼんやりしていると、ひと抱えもあるかなり大きな箱と一緒に森園が現れた。

「またか」と真行寺は言った。

「今度はアメリカからですね」

森園はそれをソファーに座っている真行寺の前に置いた。前と同じように、分厚いボール紙で組まれた箱には、Fragileという赤いシールが貼ってある。

森園はカッターナイフを取って戻ると送り状を読んで、

「バージニア州って書いてあります。前のふたつとはちがいますね」と言った。

黒木と思《おぼ》しき誰かが、Shingyojiの名前で真行寺に送りつけてきた小包はこれで三つ目だ。最初の箱はロンドンから、次はベルリンから、そして今度はアメリカのバージニア州ときた。ガムテープの閉じ合わせを切って開封すると、中身は前と同じく、ガラスのパネルに細かい部品が載った電子基板である。前のふたつも同じような機材だったが、今回は上蓋らしきものがついていた。

〈なにやらみっつめが送られてきた。とりあえず置いておく〉

そう書いて真行寺は、またGmailの下書きフォルダーに保存した。下書きフォルダーにはこのメールしかない。前のメールは削除されている。つまり黒木は読んでいる。

目覚ましにシャワーを浴びた。風呂上がりにヤクルトを飲んで、自室に引き取って、机の前でぼんやりしていた。想念がまた積乱雲のように湧いてきた頃、ノックの音がした。うーいと返事すると、森園が入ってきて、真行寺の机の上にA４判の茶封筒を置いた。

「これが入っていました」

「箱の中に？」

「ええ」

わかった、ととりあえず了解した。

「休みですよね、今日は」と森園は言った。「朝飯なに食べますか」

「お前は徹夜して、これから寝るのか」

「いや、昨日は早々に寝たんです」

なら作ってもらおうと思い、冷蔵庫のなかのもので何ができるんだと訊いたら、トーストにハムエッグ、それが嫌なら焼きそばだと言う。焼きそば食いたくないですかと例によって森園が誘導するので、そうしようと言った。

ドアが閉まる音を聞いてから、封を切った。


――都道府県別販売数〈オツレサン〉単位は個

ヘッドラインに目を射貫かれた。これはまさしく求めていた資料だ。家入に話し、ソフト・キングダムに請求してもらったものの、あっけなく拒否されたデータである。

家入との会話を黒木はモニターしていたということだ。黒木に自分の位置情報を摑まれているることは、真行寺も承知していた。しかし、真行寺が誰かと話した内容まで聴かれているというのは、気味が悪い。いくらあいつと俺の仲でもこれは許せない。こんど会った時には抗議を申し入れよう、と真行寺は思った。

次に思い浮かんだのは、これはいったいどこが整理したデータなのだろうかということだった。用紙をめくっても、ソフト・キングダムの名前はなかった。かつて黒木から、通信会社に雇われて、彼らの目の前でそのシステムをハッキングし、セキュリティホールを指摘してみせるという仕事をやったと聞かされたことがある。そんな黒木なら通信会社の通信ネットワークに潜り込むのはお手のものなのかもしれない。しかし、そうして盗聴したり、通話履歴を取ってきたりするのと、会社のデジタル資料庫から書類を盗んでくるのは同じなんだろうか。ちがうような気がする。けれどもよくわからない。

ともあれ黒木のおかげで、待望のデータが手に入った。真行寺はこの用紙を机の上に置いた。そして、ＰＣ画面の上にＧｏｏｇｌｅマップを開いた。

Ｇｏｏｇｌｅマップにはオリジナル地図《マップ》を作成する機能が備わっている。食べ歩いたラーメン屋にピンを立てて眺めている人もいれば、道の駅につけて喜んでいる人もいる。

真行寺は新規で新しい地図を作成し、そこに「令和新党と〈オッレサン〉」というタイトルをつけた。まず、先日、喜安と逢ったときに取ったノートを開いた。そこには後日、自分で独自にネットなどで調べた情報も追記されていた。そいつを睨みながら、今回のダブル選挙で、令和新党が勝った区域を拾い上げ、そこにＧｏｏｇｌｅマップ上で緑色のピンを立てた。この時、たとえば和歌山三区が住所でいうとどのあたりをさすのかはウィキペディアで調べながら立てていった。

今度は、選挙戦前には自民党が圧勝すると思われていた、いわゆる〝保守王国〟の中で、大番狂わせが起きて令和新党に議席を攫《さら》われた区域に赤いピンを立てた。

これが終わると、エクセルを広げ、各都道府県名を縦に打ち込んだ。

次にネットを総務省《そうむしょう》のホームページにつないで、都道府県別有権者数が載っているページを開いた。最初はこんなものがあるなら助かるんだけど、とあまり期待しないで検索をかけたら、総務省がちゃんと調べて一覧表にしてくれていた。

このページとエクセルの表を行きつ戻りつしながら、真行寺はエクセルの都道府県名が書かれたセルの横に、その有権者数を打ち込んだ。そして、正体不明の機材に同梱されてきた用紙をめくりながら、〈オツレサン〉の販売台数を都道府県ごとに入力していった。それから、その隣のセルには、〈オツレサン〉の販売台数÷有権者数の数式を打ち込んで、パーセンテージで表示させた。

この数字が100%ならば、有権者の全員が〈オツレサン〉と日常的に話し合ってることになる。1%なら、〈オツレサン〉と会話をしてるのは有権者の百人にひとり。真行寺はそのように考えた。

数字が揃《そろ》ったところで、それらをしばし眺めてから、適当に五段階に振り分けた。

E　0%から10%
D　11%から20%
C　21%から35%
B　36%から50%
A　51%以上

最後にもういちどGoogleマップに戻り、各都道府県にまたマークをつけ始めた。その際にアイコンを以下のようにあてがった。各アイコンとも色はすべてブルーにした。

Eには■
Dには◆
Cには●
Bには★
Aには♥

■◆●★♥の各マークが日本列島のあちこちに貼りつけられていった。

作業を終わった真行寺はその日本地図をじっと見た。見ているとじっとりと汗が噴き出した。戦前の予想を覆《くつがえ》して令和新党が議席をもぎ取った選挙区のある県にはすべて♥がついていた。

その他、★がついたところの約三分の一を令和が取っていた。

さて、これは偶然だろうか。真行寺は♥がついているあたりの老人介護施設を検索し、かたっぱしから電話を掛けた。

――ああ、〈オツレサン〉って新しい〈お孫さん〉ですよね。はい、うちは入居者全員ぶん揃えてます。なんせ発売前から、ためしに使ってみてくれ、とソフキンさんが置いてってくれたんでね。入居者のために、セッティングまでやってくれました。それで使わせてみれば、非常に好評で、職員の負担も減るし、悪いことはなにもないからありがたく使わせてもらっています。

「やっぱりオプティコインでポイントバックされてるんですか」

――そうです。ソフキンさんはさかんにオプトで戻すから実質的にはタダですよって言ってました。けれども、その時はまだこのあたりにはオプトを受け付けてくれる店がなかったんで、なんだかごまかされてる気もしたんだけれども、ソフキンさんはうちでやっているネットショップでは使えるっていうから。ソフキンさんのネットショップはでかくてほとんどなんでも揃ってるでしょ。だったらまあいいかと思って契約したんですよ。けれど、驚いたことに、最近じゃこんな地方でも使える店がポツポツと出始めているんだよね。世の中の変化は本当に速くてついていけない。その点、爺さん婆さんのほうが〈オツレサン〉なんて機械にすぐに馴染《なじ》んじゃって、日がな一日ロボットを相手にして遊んでいる。不思議なもんですよ。

「こないだのダブル選挙では、入居されているご老人がたの投票率はどうだったんでしょうか」

――いや、かつてないくらいの盛り上がりでしたね。なんせ応援に駆けつけましたから、小柳が。

「え、小柳浩太郎が訪問したんですか？」

——戸別訪問は選挙法違反になるのでできないらしいんですが、選挙カーで前を通った時にわざわざ降りて手を振ってくれたんですよ。コータローコータローってご老人たちがあまり騒ぐから、投票用紙には僕の名前を書いちゃ駄目ですよ。ちゃんとこの人、木阿弥良治《もくあみよしはる》って書いてくださいよ、でないと元の木阿弥ですからね。比例代表のところには令和新党ですよ、って念を押さなきゃならないくらいのコータローフィーバーでした。

真行寺は礼を言って切って、また別の施設に掛けてみた。

——はい。〈オツレサン〉は入居者全員ぶんを購入しました。とても好評ですね、ネットにつなげない老人でも、「やすし・きよしの漫才が見たい」と言ったらネットから拾ってテレビに映し出してくれたりしますからね。最近はニュースもネットで見る入居者が増えているみたいです。……選挙ですか。ええ、うちは職員が投票日前に投票に行くかどうかを入居者ひとりひとりに確認することにしているんですが、今年は投票に行くという人間が多かったんで大変でした。選挙の日は職員総出で介添えして、投票所まで行きましたよ。それでもうちは投票所の小学校が近くなので助かりましたが。

またあるところでは、

——うちんとこは不在者投票を行うことができる施設に指定されているので、事前に投票するかどうかを決めて、こちらに送ってもらった投票用紙に我々施設職員が立ち会ってここで投票を行いました。……ええ、今年は多かったですよ本当に。

さらに、あちこちに掛けた。反応は以上のどれかと似たり寄ったりだった。

――不在者投票をできるかと訊かれて、わからないと答えたらできるはずだ、天心《てんしん》がそう教えてくれたからと言うので、天心って誰だと聞いたらこれが〈オツレサン〉なんですよ。職員の中には、まったく余計なこと教えて仕事増やしやがってと文句言ってるやつがいましたが、日頃は我々に代わって入居者の相手をしてくれているので、そのくらいはしょうがないなと思って、我々も動きました。

――うちは投票所とこの施設をバスでピストン輸送して、送迎してましたよ。この日に息子さんや娘さん、また場合によってはお孫さんを呼びつけて連れて行ってもらう人もいましたけど。いや本物のお孫さんです、〈お孫さん〉じゃなくて。

――うちはマイクロでは足りなくてバスを手配しました。

――みんなでぞろぞろ投票所まで歩いていきましたよ。

――こんなに選挙で盛り上がったのははじめてですね。

――選挙番組を見ながら泣いている入居者も……。

電話を切って真行寺は考えた。

〈オツレサン〉が売れているところで、令和新党は勝っている。言い換えれば、令和新党を勝たせた一因は〈オツレサン〉だ。〈オツレサン〉はソフト・キングダムの製品である。ソフト・キングダムの朴社長は令和新党を支持している。朴社長がスカイ・プレイヤーに選挙活動の宣伝の仕事を紹介した。スカイ・プレイヤーは、結果論で言えば、見事にその職責を果たしたことになる。そして、スカイ・プレイヤーの豊崎は殺された。

　この連想のどこかに穴があるだろうか。あると真行寺は思った。最後の項目がスキップしているような気がする。ソフト・キングダムとスカイ・プレイヤーのタッグが今回の選挙で令和新党に勝利をもたらしたところまではいい。ただ、そのことをよく思わない勢力に気づかれたからといって、殺害されたりするだろうか。

　殺害するとしたら選挙戦の前でなければ意味がない。選挙前にこのような仕掛けを見抜けずまんまとしてやられてしまったんだとしたら、諦めるしかないのではないか。意味もなく殺害して、それがバレでもしたら、泣きっ面に蜂どころの騒ぎじゃない。

　しかし、豊崎が殺されたことはほぼ確かだ。では、誰が殺したのか。さきほどの筋を辿れば、惨敗した勢力が最有力候補となる。ではやはり自民党か？　真行寺は笑ってしまった。しかし、まさか、まさかと思いつつも、いや、ひょっとしたらそのまさかではという思いも徐々にこみ上げてきて、笑いは凍《い》てついたものになっていった。

　聞いてますか、と言われてはっとした。

「どうですか、味」と森園が言った。

「ああ、いいんじゃないかな」

「じゃあ、俺も料理の腕があがったんだな」

森園は満足そうに茶色いソースで染まった麺を箸で持ち上げた。

「料理の腕もなにも、粉末ソースがついた三食入りパックじゃないか」

「いや、能書きとはちがうやり方で料理しているんですよ。豚肉と野菜は別個に炒めてからいったんフライパンから引き上げて、そのあとで麺だけを炒めてソースをからめると、野菜から染み出た汁でソースが薄まらなくていいんです」

確かに、こないだ作らせた時よりも味が引き締まっている。ちょっと味が濃すぎるくらいだ。次は粉末ソースを少しばかり残させようと思った。

「サランに教わらなくたって焼きそばぐらい作れるんですよ」

「焼きそばでなに威張ってんだ」

「だって美味しいでしょう、これ」

「まあお前にしては上出来だ」

「正直な話、サランが作ったほうがうまいんですよね」

炊事と掃除はお前の仕事だ、サランに押しつけるんじゃないぞ、と言っている手前、それはそうだとは自供できず、

「そういえば、最近顔見ないな、まだご機嫌斜めなのか」

「だから、これは警告なんですよ」と森園がふくれっ面で言った。

「警告？」

「私を怒らせると困ったことになるよってやつです。定期的に食らってますから俺にはわかります」

「困ってるのか」

「だから困らないように頑張ってるんですよ。ネットでレシピ見たりして。今晩はホロホロ鶏のナントカです」

「ナントカってなんだ」

「忘れました。でもお気に入りに登録してあるので大丈夫です」

「ホロホロ鶏ってのも知らないぞ」

「知らないんですか、ファミレスにいくとメニューにありますよ。とにかくサランの脅《おど》しに屈しないように頑張りますから、真行寺さんも協力お願いします」

そうかサランがここに来ないのは警告なのか。警告……。――そうか、警告か。それならわかる。いい加減にしておけよというメッセージだ。それを伝えるためにまずは豊崎を殺した。では殺したのは誰かとなると、やはり自民か。まさかとは思うが、まさかなのか。また、いい加減にしろよという警告は、なにについていい加減にさせようとしているのか、そいつも判然としない。けれど、真行寺はぐっとこの事件の真相にせまった気はした。森園の声がした。コーヒー飲みますか、今日は暑いのでアイスコーヒーにしましょうか、いやネットで作り方を調べたので大丈夫です。いつもより二倍濃く淹れて、砕いた氷でグラスを一杯にしてから、アツいのを注いでやるんですよ。それから……。

休み明けに登庁した朝、デスクでコーヒーを飲みながら、自分が気づいたことを家入の耳に入れてやろうかどうか迷っていた。結局、この段階ではまだ早い、空振りすると人騒がせなだけだ、と判断してほうっておいた。すると、向こうから電話があって、報告したいことがあるのでこれから行く、外出しないで待っていて欲しい、と言ってきた。そのどことなく意気込んだ声の調子から、ひょっとしたら、手を尽くしてなんとかデータを入手し、〈オツレサン〉人口と選挙結果の関係に家入も気がついたのではないかと期待して待った。

しかし、本庁に現れた彼は、つい先日、マンションから飛び降りて自殺したホステスがいましてね、場所は赤坂です、ニュースにもなったのでご存知ですよね、などと奇妙なことを切り出した。

「その自殺の件は一応耳には入ってますが」と真行寺は言った。

一週間前、本庁に電話を入れた際に、赤坂署からこういう報告が上がっているぞと伝えられたのは覚えていた。

しかし、飛び降りたマンションが赤坂にあるのなら赤坂署が管轄しているはずだから、

「で、その女の件で来たわけじゃないんでしょう」と真行寺は言った。

「まあそうなんですが、新宿駅の事件と関係あるっちゃあるんですよ」

なんだかよくわからない。とりあえず喋ってもらうことにした。

「女が自宅マンションの十階の屋上から飛び降りた、遺書があったのでこれは自殺だな、と誰だって思うわけです」と家入は言った。

確かに、水商売の女の自殺は少なくない。

「で、遺書にはなんと？」

「色々と嫌になった。もうこの世に未練はありません、みたいなことが書かれていました」

「曖昧ですね」

「ええ。しかもパソコンの画面にそれが出ていたのを鑑識が発見したんです」

「遺書をパソコンの画面に残したって？」

「そうです。けれど、こういうケースはないわけじゃない」

そうですね、と真行寺もいちおう同意した。

「そして、この女の両親を北海道から呼んで、身元を確認しようとしたんですが、父親はすでに他界していて、母親のほうは、ビルの屋上から飛び降りて変わり果てた姿の娘とは対面したくないとか、リュウマチがひどくなって東京まで行くのはとても無理などと言って、腰を上げてくれない。赤坂署の連中が言うには、要するに面倒くさい、それに交通費がかかるのが嫌だってことらしいんです。実は、継母《ままはは》でしてね、どうやら母娘の間はうまくいってなかったみたいです。ともあれ、そんなこんなでその後の処理が長引いていた」

それで？　と真行寺は言った。

「すると昨日、ひとりの女が保護して欲しいとうちの署にやってきた」

「あ、なるほど」

「え、もうわかりましたか」

「まあ続けてください、答え合わせをしたいので」

「僕は真行寺さんがどう推理したのかに興味があるんですが」

クイズでもないので、正解を聴くほうが手間が省けてよかった。しかし、警部補の家入に報告させるような格好になっているのもよろしくないなと思い、

「出頭してきたのは、そのマンションの屋上から飛び降りた女なんじゃないんですか」と予測をぶつけてみた。

「そうです」家入は嬉しそうにうなずいた。

「もちろん、飛び降り自殺をした女が幽霊になって出頭してくるわけはないので、実際に飛び降りて死んだ女は、遊びに来ていた友人かなんかですよね」

「そうです。DV野郎の男から逃げてきたということで、しばらくそのマンションに置いてやっていたらしいんです。前畑《まえはた》由衣《ゆい》。三十二歳。逃げてきたのは大田区にある自分のマンションで、彼女の住所はこちらになります」

つき合っていた男がDV野郎だとわかり、これはヤバいと思って友達の家に駆け込んだ……。まあよくある話ではある。

「逆上したDV野郎に居所を突き止められ、現れた男に遺書を強制的に書かされて、屋上か

ら突き落とされた。――なんてことはないんですよね」

「はい。いちおうその男は呼びつけて締め上げましたが、どうもそういうことではないらしいんです」

家入はどことなく楽しそうである。

「アリバイは？」

「あります。その時間は麻雀《マージャン》をやっていたというのでこちらも調べたんですが、雀荘の防犯カメラに映ってました」

「じゃあこれしかないんじゃないですか。保護してくれと出頭してきたのは中央線で痴漢だと騒いだ女ですよね」

家入はニヤリと笑って、「ご名答」と言った。

「女の名前は桑原《くわばら》ミカ。テレビ番組のクルーに紹介されて、ドッキリを仕掛けるんで痴漢だと騒いでくれ、と言われたそうです」

まあそんなところだろうな、と真行寺は思った。騒ぎが起こったあとは、すぐ下りに乗り換えて青梅まで行け、と言われたにちがいない。言われた通りに青梅駅を出てすぐに路地裏に入り、防犯カメラの死角になるところでピックアップされたんだろう。

連中が桑原ミカを青梅まで逃がして保護したのは、新宿駅の職員や駆けつけた警官にペラペラ喋られると面倒だからだ。それなりの地位を出所後には約束すると言って、自首させた北村なら「義憤にかられてやった」の一点張りで通すだろうが、ドッキリだと騙してやらせてた女にはそんな覚悟はない。このあたりから綻《ほころ》びが出るのを連中は惧《おそ》れた。けれど、女のほうは、ドッキリを仕掛けたつもりの男がホームから突き落とされて死んだと知ると、うろたえて仕掛け人に連絡を取った。もちろん、この時点ではもう桑原ミカからの電話に出るつもりなどない。

ところが留守電に残された彼女の狼狽《ろうばい》しきった声の調子から、これはまずいと思った連中は物騒なやつらを赤坂のマンションに向かわせた。永遠に黙ってもらうために。ところが、そこにいたのは、本人ではなくDV男から逃げて居候《いそうろう》していた前畑由衣だった。しかし暗殺者たちは彼女を桑原ミカだと思い込んだ。遺書を勝手にタイプしたあとで、前畑由衣を屋上に連れていって、ちがうと泣き叫ぶ彼女の口を押さえて突き落としたんだろう。

一方、帰宅しようとした桑原ミカは、マンションの前にパトカーと救急車がものものしく停車しているのを見て驚き、さらに身を寄せたビジネスホテルのテレビで自分が自殺したと報道されていたので、これはもう警察に駆け込むしかないと覚悟したわけである。

「ほとんどそのまんまです」と家入は言った。「恐れ入りました」

そう言われて我に返った。こうして妄想気味な推理を自由に転がしていると、それに夢中になって、自分がどこにいるのかわからなくなることが真行寺にはある。

「だとすれば」と真行寺は言った。「その桑原ミカはほとんどなにも知らないんじゃないですか」

「そうなんですよ」と家入はうなずいた。

「となると、その桑原ミカをいくら取り調べてもなにも出てこないでしょうね」

「そうでしょうか」

「おそらく、豊崎を殺せと命令した張本人は、痴漢騒ぎをでっちあげた実行犯から何人も介して指示を出していたと思います。たとえば張本人AはBに依頼するにしても、実際には会っていないのではないでしょうか。同じようにBはCに会わないでなんらかの方法で金を渡し、ある実行を頼む。CはDにさらに金を渡して実行を頼む。そしてようやくFかGあたりで、こういうバイトをやってくれる人がいたら紹介してくれと言って桑原ミカが候補に挙がったんでしょう。Gでさえ単にドッキリを仕掛けてくれと言われただけかもしれない、この辺は正直まだわかりません。実際、二度か三度は本当にドッキリを仕掛けたとは思いますね。これは実質的には予行演習です。このときは痴漢でなくたっていい。たとえば、小学校の同級生を装って、まったく知らない男に故郷の訛《なま》りで話し掛けたりして、相手をドギマギさせる。あるいは、手をつないで歩いているカップルにつかつかと近づいて、いつから浮気してたのといきなり男に平手打ちを食らわして、走り去る。近くで実際にスタッフがカメラを構えれば信憑性《しんぴょうせい》が増すのでおそらくそうしている。もちろんこの時も桑原ミカには遠くに逃げるように指示して、離れたところでピックアップし、中央線での実行時にも疑問を持たせないようにした可能性が高い。共犯の北村にも別系統から同じように何人もの人間を介して、指示を出しておく。北村にははっきりと中央線で痴漢騒ぎがあったら、そいつをホームに引きずり出してそこから次の列車が入って来るタイミングで線路上に突き落とせ、と命じておく。ただし、頼まれてやったとは絶対に言うな。義憤に駆られ思わずやり過ぎてしまったで押し通せ。だとしたら過失致死傷罪だ。正義感に基づいた行動でもあるので、そう長くお勤めすることはないだろう。もちろん借金は帳消しにしてやるし、出所した暁《あかつき》にはそれなりのポジションと金を用意してやる。そう言われているだけなので、桑原ミカの美人局《つつもたせ》という線は絶対に浮かんでこない。まあそんなところなんじゃないですか」

　真行寺が喋るのをうんうんとうなずきながら聞いていた家入は、

「まさしく、そういうことが桑原ミカの取り調べで浮かび上がってきたわけです」と言った。

「ただそうなると、これを仕掛けた張本人に辿り着くのはかなりの難題ですね」

「いちおう金の流れは徹底的に追いかけようと思うんですが」

「桑原ミカはどういう風に報酬を受け取っていたんですか」

「彼女はドッキリを仕掛けた後に、その場でキャッシュで払ってもらっていたそうです。ただ、ほかのメンバーはおそらく振り込みでしょう」

「だとしても、闇で買った口座にでしょうが」

「ですよね。ただ、とはいえ、売ったやつがいて買ったやつがいるわけですから、なんらかの手がかりが残っているはずなんです。そこから検挙した例もありますから。その辺をじっくり洗っていきたいと思うんですが、どうでしょうご一緒に」

「いやその捜査はそちらにお任せしますよ」と真行寺は言った。

　さっきまで快活だった家入の表情に不審の影が射した。

「それに日本円の場合はその可能性はなきにしもあらずですが」と真行寺はさっきからひょっとしてと思っていたことを口にした。

「どういう意味ですか」

「仮想通貨を使っていた場合はどうなりますか」

「え、オプトとかですか」

「オプトは電子マネーですが、仮想通貨の場合はもっとやっかいで匿名のアカウントを作って金を送金できます。こうなると金の行方を追って本人を特定するということはできないんですよ」

「詳しいんですか」家入はますます怪訝な顔になって訊いた。

サランと森園がワルキューレを起業するときに、黒木は出資金を仮想通貨で送金している。黒木はサランにある仮想通貨を指定し、そのアカウントを作れと言ったようだ。するとBobbyBobby という匿名のアカウントから　SaranSaran　というこれまた匿名のアカウントに、日本円で約束した相当額の仮想通貨が振り込まれた。サランはそれをすぐに取引所で日本円に換金し、ワルキューレの口座に移した。警察に追われている黒木が仮想通貨を利用したんだとしたらそこから足がつくはずがない。そして同様の手口を連中が使ったんだとしても同じである。金の流れを追って張本人に辿り着くのは絶対に不可能だ。――真行寺はそう思った。

「ただ、収穫はありましたよね」と真行寺は慰めるように言った。「前から分かっていたことですが、豊崎の痴漢は冤罪でした。そして仕掛けも相当に凝っている。だからこれほどの手練手管《てれんてくだ》を使ってでも豊崎には死んでもらわなければならなかったと解釈すべきでしょう。そしてその理由はと言えば、豊崎が令和新党を勝たせたから、という以外にはない」

「そこまで言っていいんですか」

「そこまで言っていいかどうかはまだ迷っています。ただ休日に家でゴロゴロしながら考えて、その嫌疑はかなり深まりました。もちろん、令和新党を勝たせるための戦略を豊崎がすべて考えたかどうかはわかりません。ただし、選挙戦に関わっていたことだけは確かなんですよね」

「そうです」

「だから警告を発した」

「警告？　豊崎殺しが……。いったい誰が発した警告なんですか？」

「まだわかりません」

「じゃあ誰に対する警告なんですか。令和新党に？　それとも小柳浩太郎にですか」

「でしょうね」

「ちょっと待ってください、ただ議席を取られたからと言って、殺しまでして警告する必要はあるんでしょうか」

「それだけの危険性を秘めているんでしょう、この選挙結果は」

そう言いながらも真行寺は、まったくもって的外れな推理を披瀝《ひれき》しているような気もした。

少し前に喜安にレクチャーを依頼した時、小柳浩太郎はもともとは、革命を起こすような、叛乱《はんらん》の先頭に立って突き進むような、そんな大役が務まるタマではないと言われた。確かに、新時代の旗手をうまく演じて、じゅうぶんすぎる勝利を手にした小柳だが、たいした政策もないのならば、ほうっておけばいずれ馬脚を現すだろうと、どっしり構えて様子を見るほどの度量がなぜ現政権にはないのだろう。それはまったくもって不自然なことのように真行寺には思われた。

しかしそれは間違っていた。小柳浩太郎はとんでもない曲球《くせだま》を投げてきたのである。

2　暴論のような、正論のような

ひんやりした風が金木犀《きんもくせい》の匂いを運んでくる頃、特別国会が始まった。

愛甲は選挙で大敗を喫したにもかかわらず、自民党総裁を辞任せず、首相指名選挙に立候補し、驚いたことに再選された。次いで、第四次愛甲内閣の組閣に動き始め、日本憲政史上もっとも長く務めた総理大臣となることが確実となった。もちろん、大敗してなお首相の座に留まることについては、さまざまな意見が出た。

「ただ、衆参ともに過半数は死守しましたからね、参院で負けてねじれちゃったらヤバかったかもしれませんが」と喜安が言った。「でもまあ要するに後継者がいないってことなんですよ」

似たような解説はあちらこちらで聞こえた。官房長官だった菅原《すがわら》は地味で押し出しが利かないし、外務大臣だった神野《じんの》は切れ味はあるが安定感にかけ、財務大臣の寺杣《てらそま》はすでに総理経験者なのでいまさらという感じがする。そんなことを、新聞社の政治記者が、テレビ局の報道局政治部の担当者が、政治評論家が、社会学者と称する若いテレビタレントが、口にしていた。

「あとはアメリカの大統領とうまくやってるので、そのへんで大きく点を稼いでるんでしょう」と喜安がつけ足した。

「アメリカと仲良くやれるということだけで、選挙での敗戦を帳消しにできるのか」と真行寺が訊いた。

「これが不思議なんですが、『アコノミクスによって経済はよくなったか』という質問に対して、『よくなっていない』と答えた人間が自民党に投票してるって結果が出ています。つまりこのアンケート結果で言えることは、アコノミクスという金融政策は評価できないけれども、他の党に任せてもうまくやれないと思う人が多く、外交政策においては愛甲さんのほうがずっとましと評価している人が過半数割れを防いだってわけです。まあ、あんな負けかたしたら外交で帳消しってわけにはいかないでしょうが、なにせ相手はアメリカですからね」

中国のほうはどうするんだ、と真行寺は訊いた。アメリカと中国は熾烈《しれつ》な貿易戦争のただ中にある。アメリカの顔色ばかりうかがっていては、中国との関係が悪化しやしないか。

「愛甲さんはそこはうまくやるんですよ、基本的にはアメリカべったりなんですが、中国のほうにもそれなりに気を配っていますからね。それに、おそらくまた外相には神野さんが選ばれるでしょうけど、あの人は中国の主席からも一目置かれているからその辺でまたバランスとるんじゃないですか」

仲良くやる、気を配る、一目置かれる……。二大大国の顔色をうかがってうまく立ち回ることが、日本の外交なのか。そうですよ、日本には二つの道しかないんですよ。アメリカの属国になるか、中国の属国になるかです。おいおい、いま相当なこと言ったよ、いいのか、それで。いやもちろん冗談です。喜安は苦笑してから、深いため息をついてストローを咥《くわ》えると、アイスコーヒーを飲んだ。

「けれどさ」と真行寺は言った。「確かに外交では成果を挙げてるみたいだけど、国内の経済はだんだん目も当てられないような状況になってきているじゃないか」

正直に言うと、公務員である真行寺には、不況を実感することはあまりない。それでも最近では、日本の大手家電メーカーが台湾に買収されたり、半導体の技術をアメリカに売り渡すなどという、不景気なニュースに日々接するにつれ、没落の到来が徐々に身に染みるようになった。

日本はこのまま落ちぶれていくのだろうか。人生の後半にさしかかっても、非正規雇用で不安定な生活を強いられる人がごまんといて、じゅうぶんな年金がもらえず、医療費の自己負担が増加して、ファストフードで空腹を満たし、八十を過ぎても清掃の仕事をしなければ暮らしていけないような国へと様変わりしていくのだろうか。

「けれど、じゃあほかの人が日本の没落を食い止めて、メイク・ジャパン・グレート・アゲインってやれるかと言ったら、誰もやれやしませんからね」と喜安は言った。「この間総裁選に打って出た石橋《いしばし》さんだって所詮は敗戦処理の政策なんですよ。愛甲さん以上に緊縮財政推進派なんですから」

一応うなずきはしたものの、緊縮財政ってものがうまくイメージできなかった。おそらく、国の財布のひもを締めるってことだ。そうするとどうなる？　たぶん福祉や社会保障に金が回らなくなるんだな、とぼんやり考えた。

「まあ、その点、小柳が出したあれは面白いですよね。あれはまったく予想外でした」と喜安が言った。

「あれは喜安君にとっても面白いのか」

「面白いっちゃ面白いですよココノミクスは。あ、真行寺さんがそう命名したのを使わせてもらってます。小柳議員も気に入って自分でも使っているそうですよ。で、その謳《うた》い文句が〝異次元の財政出動〟ってんだからウケるじゃないですか」

喜安は愉快そうに笑ってまたグラスに挿したストローを咥え、

「ただ、あの法案は最終的には潰《つぶ》されるでしょうけど」とつけ足した。

茶褐色の液体が吸い上げられグラスが空になったのを見て、追加を頼もうかと真行寺が訊いた。じゃあ今度はホットを、と喜安が言った。真行寺は立ち上がり、食券を買いにレジカウンターに向かった。

小柳浩太郎は、かつて日銀《にちぎん》総裁が掲げた〝異次元の金融緩和〟を揶揄するような〝異次元の財政出動〟というキャッチフレーズで、「新財政構造改正法案《しんざいせいこうぞうかいせいほうあん》」を、流行《はやり》の経済理論を援用して書き上げて提出し、「アコノミクスからココノミクスへ」と謳いだした。

与党は一斉にこれを叩いた。選挙前に小柳が「対案はある」とか「今に出す」などと啖呵《たんか》を切っていたのだから、「アコノミクスはアホノミクス」と馬鹿にされた愛甲ら政権側が反撃をしかけるのは当然の流れだった。

しかし、大手の新聞や民放各社、そしてNHKまでもが、財政や経済の評論家や学者を使って、その政策案の土台となっている経済理論を「話にならん」とか「きわめて危険な学説」とこき下ろしたのを見て、この反応が真行寺にはすこしばかり過剰に思えた。

さらに批判する側の言い分を聞いていても、ココノミクスのどこらへんに理論的な穴があるのかが真行寺にはよくわからなかった。危険だとか、異端だとか、そもそもたいして新しい学説ではないなどということだけがやたらとくり返されるものの、どこがまずいのかという話になると、その批判の内容は急に靄《もや》がかかったようにぼんやりした。それが自分の経済学に関する教養のなさに由来するのか、はたまた実際に彼らがそこをうまく語れていないだけなのか、それともテレビ出演の短い時間で説明するなどどだい無理なしろものなのか、だからあえて曖昧模糊《もこ》とさせているのか、そこのところも判然としなかった。真行寺は口を開いた。

「さっき、新財政構造改正法案は通らないと言ってたけど」

「通るわけないですよ。政権側は意地でも通さないでしょう」

「けれど、国民が小柳の政策を支持したらどうなるんだ」

小柳が出した法案は、その妥当性はともかくとして、貧しくなりつつあるこの国の人々にとって魅力的に聞こえるだろう。しかし喜安は首を振った。

「そういう声は無視するしかないでしょうね」

「なぜ」

「日本の現状を考えると、どちらかというといまの政治は、国民が嫌がることをどのように納得してもらうかということのほうが重要になっているので」

「ちょっと待ってくれ。もし仮にだよ、小柳の法案が通ったらどうなるのかな？　ここは通りっこないという答えはなしで教えてくれ」

「えっと、質問の意図はなんですか？」

「法案が通って、ココノミクスが発動されたら、日本経済はどうなる？」

「どうなるんでしょうね、なにせ経済ってのは蓋を開けてみないとよくわからないからな」

と喜安は急に言葉を濁した。

「因《ちな》みに喜安さんは、大学の専攻はなんだったの」

　喜安はにやりと笑って、

「政経ですよ」と言い、「でも、大学で習う経済学なんて実社会じゃまったく役に立ちませんから」と理解を求めてきた。

「そんなに役に立たないんだったら、どうして経済学部の就職率は文学部よりもいいんだよ」英文科卒の真行寺の口調は抗議の色に染まっていた。

「それは僕に言われても……。だいたい小柳浩太郎が出してきたMMTなんて屁理屈《へりくつ》はぼくが学生の頃は名前さえ聞いたことがなかったし、わけわかんないんですよ」

　MMT。小柳浩太郎が出した議員立法が、モダン・マネタリー・セオリー、略称MMTと呼ばれる新しい貨幣理論に基づくものだということは最近よく耳にするようになった。

アコノミクスによって日銀がどんどん国債を引き受けても、つまり政府が多額の借金をしても、財政破綻《はたん》に至っていないことにアメリカの学者が注目して発展させた理論であるというネタばらしは、敵陣のエコノミストが「これが非常に危険なんですよ」と酷評する前に振るマクラとしてよく耳にした。

しかし、アコノミクスを実施する前にも「そんなことやったら財政破綻を招くから危険だ」と言うエコノミストが大勢いたのだが、実際にはならなかった。デフレ脱却はできていないが、財政破綻だってしていない。これは事実。

では、このＭＭＴという新しい貨幣理論に基づくココノミクスとはなにか？ よく聞いてみると、要するに財政出動政策、もっと簡単に言えば借金してでも公共事業をどんどんやって景気を回復させましょうという政策提言だった。しかし、その考え方の土台となっているＭＭＴからココノミクスが解説されると、そもそもこのＭＭＴというのがとんでもない暴論で、それに乗っかっているココノミクスはお話にならないという風に結論づけられるのだった。

しかし、小柳浩太郎も黙ってはいなかった。積極的にメディアに出ていって、自説を展開した。対論も辞さなかった。論敵として向かいに座っていたのはたいてい愛甲首相のアコノミクスを支持したエコノミストたちである。

もちろん、テレビの短い討論時間内では議論の決着などはつかない。ちがいが浮き彫りになるだけだ。しかし、すくなくとも小柳は負けたようには見えなかった。むしろ勝っているように、真行寺の目には映った。

「批判されるのはかまわないんですけど、もう少し論理的に語り合って実のある議論にしませんか」と相手の目を見据えて提言したり、「それは批判になってないなあ」としみじみ嘆息したり、「いったいなにを恐れているんですか」と揶揄したりして、最後には、「じゃあどうして、デフレから脱却できないんですか。二年で脱却すると言っていましたが、いまだにデフレのまっただ中じゃないですか。僕の言っていることが暴論なら、正論がなぜ機能しないのかを説明してください。僕ではなく、いまテレビを見ている国民に」と強烈なボディーブローを叩き込んだ。

この言葉を受けて相手が苦笑するところがクローズアップで放映された時には、小柳が勝ったと思ったのは俺だけじゃないな、と真行寺は思った。

「勝ってるんじゃないですか」と喜安も判定した。「これまでのところは。ただ、本当の戦いはテレビのスタジオではなく議事堂で行われますからね、あれが通るとは思えない」

そこまではっきり喜安が通らないと言うのなら、逆にやはり小柳にはなにか秘策があるのではないかと真行寺は疑った。真行寺のスマホが鳴って、それを合図に、そろそろ行きますと喜安が腰を浮かせようとしたので、ありがとう、行ってくださいと言って、遠ざかる背中を見送りながら、真行寺はスマホを耳に当てた。

「もしもし。お電話ありがとうございます」と真行寺は言った。「それから再選おめでとうございます」

――ありがとう。でももうちょっとすんなり勝たなきゃいけなかったんだけど。それに、党全体としてはああいう結果になったから、選挙後はいろいろあって連絡するのが遅くなりました。

尾関幸恵議員の声には、当選した安堵《あんど》と、党の大敗からもたらされた疲労感が入り混じっていた。

――で、なにかしら、私に訊きたいことって。

「ちょっと折り入って。――選挙絡みでもあるんですが」

――そうなんだ。もしいま桜田門にいるのなら、議員会館の私の部屋ではどうかしら。

「ありがとうございます。さらに近くにおりますのですぐ伺います」

真行寺はそう言って腰を上げた。

議員会館までの道中、真行寺は尾関幸恵にどのように面会の理由を伝えようかと考えた。そもそも自分はなにを疑い、なにを尾関幸恵に確認したいのだろうか。

今回の選挙で運動の戦略を考案したスカイ・プレイヤーの社長が殺された。当初は本当に殺されたのかどうかよくわからなかったが、この時点では殺されたと判断してもいいような状況証拠はほぼ固まった。もっともこれも真行寺の個人的な見解にとどまってはいて、警察がこれを正式に殺人事件として取り扱うにはまだまだ証拠が足りないのだが。

ともあれ、ダブル選挙で令和新党の情報参謀を務めた豊崎は殺された。その理由は、令和新党を勝たせたからと考えるのが自然だろう。

では、殺したのは誰か、どこの組織か、ということになると、令和新党の小柳がやたらと斬《き》りつけているのが自民党であり愛甲政権なのだから、自民党組織を疑うのが自然だけれど、まさか党員である尾関幸恵に「殺したんですか」と訊くのはあまりに単刀直入すぎる。

もう一つの疑問はなにか。それは、殺害しなければならないとしたら、令和新党のどこがヤバいのかである。臨時国会で小柳浩太郎は「新財政構造改正法案」というものを提出した。これがそうとうに問題ぶくみなのではないか。

しかし、たとえば「消費税を減税しろ」などというのは、野党が年がら年中言ってるようなお題目である。別段なんの新しさもない。そしてこのようなキレイゴトは適当に無視される。それどころか、経済界に対して「給料を上げてやってくれ」とプレッシャーをかけたり、みみっちい額だが低所得者層に商品券をばら撒《ま》くなど、野党のお株を奪うようなことをして、「まあ悪いようにはしないよ」というような態度をちらつかせ、ほとんどの国民からは、「キレイゴトなど誰でも言える、多少汚いこともやるだろうが、実際に政治を切り盛りできるのは、なんだかんだ言っても自民党だけだ」と思われている。だから、どっしり構えて、国会で野党から追及を受けている時にも、首相は薄ら笑いを浮かべていたんだろう。

もっとも、今回の選挙では、かなりの人間が自民党にノーを突きつける結果にはなった。「自民党けしからん」という思いから野党に入れる。野党がいいとは思っていないが、自民党に「もっとしっかりしろ」という意味で野党を喜ばせる。野党は大躍進だと喜ぶが、結局、なにもできず、戦略を練り直した自民党が議席を取り戻す。

これがいままでくり返されてきた政治の流れだ。だったらなにも殺すことなどない。逆に、「お見事でした」なんて言って褒めてやりつつ、相手の足下を掬《すく》ってひっくり返したほうがいい。どうせ相手は、野党のポジションに慣れ親しみすぎて、政権を取っても何もできないのだから。――なぜこういうふうに考えられないのだろうか。

もしかしたら、小柳浩太郎の「新財政構造改正法案」のヤバさは、自民党の許容範囲を超えているのかも知れない。しかし、本気で政治を変えようとすれば死体が転がるというのなら、もはや日本は民主主義国家ではない。そんな状況が差し迫っているとしたら、たとえどんな大物であっても犯人には手錠を嵌《は》めてやる、と真行寺は思った。


「組閣はいつごろになりますか」

衆院議員会館の部屋で尾関幸恵とソファーで向かい合った真行寺は、まずそう訊いた。

「来週ぐらいじゃないかしら」

「入閣のお話は？」

「私が？　まさか。まだ二回生よ」

「でも、これだけ負けたら、前と変わりばえのしない内閣だと国民が納得しないでしょう。というか、選挙でお灸《きゅう》をすえられたんだから、反省してますという意思表示のためにも思い切った内閣改造をやりそうじゃないですか」

そう言って真行寺は、まるで政治評論家のようなことを言ってるなと内心自嘲《じちょう》した。尾関幸恵は参ったなとつぶやいて、誰にも言っちゃ駄目よと先に釘を刺した。

「総務省を任されることになるかも」

「総務大臣ですか」

「でも、ちょっと引き受けるかどうかは迷っています。まだ二期目の私には荷が重すぎる気もして」

その言葉から、総務省は数ある省庁の中でもかなり重要な役所であると知れた。やればいいじゃないですか、と真行寺は気軽に言って、

「総務省と言えば5Gを扱いますよね」と訊いた。

「ええ、最重要案件のひとつだけど。――5Gがどうかしたの？」

「いや、大した話じゃないんですが、前にいちどスピーカーケーブルを届けに行かせた若いのがいたでしょう。あれは実は音楽家の端くれでして」

「え、あのつなぎまちがえて変な音にした子が？」

「おっちょこちょいなやつでしてね。その節は申し訳ございませんでした。ところが、ニッチなマーケットではそこそこ人気のあるミュージシャンなんです」

「人は見かけによらないわね」

「ええ、なにか言いつけてもろくなことしないんで俺も弱っているんですが、こんどアメリカのミュージシャンの中国公演にゲスト出演することになりまして」

「へえ、そんな人にスピーカーのコードをつながせたりして失礼したわ」

「とんでもない。それで、その中国公演では、北京の舞台に立つのではなくて、日本のスタジオから音と映像を5Gを使って北京に送り、会場で共演しているように演出するそうです」

本当はスタジオではなくて、真行寺の自宅からなのだが、そのことは伏せたままにしておいた。尾関幸恵は、なるほど、それは5Gをアピールするにはなかなかいい手かもね、と言った。

「ところで、その依頼は中国から受けたの？」

「いえ、最初のコンタクトはアメリカのミュージシャンのエージェントからありました。そのあとのやりとりはソフト・キングダムを通じてやっているみたいです」

へえ、と尾関は言うと、目の前のテーブルに置いていた臙脂色《えんじいろ》の革張りの手帳を取って、アーチスト名と公演名を真行寺に訊いてそれをメモしてから、

「あいかわらずソフキンさんは遠慮がないわね」と言った。

「どういう意味ですか」

「中国サイドの通信業者は華威《ファーウェイ》でしょ」

「ええ、そうです」

「いま色々あって、アメリカは華威の携帯端末を排除したり、華威からの部品や技術の供給を封じ込めようとしています。日本にも華威製品を扱うなという強い要望をよこしている。

アメリカとの関係を慮《おもんぱか》ると、この時期に華威とおおっぴらにそんなことをやるのはソフト・キングダムぐらいよ」

「でも、そこまでアメリカの顔色をうかがわなければならないもんなんですか」

「なによ、小柳浩太郎みたいなことを言うじゃない」と尾関は皮肉まじりにそう言った。

すいません、と真行寺は形だけ謝った。

「――それで、その小柳浩太郎なんですが、すこし教えていただきたいと思いまして」

「どういうこと」

「彼の言動があういう具合に過激化したのはどうしてなんですかね」

「それは本人に訊いてみてよ」

「えーっと、刑事の習《なら》い性《しょう》で、当人はなかなか本当のことを言わないので、周辺の関係者から事情を聴いたほうがいいと思い、伺ったわけです。我々の言葉では〝鑑取り〟って言うんですが」

「なにか事件でも？」

「ええ、いまのところさほど大きな事件《ヤマ》ではないんですが」

「ふーん、その事件は令和新党にとっては打撃になるわけ？」

尾関幸恵は政敵のウィークポイントを期待する目つきになった。

「いや、むしろ被害者です。これが明るみになって大事《だいじ》に発展すると疑われるのは対抗勢力のほうですね」

「ってことはうちじゃないの」

「そういうことにはなるんですが、そう考えてここに伺ったわけではありません」

「だろうね。で、なにがあったの」

「令和新党の選挙参謀がひとり殺されました。ただ、もう犯人は捕まっていて、そいつは義憤にかられた上での過失致死だ、と主張しています」

「義憤に駆られたっていうのはどういうこと？」

「電車に痴漢がいたってことなんですが、実はこれがでっち上げだったことは、痴漢だと騒いだ女がすでに自白しています。申しわけありませんが話せるのはここまでです。本当はもうかなり喋りすぎているんですけれど、5Gについてこちらも色々教えていただいたので」

　ふうん、とすこし不満げに尾関幸恵は同意を示した。

「それで話をもういちど小柳浩太郎に戻すと、尾関議員から見て彼の豹変の原因はなんだと思われますか」

「まあ首相のやり方に関しては私もいろいろ思うところがあるからね。彼の気持ちもわからないではないんだ」

　ほお、と真行寺は相槌を打った。

「実は内緒だけれど、令和新党にはいちど誘われたの」

「本当ですか」

　真行寺が訊き返すと、尾関幸恵はうなずいた。

「正直かなり迷った。野党がだらしないから政権は保《も》ってるけれど、日本が直面している難題を私たち与党が解決できているわけじゃない。デフレによる苦境はまだ続いていて、アコノミクスが張り子の虎だって指摘は、ここだけの話、否定できないと私も思っている」

政治家というのはオフレコだと結構なことを言うようだ。

「だけど合流しなかったんですね」

「そう。なんか怪しい気がしたんだよね。本気で日本を改革しなければという信念に基づいて彼が行動しているのか、つまり国民の痛みに共感して行動しているのか、そこんところがわからなかった」

「本気じゃないとしたら、離党のリスクまで取った理由はいったいなんでしょう」

「政治家として一旗あげたいということじゃないかな。派手なパフォーマンスは好きだったしね、前から。早い話がカッコつけなんだよ、彼は」

「では、いまの調子でいけば一旗あげられそうですか」

「目標をどこに設定しているかによるね。とにかく前も知名度だけはあったけど、最近はさらに上がったよね」

「彼が出してきた新財政構造改正法案ってのは政権側はどう評価してるんですか」

「ココノミクスか。財務省や内閣情報局《ないかくじょうほうきょく》の周辺にいるエコノミストはボロクソよね。とにかくMMTはヤバい、と」

「MMTがヤバいからココノミクスもヤバいという風になっているんですよね」

「そりゃそうでしょ。MMTを論拠に書かれたのが新財政構造改正法案で、それを使って日本をデフレから救おうってのがココノミクスなんだから。つまり、ふたつともMMTの上に乗っかっているわけだからさ」

「では、MMTはどうヤバいんでしょう」

「そんなことしたらハイパーインフレが起こるとか、財政赤字のツケを次の世代に押しつけることになるとか専門家は言ってるね」

「そういう意見はテレビなんかでもよく聞くんですが、尾関議員個人はMMTをどう鑑定しているんですか」

「正直言うとよくわからないんだな。わたしは経済についてはそんなに詳しいほうじゃないから」

「でも政治家であればなんらかの判断を下す必要はあると思うんですが」

「そういうときは党の方針に従うしかない」

そういうものなのか。

「ただ、面白いなと思ってる」と尾関幸恵は言った。「聞いてみるとなるほどと思う。え、そういうことなのと意表を突かれるところがあってね、面白いことは面白いね」

「どういうところですか」

「それは私なんかよりもその筋の専門家に訊いた方がいいと思うよ」

急にかわされた。

「訊いたところで、専門家が私にわかるように話してくれますかね」

「たぶんわかるんじゃないかな。紹介してあげるよ。MMTなら大学の先生より経済産業省《けいざいさんぎょうしょう》の中町《なかまち》君に訊くのが一番だと思う」

「え、官僚に？　大学の先生ではなく？」

「小柳にMMTを吹き込んだのは中町君だから」

「本当ですか」

「たぶんね。というか、MMTを日本で最初に紹介したのが中町君なんだよ。新財政構造改正法案を書いたのも中町でしょ。小柳があんなもの書けるわけない」

尾関幸恵はそう断定した。そして、「じゃあ連絡しとくから」と言った。なんだか急に黒幕が判明してしまったので、真行寺はすこし拍子抜けした。


中町と会えたのはそれから一週間後だった。組閣のバタバタで尾関幸恵が急に忙しくなり、中町のほうも公務に忙殺されていたらしく、連絡が取れるまでに時間を要したようだ。昨日、尾関から電話をもらい、「ごめんなさい遅くなって。中町君に連絡して。話しといたから」と言われて、経済産業省に電話を入れて呼び出してもらうと、電話口に出た当人から「聞いてます」という返事をもらった。

その中町の声はどことなく憮然《ぶぜん》としていた。それでも、業務が終わったらどこかそのへんで会いましょうと言ってくれたので、真行寺は経産省の近くの喫茶店で待つことにした。

コーヒーを飲みながら、中町猛《たけし》という名前を検索すると、相当な数の本を書いていることがわかった。経済学の入門書めいた新書からグローバル経済を論じる分厚い専門書まで、多彩な書名を目にした真行寺は、公務をこなしながらよくこんなに精力的に書けるものだなと感心した。

やがて、喫茶店の入口のドアについているベルを鳴らして、著者近影の写真よりどことなく人なつっこい顔つきの当人が登場した。真行寺は腰を上げて頭を下げた。

「勘弁してくださいよ」

疲れ切った表情の中町は、砂糖を入れたコーヒーカップをスプーンでかき混ぜながらそう言った。

「中町さんではないと?」

「濡れ衣ですよ。僕は小柳議員とは口を利いたことすらないんですから」

「だったら『お前が入れ知恵したんだろう』って言われたりしてませんか」

「言われてますよ。それで毎日のようにいじめられてるんですよ」

「中町さんなら、そのくらいはへっちゃらでしょう」

先ほど検索をかけている時、真行寺は中町の著作の多さとともに、そのタイトルに驚かされた。『サルでもわかる経済学』や『新古典派経済学の限界』はいいとしても『この経済政策が日本を滅ぼす』や『金融緩和ではどうにもならない10の理由』などのタイトルはアコノミクスを完全に批判していると受け取られかねないし、実際にしているにちがいない。さらにリストを見ていくと『売国奴を斬る！』なんて物騒なものまである。この人は本当に公務員なんだろうか、と呆れた。役所では相当な変わり者として通っているにちがいない。警視庁の変わり者で通している真行寺は、嫌みくらいは何でもないはずだ、と勝手に決めつけた。するとと案の定、中町は、

「まあ、そうなんですけどね」とカップから抜いたスプーンをぺろりと舐《な》めて言った。

「もう一度確認しますが、中町さんが小柳浩太郎議員にMMTを指南したってことはないんですね？」

いいやと首を振って中町は、ふちまで入ったコーヒーを零《こぼ》さないように、背中を丸めてひとくち飲んだ。

「では中町さんから見て、小柳浩太郎の政策はMMTを正しく理解したものだと言えますか」

「まあ、整合性はありますね」と中町は言った。「理屈自体は大して難しいものではないので」

「じゃあ、それを僕に教えていただけないでしょうか」

中町はちょっと驚いたような顔をした。

「本来なら御著書を読んで学べばいいのでしょうが、あいにくとその手の本を読むと拷問レベルの睡魔に襲われるので」

「困ったなあ。じゃあ、真行寺さんはMMTについてどの程度の情報を現時点でインプットされているのか、それを先に教えていただけませんか」

「まず、われわれ経済の素人は、日本は大変な借金を背負《しょ》い込んでいるんだということを前提に、あれこれ日々聞かされてるわけですが、借金なんて気にしなくていいとMMTは言っているような気がします」

「ちょっとちがいますが、まあいいでしょう」

「どこがちがいますか？」

「日本は借金なんかしてませんよ。借金しているのは政府です」

なるほど、と真行寺はうなずいた。本当は力強くうなずけるほど納得できていたわけではなかったが、そのまま話を続けたほうがよいと判断したのである。

「そしてMMTはどんどん財政出動しろとも言っている。つまり政府の借金なんて膨らんでもどうってことないんだ、と。政府の借金を財政赤字って言うんですよね。つまり財政赤字は膨らんでいい、むしろ膨らませなければならない。そうしてこしらえた金で、自然災害に備えたり、研究費を潤沢にして技術力の向上に振り向けたり、高齢化対策や教育に使おうって言っている。そうして一刻も早くデフレを脱却しろと」

「なんだ、わかってるじゃないですか」

「でもこれは政策ですよね。理論そのものじゃない。MMTが教えるところに従えば、このような政策が実現可能だよってことですよね」

「まあそうですね。理論と整合性のある政策だと言っていいでしょう」

「そこで私が疑問なのは、どうして借金をしても大丈夫なのかってところです。借金まみれの人間がさらに借金して道楽に耽《ふけ》ってたら、身を滅ぼしますよ」

「個人の家計ではそうです。そういう譬えでMMTを貶《おとし》めようとするのはMMT批判者の常套手段《じょうとうしゅだん》なのですが、個人の家計の話を政府の財政に当てはめるのはまちがいなんです」

「政府の会計と家計はどうちがうんですか」

「そこがMMTのキモなんですよ。日本政府が借金をしているのはほとんど日本銀行にです。つまり、日本が日本に借金をしている。自分に借金をしているようなものなんです」

しかし、自分に借金するってことの意味がよくわからない。真行寺がそう言うと、中町は、それはあとで話しますと言ってこれをかわし、

「そして日本政府が使う金は日本銀行という銀行が輪転機を回して刷ればいい。――まあこれは比喩《ひゆ》なんですがね。実際には回らないんですがイメージしやすいのでこういう表現にしましょう。とにかく、自分で刷って自分で使うのだから、借金と言っても大した問題にはならない」と言った。

「だったらまるで打ち出の小槌《こづち》じゃないですか」

「ええ、まさしくそうなんです」

直感的に、これは詐欺だな、と真行寺は思った。

「でも、昨夜、財務省のホームページを見たんですが、そこには対GDP比の債務残高があ

って、日本は各国に比べると最悪だというグラフが載っていましたよ。これは財務省が嘘をついてるんですか」

「嘘はついてませんよ。その通りです。でも別にいいじゃないですか、それで問題なければ」と中町は言った。

「問題がなければ」と真行寺も言った。「で、問題はないわけですか」

「なにが問題だとおっしゃってるんですか」

「いやその、つまり国が借金で首が回らなくなって、国債が返せない、利子も払えないような状況に――」

「そういう状況なら問題です」

「そういう状況にはならないんですか。実際、どこそこの国の財政はもう破綻しているなんて話はときどき耳にしますが」

「たとえばギリシャがそうでしたよね。あれは問題です」

「でも日本は問題ではないとおっしゃる？」

「そうですよ。財政赤字で経済的に国が破綻するのなら、日本はとっくにしているはずなんです」

「とっくにとはいつ頃のことを言ってるんですか」

「ギリシャと同じようなレベルだったら二〇〇六年に破綻してなきゃおかしい」

「なぜ日本は問題なくて、ギリシャは問題だったんでしょう」

「ギリシャ政府は借金を自国通貨ではなく、ユーロでしていたからです。日本は自国通貨の円でしている。まったく条件がちがうんですよ」

なるほど、自分が刷った金で自分から借金すれば、借金なんてないようなものだという理屈らしい。確かにこれだと家計に置き換えるのは無理だ。わかりにくいのは、自分が借金するために自分で金を刷っちゃえばいいという点である。

「さきほど日銀がお金を刷ることを打ち出の小槌に譬えられましたよね」

「いや、譬えたのは真行寺さんですよ。まちがっているわけじゃないので否定はしませんでしたが」

「そうでした。とにかく、打ち出の小槌があるのなら、国民から税金取る必要なんかないじゃないですか」

「いや、あります」

「どうして」

「それを理解するためには、税とは何かというところから考えなければならないんです」

やれやれと思ったが、自分が希望した講義なのでよろしくお願いしますと言った。

「日本政府が税を徴収するのは、日本人に日本円を欲しがってもらうためなんです」

頭が痛くなってきた。なに言ってんだ、こいつは。

「国民が自国通貨を求めることで、経済のナショナリズムが成り立っているんですよ。共同体を深いところで支えているもののひとつがマネーなんです」と中町は言った。

「すみません、まったくわかりません」

「真行寺さんはもちろん税金を納めておられますよね」

「給与から天引きされているので」

「日本円で納めているわけです」

「もちろん」

「なぜです」

「なぜって、そう決まっているからでしょう。いま流行《はやり》のオプトのアカウントを国税局が取得してくれればオプトで払うかも知れませんが」

「そうです。けれど日本政府は日本円でしか納税を許さないわけです」

だからなんなんだ、と真行寺は思いつつも、うなずいた。

「つまり、日本人は日本政府に税金を納めなければならない。税金を納めるには日本円が必要です。つまり円という通貨は、税金を納められるという価値を持ちます。だから、日本人であるからには日本円が必要になり、日本人は日本円を手に入れる。そして、納税のために手に入れた日本円は、納税以外にも取引で使える。つまり日本円という法定通貨は、貯蓄や取引の手段となってどんどん広まっていく、とこういうわけです」

「なんだか順番がおかしい気がしますが」

「いやおかしくはない。これでいいんです、MMTではね」

「ちょっと待ってくださいよ、いまの話はさっきの質問の答えになっているんですか？　どうして打ち出の小槌があるのに国民から税金を取る必要があるのかっていう質問の？」

「なっているはずですよ。税金はなぜ必要か。それは、財源を確保するためにあるんじゃない。その他に目的があるから徴税しているんだ。それはなにかというと、法定通貨を定めるためだ。以上。これでいいじゃないですか」

どうもわかったようなわからないような理屈である。

「では租税の目的は法定通貨、日本の場合だと、国民に円を持たせるためなんですか？　そんなこと聞いたことないんですけど」

「もっと正確に言うならば、経済をコントロールするためだと言ったほうがいい。円を持たせるのはその第一ステップです」

「まったくわからないんですが……。税っていうのは、重くするか軽くするかしかないですよね、基本は」

「だから、軽くしたり重くしたりしてコントロールするんですよ」

「因みに軽くするとどうなるんですか」

「日本円で納税する必要性は軽くなりますね。だから日本人が日本円を欲しがらない傾向が強くなる。つまり金《かね》を欲しがらないで物《もの》を欲しがる。金を欲しがらないで物を欲しがるとどうなりますか。物の価値が上がるから物価が上昇しインフレになる。つまり、減税はインフレへと促す効果がある」

「じゃあ、税金ゼロにしたらどうなるんですかね」

「物価がガンガン上がります。あまり上がりすぎるのもまずいので、今度は税を重くしてやる。すると、お金が政府に吸い上げられるので、世の中にお金は少なくなる。となると、人々は物じゃなくて金《かね》を欲しがる。やがて、物の価値が下がり物価も下がる。この現象がデフレです。つまり、いまデフレデフレと騒いでいるのは、人々が物を欲しがらないで金を欲しがっているのが問題だからです」

じっくり聞くとここは理解できた。

「あと格差を是正するためにも税は必要です。金持ちからどーんと税金を取る。貧乏人からはあまり取らないようにすると、所得格差がある程度是正されます」

真行寺は考え込んだ。何となくごまかされてる気がする。税金というのは、図書館を建てたり、老人医療費を負担したり、道路を整備したりするために集められているんじゃないのか。

「疑っておられるんですね。ではこういう例ならどうですか。炭素税ってあるじゃないですか。温室効果ガス排出に課税する――」

「二酸化炭素を出したら税金取るぞってやつですね」

「そうです。環境問題は深刻化しています。その原因のひとつが地球の温暖化です。地球温暖化の原因は二酸化炭素の排出量が増えているからです。このことは、一部に異論を差し挟む連中もいるんですが、国際的にほぼ同意されています。それでもいろんな事情で、『二酸化炭素は出さざるを得ないからうちは出す』っていう国がある。出すんだったら税金取るぞって決めると、『背に腹は代えられないから、税金払ってでも出す』って国もある。けれど、どんどん重税にしていくと、『これはマジで考えないとヤバい』と思い始め、排出量を削減する方向へと舵《かじ》を切る。この場合は、財源確保のために税を課してるわけではない。本当は炭素税なんか払ってもらわなくていいから、二酸化炭素の排出量を減らして欲しいんですよ。むしろ二酸化炭素税の納税額はゼロが理想なんです。つまり財源確保のためじゃなく、調整のために税があるわけです」

「では、税ってものは、自分たちの経済、ひいては社会を望ましい方向にむけて調整していくための手段なんだ、こう考えればいいんですか」

うんうんとうなずいて、中町はまた背中をこごめてコーヒーをすすった。

「でも、おかしいじゃないですか」と真行寺は言った。

「なにが？」

「いま日本はデフレなんですよね」

「ええ、もううんざりするほど長い間そうなんですよ」

「さっき、物よりも金を欲しがるのがデフレだとおっしゃった」

「そうです」

「そしてデフレから脱却するんだと言って愛甲政権はアコノミクスを発動させたわけですよね」

「まあ、そう言ってますよね」

「でも、もうすぐ消費税を上げるとも言っている。税を重くすると物よりも金を欲しがるってさっきおっしゃいました。消費税を上げたら、さらに人は物よりも金を欲しがってデフレに拍車がかかるじゃないですか。それに、租税は格差を是正する機能があるともおっしゃいましたが、消費税は、金持ちだって貧乏人だって、同じ物を買えば同じ金額だけ取るんですよね」

「そうなんですよ。過去に消費税率を引き上げたときには必ず景気は冷え込んでます。おっしゃる通り消費税は、格差是正にはクソの役にも立たないどころか、格差を広げるだけなんですよ」

拍子抜けした。そうなんですよと言われても困る。

「でも、愛甲さんはアレだけど、その後ろには東大出のキャリア官僚たちが控えているわけでしょ、なんでそんな不合理なことさせるんですか」

「真行寺さん、警察にだって東大卒のキャリアなんてゴロゴロいるでしょう。真行寺さんは彼らがみんな優秀だと思っているんですか」

痛いところを突かれたと思った真行寺は、コーヒーカップに手を伸ばし、一息ついた。

「つまり、小柳がやろうとしている政策は」とカップをソーサーに戻して真行寺は言った。

「まず打ち出の小槌を振る、つまり日銀にお金を刷らせる。そしてその金を元手に公共事業を発注して仕事を増やしたり、福祉や社会保障に回して、とにかく国民に金を握らせる。その金を使って物を買ったり、投資させたりして、マーケットを活性化させる、——そういう話ですよね」

「そうです」

「そうすると金よりも物を欲しがるという状況になる。これがインフレですよね。経済がインフレに向かうわけだからデフレから脱却する」

「そういうことです」

「つまりインフレにはなる」

「そりゃなるでしょう」

「なんか変だなあ」

「なにが？」

「〝デフレ脱却〟という目標はアコノミクスもココノミクスも一緒でしょう」

「それはそうです」

「デフレから脱却するには、とりあえずインフレにしなきゃいけないわけでしょう。インフレにするにはお金を増やして、お金よりも物を欲しがらせ、そして物の値段を上げる」

「それがなにか？」

「よくテレビなんかで、ＭＭＴが批判を受けるときに、愛甲政権の用心棒みたいなエコノミストが、『インフレが手をつけられなくなったらどうするんだ』なんて言ってますが、まずインフレを起こさなければデフレは脱却できないわけでしょ。インフレを起こしたら手がつけられなくなるとか言ってたら、いつまでたってもデフレから脱却できないじゃないですか。

愛甲政権だってデフレ脱却を目標に掲げているのに、これじゃあデフレは脱却すべきじゃないって言ってるようなもので、矛盾しちゃいますよ。どうしてそういう反応になるんですかね」

「僕に訊いてるんですか？　それは馬鹿だからですよ」

真行寺は腰が砕けそうになったが気を取り直し、

「適度なインフレというのはＭＭＴによって調整可能なんですか」

「基準を設けて適当なところで打ち出の小槌を振るのをやめればいいだけの話です。小柳もそう言ってますね」

「ただ反対論者は、インフレってのはライオンみたいに、いちど暴れだすと手がつけられなくなるぞ、今の話の流れで言えば、打ち出の小槌を振るのをやめたところでインフレが止まるようなものではないんだぞって言ってるでしょう」

中町は笑った。

「なんだか見たようなことを言ってますね。ライオンがいちど暴れだすと手がつけられないなんてどこかで見たんですかね。肉の塊でも与えとけばおとなしくなるんじゃないんですか。少なくとも、経済よりもずっと手懐《てなず》けやすいでしょうよ。とにかく安っぽい印象操作でごまかそうとしてるのがミエミエです」

「しかし、日銀に金を刷らせて経済をよくしようというのはアコノミクスもそうじゃないですか」

「アコノミクスを考えるにはお金を液体のイメージで捉えるといいですよ。まず、液状のお金をデッカいプールにドバーっと注ぎ込む。するとやがてこのプールからお金がじわーっと染み出して、世の中の人々のところにも染み出ていく。つまりお金の量が増える。あとは一緒です。お金の量が増えると、お金よりも物を欲しがる。物価が上がる。だからインフレターゲット2％はやがて達成できる。こういう理屈でした」

「けれど達成できませんでしたね」

「できるわけないですよ」

「でもお金は増やしたわけですよね。それはまだ染み出さずにプールにタプタプしてるってことですか」

「そうです。日銀の当座預金の額が膨らんだだけです。もっともアコノミクス支持者はプールに流し込むマネーの量がまだ少ないから、染み出していかないんだと力説しているんですが」

アコノミクスとココノミクス、どちらの主張を信用していいのか真行寺にはわからなかった。ただ、順序立てて聴いていると、中町の話は筋が通っているように思われた。日本銀行が打ち出の小槌を持っているということさえ真実ならば、この話は通る気がする。

「その打ち出の小槌ってのはどういう理屈なんですかね。つまり無から有を生むのが打ち出の小槌ですよね。なんかマジックみたいでタネがあるような気がするんですが」

「タネというか、その考え方に慣れてないだけなんですよ」

「慣れの問題ですか？」

「そうです。いままでまちがった説明がされてきたので、慣れていない。それだけです」

「まちがった説明とは？」

「銀行だけが持っている特権についての理解です」

「銀行って特権を持っているんですか？」

「ものすごい特権を持っているんです。これを信用創造って言います。聞いたことありませんか？」

真行寺は首を振った。

「銀行は、まずお金を預かって、その預金を元手に、その中から別の人にお金を貸している。

――こういうふうに理解していませんか」

「そうじゃないんですか」

「まちがいです」

「嘘でしょう」

「気にしなくてもかまいません。つい最近までハーバード大学のビジネススクールでも、学生に銀行ごっこをやらせて、このプロセスを再現させて理解させていたらしいので」

「てことは、ハーバード大学のビジネススクールがまちがっていたんですか？」

「まちがっていたんです。銀行は預金してもらってからはじめて貸し出しするのではなくて、い、い、い、い、い、い、い、い、い、い、い、い、預金、
なにもないところに貸し出しを作り出すんですよ。もっと言えば、貸し出しを行うと預金が

生まれるんです。嘘だと思いますか？」

「思います」

「ところがどっこいこれが本当なんですよ。イングランド銀行のサイトにいくつか論文が載ってますから、あとで読んでおいてください」

そんなもの読むわけないだろ！　と真行寺は思った。

「しかし、どうして銀行はそんな手品みたいな真似ができるんですか」

「どうしてでしょうね。おそらく人々が銀行を信用しているからじゃないですか」

「信用してるから、ですか」

「銀行にお金を借りに行きます。銀行からの借り入れには審査がありますが、この辺はややこしいのですっとばして、首尾よく百万円借りられることになったとします。銀行がやることは真行寺さんの口座に百万円と記載することだけです。本当にただそれだけなんです」

「けれど、私が私の口座から百万円を現ナマで引き出したらどうなりますか」

「引き出せることもあるでしょうし引き出せないこともあるでしょう」

「そんなバカな」

「と真行寺さんは思っている。つまり引き出せて当然だと思っている。真行寺さんは銀行を信用しているから。けれど、どこの銀行でも、貸し出しの金額は預金の金額を上回っています。みんながせーので引き出そうとしたら、銀行はパニックになる。これがいわゆる取り付け騒ぎです。でも、そんなことはめったに起きない。起きないように銀行は一定の預金準備金というのを日銀の当座預金に入れておかなければならないことになっています。とはいえ、みんなが一気に引き出したら必ずこのシステムは破綻します。なぜ破綻しないのかというと、みんなが銀行を信用しているからです。銀行だって信用されるように努力している。銀行員は夏でもスーツをピシッと着て髪をきれいに切り揃えていなければなりません。そして建物だって掘っ立て小屋じゃなくて立派なビルを建てなきゃならないし、本店ともなれば床を大理石で磨くところも珍しくない。それはすべて客の信用を得るためのものです。また、銀行も貸付した客を信用しなければなりません。客の何を信用するのか。返済能力です。ホントそれだけなんですよ。――ちょっとすいません、トイレに行ってきます。失敬」

そう言って中町は立ち上がり、化粧室に向かった。

変わったやつだ。中町の背中を見ながら真行寺は思った。ああいうキテレツな説を振りまわして、経産省で役人をやれているのだから大したものだ、などと感心しているとスマホが鳴った。

「なんだ、夕飯の相談か」真行寺はスマホを耳に当てて言った。

――それが、ちょっと熱があって、夕飯つくるの勘弁してもらえませんかって相談です。

森園はことさら風邪《かぜ》っぽい声を出して芝居しているような気がした。だとしたら役者としては三流だ。本当だとしたら、そもそもが芝居めいていてまぎらわしい。

「何度あるんだ熱」真行寺は笑いながら言った。

――体温計がどこにあるのかわからなくて計ってないんですが、くらくらします。

「薬箱は台所の食器棚の上。そういう事情なら夕飯は買って帰ってやるが、看病するのはご免だぞ。とにかくさっさと医者に行って治しちまえ」

　どうも俺は森園には冷たいな、と思いながらもやはり冷淡な物言いになった。

——医者には、坂を降りて行かなきゃなんないじゃないですか。

　真行寺の家は、丘陵地のかなり上に位置する。医者は駅近辺に多いので坂を下るのは当然だ。それがどうした、と真行寺は言った。

——となると、帰りは自転車で坂を登ることになるでしょ。それがキツいんですよ。

　真行寺はまた笑った。

「タクシーを使えばいいだろ」

　レジの横の化粧室のドアが開いて、中町が出てきた。その時、視界の片隅に捉えていた人影の妙な動きが気になった。

——金ないんですよ。サランが赤字なんだ、緊縮財政だって言って、くれないんです。

「月々渡してる食費からとりあえず使っていい」

——それが、中国の公演用にちょうどいいサンプラーをこないだハードオフで見つけて……。

　そこまで言ったあとでやたらと咳《せ》き込んだ。月々渡している食費から機材を買ったらしい。俺の財布は日銀じゃないぞ。いくらでも刷れるわけじゃないんだ。勝手に財政出動しやがって。日頃からこいつは、泣きを入れれば追加で補正予算がつくと思っているフシがある。近いうちにシメてやらなきゃいけない、と真行寺は思った。森園はゲホゲホやったあとに、なんかフカヒレそば食べたくないですかなどと抜かして、またゲホゲホやっている。馬鹿野郎と言って切った。中町はふたたび向かいの席に座ると、腕時計を見た。僕はそろそろなどと中町が言う前に、真行寺が口を開いた。

「最後にひとつだけ聞かせてください。中町さんが小柳に指南しているのではないのなら、小柳議員が自分で勉強して、自分であの法案を書いたということは考えられますか。議員立法なんだから、議員が書くのは当然のような気もしますが」

「無理じゃないですかね、残念ながら」と中町は言った。

「ということは、入れ知恵している誰かがいるってことですよね」

「まあそうでしょう。でも僕ではありませんよ」

「そこは理解しました。中町さんにはそれが誰だか見当がついてるんですか」

ここまで明朗かつ平明に答えてきた中町だったが、そこなんですよねえ、と首をひねった。

「僕の周りにはそんな危ない橋を渡ろうとするやつはいないんですよ。だいたいMMTなんて異端の学説にかかわるとろくなことがないってみんなわかってますから」

真行寺はコーヒーカップを持ち上げて、空になっていることに気づいてそのまま戻した。

「では質問を変えましょう。もし中町さんが政治家にMMTを伝授するとしたら誰にしますか」

するとと中町もカップを持ち上げてそのまま口に持っていったがやはり空だと気づき、カップはむなしく戻された。中町はカップの底を見つめながらしばらく黙っていた。やがて、そうかとポツリと言った。なにがそうなんだ、と真行寺は気になった。

「実はMMTを唱えている議員はほかにもいるんですよ」

「え、誰ですか?」

「山元次郎です」

「あの令和一揆の?」

中町はうなずいた。もともと山元次郎はヤンキーや優しいチンピラなどを演じる個性派俳優だった。新宿二丁目のゲイバーのママの役が真行寺には印象的だった。最近見かけないな、ひょっとしたら引退したのかなと思っていたら、3・11の後、衆院選に出馬したので驚いた。実はこの時、真行寺は山元に入れた。結果は落選。しかしその後、性懲りもなくこんどは参院選に出馬し、こちらも性懲りもなくまた入れてやると、果たしてこんどは当選した。この投票行動は気分によるものだった。震災の後も、何事もなかったように流れていく時間に、真行寺は苛立っていた。その苛立ちが勢いを得て、〝山元次郎〟と書かせたにすぎない。

議員バッヂを胸につけた山元は危なっかしいところがやたらと目立った。同性婚を認める法案を提出したときには、女装して本会議に出席するなど、奇異な行動で議場を凍りつかせた。行儀が悪すぎるな、と真行寺もいくぶんしらけた気分になった。しかし、弱者の立場に立つという姿勢だけは一貫しており、こういう政治家がひとりくらいいてもいい、という程度の共感は真行寺の中に保たれた。

「山元次郎はMMTについては、京都の大学でマルクス経済学を教えている学者に伝授してもらったようです。だから小柳議員と言ってることはかなりかぶってますね」

「けれど、MMTといえば小柳浩太郎の政策ツールだという印象が強いのはどうしてでしょう」

「つまり、小柳のほうが政治家を演ずる役者としては一枚上だってことなんでしょうね」

「大事なんですか、そんなことが」

「大事だと僕は思います。MMTはそんなに難しい理論ではないんですが、一分でサラっと喋ってしまうとキテレツに感じてしまう。今日はわりと丁寧に喋ったつもりなんですが、それでもアヤシいなと思われたんじゃないですか」

「特に、日銀は打ち出の小槌を持っている。政府の借金は膨らんでもかまわない、財政赤字はむしろ拡大するべき、というところなどは……」

「だから、誰の口からその理屈が語られるかによってその信憑性も変わってくる。ただでさえ日々情報の洪水に溺《おぼ》れそうになっている現代人は、細部まで聞いてじっくり検証する時間なんてないんです。となると誰の説明を信じるのかってことになる。ところが、山元が語ると、もともと異端のレッテルがついているMMTはいっそういかがわしく聞こえるんですよ。そこが問題です」

山元が役者時代に演じていた曲者《くせもの》ばかりのキャラクターを思い出し、真行寺は「確かに」と同意した。

「面構えだって、役者の山元よりも小柳のほうが二枚目でしょう。官僚の中には、無駄に二枚目だ、俳優になったほうがいいなんて陰口を叩いてるのもいるけど」

あんたもそのひとりだなと心中苦笑しつつも、そうですねと真行寺はうなずいた。

「つまり、小柳はすでに役者をやっているわけですね、政界という舞台で。こうなってくるとあの面《つら》は無駄どころかものすごい効果を発揮している。なんで人はこんなに見てくれに左右されちゃうんですかね」

そう言って中町はため息をついた。真行寺は心の中で爆笑しながら、同志よ、と呼びかけた。中町も真行寺も面貌《めんぼう》は十人並みである。

「こう考えると、ＭＭＴって切り札は選挙前にはあえて封印し、選挙後に徐々に出していくってやり方も正解だったのかもしれないなあ」と中町は言った。

「どうしてです」

「選挙前に手の内を見せちゃうと、潰されていたんじゃないですかね。財政赤字は拡大するよ。借金もどんどんするよ。そうＭＭＴは提言するわけなんですが、赤字とか、借金とか、もともと悪い印象を持つネガティブワードじゃないですか。選挙中なら、さっきの暴れだしたライオンみたいな印象操作をされて、無責任な暴論だと葬り去られていたかもしれません。ＭＭＴは短期キャンペーン向きじゃないんですよ。それで選挙で負けたら、もう自民党には戻りたくても居場所はないし、そこで小柳の政治家人生は終わりです」

そうかもしれませんねと真行寺が同意すると、そうなんだよなあ、でも人ってすぐにわからないと嫌になっちゃうんですよ、と中町はうんざりしたように言った。だから、左翼はわかりやすい多様性とかアイデンティティとか平和とかばかり口にして、経済のことはほったらかしなんです、と続けた。

　中町の言うことを聞いていると、ＭＭＴを伝授するのにいちばん都合のいい政治家はやはり小柳浩太郎だってことになる。しかしそれは変だぞ、と真行寺は思った。

「けれど、ＭＭＴを使って一番得をするのは、愛甲首相じゃないんですか」

「そうなんですよ、本来は」と中町は認めた。

「鉄壁なはずの愛甲要塞も最近はいろんなところに罅《ひび》が入ってる。けれど、消費増税を撤回して、ＭＭＴで財政出動し、景気を上向きにしたら人気が回復するんじゃないんですかね。やっぱり自民党、なんてったって愛甲、ちょっと古いかこれは。――とにかくエラーはみんなチャラになって、ボロ勝ちできるのでは」

「まさしく。そうなったら改憲でもなんでもできるでしょう。そうすりゃいいのに、アハハハ」と中町は笑ったあとで真顔になり、「いやマジで」とつけ足した。

「ではどうして、中町さんはＭＭＴを伝授するべき政治家として愛甲首相の名前を挙げなかったんですか」

　真行寺がそう言うと、中町はため息をついて首を振った。

「僕は愛甲さんには嫌われているんですよ」

「なんでまた」

「ちょっと前にアコノミクスとTPPに猛反対してネガキャン張ったので」

　はあ、と真行寺は思った。MMTはアコノミクスの修正案だと言えばすむし、TPPは海外との貿易協定で、国内の財政政策とはまったく話が別だろう。

「そうなんですが、どちらも僕の口から出ているので愛甲さんにとっては同じなんです、自分の反対勢力の意見だという点でね。あの人は自分の敵か味方かをまず識別して、味方の意見だけを聞くんですよ」

　それは気の毒だ、と真行寺は心の底からそう思った。政治というのは友と敵とを分ける、友と敵を分けることこそが政治の本質だ、みたいなことを誰かえらい学者が言っていたような気がしたが、思い出せなかった。

　お役に立てたんですかね。そう言って中町は腰を浮かしかけた。

「中町さん」と伝票を摑んで真行寺が言った。「ここは私が払います」

「いや、それは駄目なんですよ」

　中町は断った。その理由を瞬時に察し、

「公務員どうしです。利益供与にはなりませんよ」と真行寺は言った。「ただし、支払いをしている私を待たずに先に出てください。それから一分ほど歩いていったん離れたあとでまた店に戻ってください」

「戻るんですか？」中町は不思議そうな顔をした。

「ええ、忘れ物をしたふりをしてこの席に戻ってから、もういちど店を出るんです、いいですね」

中町はわけがわからないという顔をしていたが、真行寺が有無を言わさずに勘定書きを掴んで立ち上がったので、いいんですかと言いながら、遅れて立ってドアのベルを鳴らして出て行った。

真行寺はゆっくりと金を払いながら、使いもしないのに領収書をくれと言って時間稼ぎをした。宛名はと訊かれ、ワルキューレでと言って受け取った。そうしたらまたベルが鳴って中町が戻ってきた。「あれ、忘れ物ですか」と真行寺はわざとらしく声をかけた。中町は曖昧な笑いを浮かべながら、さっきまで座っていた席まで行って、なにもないはずの座席に一瞥《いちべつ》をくれてから戻ってきた。

そうしてふたりで店を出た。

「これから帰りますか」と真行寺は訊いた。そして「帰ったほうがいいでしょう」と相手の返事を待たずに言って、中町を促して歩き出した。

「なにか用があって僕に戻って来いと言ったわけではないんですか」

「ちがいます」と言って真行寺は歩を進めた。そして不可解な表情になった中町に、

「趣味はなんですか」と訊いた。

「なんですか藪《やぶ》から棒に。――趣味と言われても、これといってないんですよね」

「勉強ばかりしてるんですか、えらいですね。変な趣味がなければそれでいい」

中町はますます怪訝な顔つきになり、「どういう意味です」と言って真行寺を見た。

「覚えてないですか、内閣府に圧力をかけられていたと告発した文科省の事務次官が、援助交際している事実を摑まれて週刊誌で記事にされたのを」

「なに言ってるんですか、失礼な」

「尾行されてるんです」

凍りついた中町の顔に一瞬鋭い視線を浴びせて、振り返るな、と続けた。

「小柳浩太郎の黒幕だと思われているんですよ、中町さんは」

「えっ、確かなんですか」

「トイレに立たれた時、釣られて腰を上げたのがいました。トイレはレジの脇にあったから、中町さんが支払って退店すると勘違いしたんでしょう。まず、この動きが気になった。それで、先に中町さんに出てもらい、俺がゆっくり勘定をすませることにしたんです。案の定さっきの男が、後ろに立ってじれたように俺が会計するのを待っていました。領収書をくれなんて言ったもんだから、釣りはいいからと言って千円札を置いて出て行った。そうしたらいれちがいに中町さんが戻ってきたってわけです」

ふたりは大通りに出た。狼狽している中町を尻目に手を挙げた。タクシーを止めると、中町を押し込んでから乗り込んだ。皇居をぐるりと一周した後で有楽町駅の近くで停めてくれ、それからラジオをつけてくれないかと言った。

どの局にしますかと訊かれ、どこでもいいと答えた。聞こえてきたのは、アメリカと中国の貿易戦争のことを解説する通信技術の専門家の声だった。この戦争はアメリカにとっても痛手をこうむることになるが、それも覚悟の上でやっているのだと言っていた。ボリュームをすこし上げてくれと真行寺は言った。ラジオを聴きたかったわけではなかった。こちらの会話を運転手に聞かせたくなかったのである。

「電車通勤ですか」そう言って真行寺は中町の顔を見た。

腑に落ちないという表情のまま中町はうなずいた。経産省に自家用車で出勤する役人はいない。迎えの車が来るほど偉いわけではない。電車通勤に決まっている。

「満員電車に乗らなきゃならないのはしょうがないでしょう。けれど、荷物は網棚の上に乗せて両手ともに吊り革を摑んでいてください」

「なんのために」

「痴漢だと騒がれて引きずり出されてもみ合いになり、ホームから転落して轢死した男がいたんですよ」

「それはひょっとして?」

「ええ、冤罪です。女がどこかから頼まれて痴漢だと騒いだそうです。もっともその女はテレビのいたずら番組だと聞かされてやっていたらしいんですが」

「どこから頼まれたんです」

「捜査中です」

「じゃあなぜその男は狙われたんですか」

「このあいだの選挙を手伝っていた宣伝会社の社長です。選挙運動で令和新党に多大な貢献をしたらしい」

「そんなことで」

「その因果関係は曖昧です。もう少し先まで行かないと殺された理由はよくわからない。けれど、令和を勝たせたこととは関係がありそうです」

「令和を勝たせると殺されるんですか」中町は冷笑気味に笑ったが、その声は震えていた。

「いま思いついたんですが、ひょっとしたら敵は中町さんが小柳浩太郎に入れ知恵してるかどうかなんてもう関係ない、そう腹をくくってる可能性もありますよ」

「ちょっと、待ってください。どういう意味です？」

「小柳浩太郎が振り回しているMMTという飛び道具に汚点をつけられればいいんですよ」

中町の表情はさらに凍りついた。

「小柳浩太郎が無責任なバラ色の未来図をまき散らしている。それはMMTという理屈からひねり出したものだ。その屁理屈を日本に輸入した男は、山手線で痴漢騒ぎを起こしている。そんなやつの口車に乗って向かう未来が本当にバラ色だと信じるほどアホらしいものはない。――こういう展開に持っていこうとしてるんですよ」

中町は頭を抱えた。自分が唱える理論がそこまで敵視されているのを知って絶望したのかと思いきや、

「痴漢なんかでニュースに出たら咲子《さきこ》に顔向けできない」と呻《うめ》くように言った。

「奥様ですか」

「娘です」

気づかれないように真行寺は笑った。中町はいきなり顔を上げ、

「よし、こうなったら自転車通勤だ」と言った。

「よしたほうがいいです。幅寄せされて殺されるかもしれない。左折巻き込みって手もある。金のない高齢者を使って、アクセルとブレーキを踏み間違えたことにして、後ろから追突させるかもしれませんよ」

「勘弁してくれ」中町は泣きそうになっている。

「娘さんはおいくつですか」

「十歳です」

「かわいいもんですか、女の子は」

「かわいいですね。――お子様は」

「うちは男のほうです。もっとも、いるんだかいないんだかよくわからないんですが」

真行寺はそう言ったあとで、それが遺伝子を受け継いだ息子のことなのか、家に居候してる変な音楽家のことなのかよくわからなくなっていた。

「やっぱり女の子がいいなあ」と真行寺は言った。

十歳の時のサランはさぞやかわいい少女だっただろう。森園は妙なことを口走るおかしなガキだった気がする。遺伝子を引き継いでくれた実の息子については、想像の埒外《らちがい》にあった。

ここでゲストを紹介します、とラジオのキャスターが言った。いまなにかと話題を提供し

てくださっている小柳浩太郎衆議院議員です。

「精力的にあちこち顔出してるなあ」感心したように中町は言った。

小柳議員ね、やっぱり我々一般人がよくわからないのは、財政赤字を拡大して本当に大丈夫なのかってことなんですが。ええ、そればっかり言われてるんですけどね、大丈夫だという理屈はいくらでも並べられるんですよ。でもね、いくらきちんと理屈で説明しても、財政赤字を拡大しなきゃいけないと言うと、判で押したように暴論だと返ってくる理由もわかってきました。これはね、まずは赤字ってものが絶対的にいけないんだという先入観があるんです。赤字って聞くとダメっと思う。駄目じゃないんですか、駄目でしょうよ。いやいや、いい赤字だってあるんです。赤字はダメっていうね、その先入観をまずなくして欲しい。財政赤字の赤はまっかな太陽のように情熱的で、赤ちゃんのように無限の可能性があり、真っ赤なスイカのように甘く、カンヌ映画祭のレッドカーペットのようにセクシーなんだ、こういうふうに連想してもらいたいんですよね。

「なに言ってんだ」と中町は笑った。それは苦笑ではなく、むしろ愉快を感じているように見えた。

財政赤字を拡大させるんですよ。そうしてインフレが大体3％上昇するまで財政出動する。デフレギャップから計算すると30兆円が捻出できるはずです。この30兆円の一部は子育て支援に使いましょうよ。子育ての環境を良くしないと、産んでくれと政治家がいくら言っても産んでくれませんし、産みたくても産めません。産めるようにするのが政治の役割です。防災にも使いましょうよ。防災は待ったなし、あと回しになんかできっこないんです。医療費の個人負担も下げましょう。そうして、すこし家計が楽になったらどんどん使ってもらいましょう。誰かの消費は誰かの収入です。どんどん消費してもらわなきゃいけない。もっと物欲を刺激してそれを満たしてもらわないと。だから消費を抑制するような消費税なんて愚の骨頂なんです。消費抑制して財源確保して貧しくなってどうするんですか。日本は円建てで国債を発行できるから財源なんかいくらだって創れるんですよ。若い世代にツケを回すのかなんて言って怒ってる人がいますけど、お門違いも甚《はなは》だしい。むしろ財布の紐《ひも》を引いてばかりいたら、それこそ次の世代を苦しめることになるんですよ。だいたいね、金融緩和なんてのは引けはするけど、押せないんですよ。ここは押してやらなきゃいけないんです。ぬかるみにはまった車はせーので押さないと抜け出せない。いま日本経済という車はドロドロのデフレ泥沼にタイヤがずっぽりはまっている状況なんです。引いてどうするんですか。押すんですよ。ひたすら押す。押して押して押しまくれ。そして、日本の産業を強くしていくんです。もともと日本のサイバー技術力は高いんだ。環境だって抜群です。停電もないし、インターネットがつながらないなんてこともほとんどない。秋葉《あきば》に行けばどんなソフトや部品でも手に入る。ここを押さないでどうする。軍事だって戦闘機なんか買ってる場合じゃないんですよ。これからの軍事は情報戦なんです。情報戦っていうとスパイ活動を思い浮かべますけど、今の時代はヒューミントからシギントへとシフトチェンジしてるんです。シギント、つまり情報技術戦は金がかかる。専守防衛というけれど、情報戦は攻撃よりも防衛のほうが高い技術が要求されるんです。情報技術産業や学術研究にはたっぷりと公的支援をしてやらなければ駄目なんです。

愛甲首相、もしこのラジオを聴いていたら、僕とどこかの番組でサシで徹底的に討論しませんか。ろくでもないエコノミストや経済のケの字もわかっていない議員を刺客に送り込むのはもうやめてくださいよ。いちおう全員返り討ちにしておきましたが、弱すぎてつまんないんです。いや、本当にそんなことしてる場合じゃないんですよ。

まず財政出動ありきです。国の借金なんかないんです。あるのは政府の負債だけです。政府はどこに借金しているのか。日銀でしょう。日銀の独立性とか聞いたようなこと言ってますが、日銀は日本政府と一蓮托生《いちれんたくしょう》じゃないですか。だっていまの日銀総裁を指名したのは愛甲さんでしょ。だから自分に借金しているようなものなんです。右のポケットから左のポケットにお金を移すだけなんですよ。国民が買った国債は、国民の資産、ひいては国の資産じゃないですか。プライマリーバランスの呪縛に勝手にとらわれているのか、財務省の役人に言いくるめられているのかわかりませんが、政府は政府の借金を減額したいためだけに、国民を苦しめているようなものなんです。とにかくもういい加減にしてほしい。早いところ財政出動してデフレギャップを埋めちゃいましょうよ。

お願いですから「新財政構造改正法案」を通してくださいよ。いまからこの法案のおいしいところを読み上げます。音楽代わりに聴いてください。とても耳に心地のいいものですからね、いいですか。——財政赤字対ＧＤＰ比を、毎年10％未満にする。高齢化に伴う社会保障関係費をできるかぎり増額する。二〇一九年公共投資関係費について、前年度の当初予算の105%を下回らないようにする。二〇二〇年、二〇二一年度については公共投資関係費の額が前年度の当初予算を上回るようにする。義務教育に対する一般会計の負担及び私立学校に対する助成等のありかたについて見直し、助成を増額することにする。防衛費の額は、前年比の当初予算を下回らないようにする。主要食料関係費の額が、前年度の当初予算を下回らないようにする。科学技術振興費の額が、二〇一九年度の当初予算の110%を下回らないようにする。エネルギー対策費の額が、二〇一九年度の当初予算の105%を下回らないようにする。中小企業対策費の額が、前年度の当初予算の105%を下回らないようにする。公務員の人件費の総額をなるべく増額する。地方への補助金等の額の各省庁の所管ごとの合計額が、前年比の当初予算の100%を下回らないようにする。え、もう時間がない？　じゃあ、最後にこれだけ言わせてください。異次元の金融緩和の次は、異次元の財政出動、アコノミクスよりもココノミクス、アコノミクスよりもココノミクス、アコノミクスよりもココノミ……。

小柳のリフレインはフレディ・マーキュリーが歌う「ボヘミアン・ラプソディ」に断ち切られた。

真行寺はあらためて小柳の変貌《へんぼう》に驚いた。約一年前の彼とはもはや別人である。隣を見ると、中町が笑っていた。実に愉快そうに笑っていた。

「どうですか、小柳のＭＭＴは」と真行寺は訊いた。

中町はうんうんとうなずいて、

「いや驚いたな。いったい誰が吹き込んでいるんだろうか」

「やっぱり吹き込んでいるんですか、誰かが」

「でしょうね。それにしてもこれじゃあ僕が疑われるのも無理ないわ」

有楽町駅前でタクシーを降りた。

「なんか電車に乗るの、緊張するなあ」

別れ際に中町はそう言った。

「帰りは大丈夫だと思いますが、朝の出勤時は気をつけてください。乗り込んでからいったん降りて別の車両に移ったほうがいいかもしれません」

中町は苦笑しつつ改札を抜けて行った。真行寺は歩き出し、スマホを取り出して耳にあてた。

――家入です。

「お疲れ様です。豊崎をハメた桑原ミカの取り調べからなにか出てきましたか」

――それが驚くほど情報が取れないんですよ。

「カメラクルーを名乗っていた連中の本名もわからないんでしょうか」

――そうなんです。彼女が連絡先としてもらっていた携帯番号はいわゆる〝トバシ〟の使い捨てです。

やっぱりなと真行寺は思った。カメラクルーをやっていた連中も請負業者にすぎず、依頼主のことなどなにも知らないにちがいない。これはオレオレ詐欺や振り込め詐欺で普及した手口である。

「前畑由衣が飛び降りた桑原ミカのマンションからは？」

――桑原でもなく前畑でもない者の指紋は出てますが、データバンクには記録がないんですよ。

「マンションに防犯カメラは」

――ないんですよね、これが。

「その近辺の建物に設置されているカメラに不審な人間は映ってないですかね」

――それが人通りの多いところなので、何か目印をくれとSSBCに言われてるんです。

そりゃそうだろう。残された映像から不審なやつらをあぶり出せとだけ言われたら、SSBCだって不服を唱えるに決まっている。

「じゃあそっちはいったん忘れましょう。ところで、小柳に入れ知恵している黒幕はほぼ特定できました」

――え、ほんとうですか？

「おそらくこいつだろうと言われている人間にいま会ってきたところです。経産省のキャリア官僚です」

どこでそんな情報を手に入れたんですか、と家入は驚いた。こんど話しますよ、と真行寺はかわした。もちろん、こんどなんて機会を作るつもりなどない。

――本人も自分が黒幕だと認めたんですか？

「いや、否定してましたがね。自分は小柳と口を利いたこともないんだと」

――じゃあ、まだわからないんですね。

「けれど、面会した感触から言うと、まあ、間違いないと思いました。おそらくこいつがソフト・キングダムにもろもろ入れ知恵して、ソフキンから小柳に持ちかけて動き出したのが令和新党立ち上げからの一連の流れです」

――どういう理屈でそう思うんですか。

「なに、たいした理屈はありません。その役人の名刺を見たら、商務情報制作部　ＩＴ技術プロモーション課課長ってありました。つまりソフト・キングダムの事業部門を管轄してるんですよ。まあ あとは理屈じゃなくて勘です」

沈黙が生まれ、真行寺はこれにつきあった。

――だとしたら、朴社長とつながりのある役人ってことになりますよ。次官クラスでないと無理なのでは？

そう言われると、朴と中町の間にラインが引けるかどうかは自信がなかった。いくら中町がキャリアだといっても、課長が大会社の社長とサシで飯を食えるだろうか。

「間に誰か挟んでいるのかも知れない」とりあえずそう言った。

――たとえばそれはどんな人です。

「あやしいのは財務省でしょう。ここの異端児がいま言った経産省の役人とつるんで仕掛けている可能性が濃厚ではないかと」

――異端というのは？　なにを唱えると異端になるんですか？

「財政赤字の縮減というのは、財務省が伝統的に是《ぜ》とするテーゼらしい。これを軽視するような発言をしている者は異端でしょう。省の大方針に納得できない役人がいて、経産省の異端児とタッグを組んで朴社長に接近するということはあり得ますね。そして朴社長から小柳につながるんですよ」

――けれど、日頃から自分が在籍している省の批判をおおっぴらに口にしている者なんていますかね。

「経産省にはいましたよ」と真行寺は言った。

面白いやつだったな、と中町のことを思い返した。あいつの意見がどこまで正しいのかわからないけれど、官僚として日本の未来を本気で憂え、公務に取り組もうとしていることは確かだと思った。同じ公務員でも、隙を見ては、サボって映画館に入ったり、なるべく早く帰宅して、ソファーに身を沈めてロックを聴いている俺とは大したちがいだ。

「経産省にいたんだから、財務省にもいないとは限らない。それにいたほうが面白いじゃないですか」と言った。

面白い、とつぶやいたあと家入はしばし絶句し、調べてみます、経産省の役人の名前をもらっていいですか？　と継《つ》ぎ足した。真行寺は中町の名刺を取り出して名前と部署と電話番号を伝えた。地下鉄銀座《ぎんざ》駅の出入口の前で電話を切って、丸《まる》ノ内《うち》線に乗った。

後楽園《こうらくえん》で降り、駅近くの東京ドームホテルへと足を運んだ。

ここに店を出している後楽園飯店《こうらくえんはんてん》のフカヒレそばはテイクアウトできてうまいという評判を聞いたことがあった。値段を見てギョッとし、取り出した財布をポケットに戻そうかと思ったが、結局買った。ブツブツ言いながらも俺はやさしいんだぞと誰かに言いたかった。

水道橋《すいどうばし》から総武線に乗った。網棚に載せた後楽園飯店の紙袋を見ながら、森園の野郎、贅《ぜい》沢《たく》言いやがってと思ったが、実は自分も食べたかった。ロックも映画もアメリカのサブカルチャーにどっぷりだけれど、食い物なら迷いなく中国に軍配を上げる。ラーメンなら一週間続けて食べても平気だが、ハンバーガーは三日が限界だ。5Gでアメリカが覇権《はけん》を取り戻すのはかまわないが、食文化で世界を支配するのは中国であって欲しい。

秋葉原《あきはばら》で降りた。オーディオショップを冷やかしてから山手線に乗った。乗車の際に、内回りと外回りを間違えたのではないかと気になって、「中国行きのスロウ・ボート」という村上春樹《むらかみはるき》の短編小説を思い出した。主人公の男は最初のデートで中国人の女の子を逆回りの山手線に乗せてしまう。

学生の頃に読んだきりで忘れていたが、このあいだダイニングテーブルの上に文庫本が置いてあったので、手に取った。洋梨の表紙が懐かしかった。所有者のサランに「面白いか」と訊くと、面白いと言うより……と言ってから首を傾げた。

「なんだか身につまされる」

へんなことを言うなと思って、本棚から自分の単行本を引っ張り出して、ベッドの中で寝る前に読み直した。

「そもそもここは私の居るべき場所じゃないのよ」と中国人の（ただし日本生まれで中国にも香港にも台湾にも行ったことがない）女子大生が言っていた。けれどいまちょいと車内を見渡しても、この山手線には、ディズニーランドの袋を下げてドア付近で喋っている中国人と思しき五、六人の集団が見て取れた。中国人はどんどん日本に押し寄せている。居るべき場所じゃないなんてまったく思ってなさそうだ。

けれど、在日韓国人のサランは、作中の少女と似たようなことをときどき口にする。

「日本人は日本人だけで暮らしたいんですよ」

「ここはお前がいるべき場所じゃないんだとずっと言われてる気がする」

そんなことを言われると真行寺は困ってしまう。当然、「そんなことないさ」と言ってやる。けれど、現実はサランの言う通りなのかもしれない。日本人は日本人ではない人間に対して、「本当はいてもらいたくはない」と思い、「日本人だけで暮らしたい」という本音を隠しているだけなのかも。そして、最近はそんな本音を隠すことさえしなくなっている。

小説の最後は「友よ、中国はあまりにも遠い。」と結ばれていた。タイトルの中のスロウ・ボートってのがいったいなにをさしているのかはよくわからない。けれど、とにかくスロウ《遅い》な船なんだろう。遅いから中国は遠いってわけだ。だけど、いまはどうだ。船の速度はさほど変わらないだろうが、通信速度に関してはムーアの法則的に上がっている。５Ｇになると遅延はほとんど無視できるくらいだという。超高速回線が中国と日本を結ぶいま、中国は遠いのだろうか。

東京駅で降りて、中央線のホームで一本見送ってから、中央特快の座席を確保した。そうしてうつらうつらしながら、真行寺は西へ西へと運ばれていった。


リビングには音楽の機材がいくつも広げられていて、それらがやたらと複雑に配線されていた。疲れた身体で帰宅してから見るにはあまり心地のいい光景ではない。森園は自室で寝ていた。シャワーを浴びてから、箱のレシピを見ながらフカヒレそばを作って、風邪っぴきの居候を呼んだ。森園はモコモコしたスウェットの上下を着て起きてくると、ティッシュで鼻水を拭きつつ麺をすすった。

「俺に感染《うつ》すんじゃないぞ、その風邪」

叱《しか》るように言うと、森園は上目遣いに真行寺を見て、ふやけた笑いを浮かべながら、うまいなあとつぶやいてそばをすすった。

「サランに来てもらったらどうだ」と真行寺は言った。

「もうフラれましたよ」ふてくされたように森園は言った。「いまごろ夏フェスの仕掛け人とか、ああいうロックを商売にして金儲《かねもう》けしている薄汚いクズとデートしてるんじゃないんですか」

「そういう兆候でもあるのか」と真行寺は笑った。

「佐久間が言ってたんですよ、なんかそれっぽいやつと会ってるのを見たって」

「どこで？」

「青山《あおやま》のスパイラルカフェです」

「なるほど、それっぽいやつがお茶飲みそうなところだな」

「そうでしょう」

馬鹿、ただの大学の近くのカフェだろ。自虐的な態度で憐《あわ》れみを乞うのが、森園のやり口であることはわかっているので、

「そうだな、あんな美女が、ビッグネームでもないくせにせっかくもらったチャンスにおじけづいてグダグダしてる、楽器のひとつもろくに弾けないダメダメと付き合うことはないよな」と突き放した。

森園はこれには答えず、また麵をすすって、うまいなあとつぶやくとこんどは鼻をすすった。


「お前ね、暢気《のんき》にそばなんか食ってる場合じゃないよ。いまからでも飛んでいって詫び入れたほうがいいんじゃないの」

「熱あるんですよ、俺」

「かえって好都合じゃないか。哀れっぽい演出が利いて」

また咳き込んだので、こら、感染《うつ》すんじゃないと叱った。すみません愚図《ぐず》で、と本当にそう思ってるのか、それとも嫌みなのかどちらともつかない口調で言って、森園は丼を両手で

ささげ持つと、中のスープを全部飲み干した。そのあとで、うまかったあ、こんど酢豚食べませんか。酢豚も中華料理屋でお土産《みやげ》にしてくれるところがあるらしいですよ、などと言うので、自分が食いたいものを他人《ひと》に押しつけるなと叱った。箸を置いて、ケトルをコンロにかけた。森園も立ってきて、丼を洗おうとしたので、もういいから寝てろと言って、自分の部屋に下がらせた。

自分の分だけコーヒーを淹れ、散らかったリビングのソファーに座って、コーヒーを飲んだ。打ち出の小槌の話を思い出し、キング・クリムゾンの「イージー・マネー」でも聴こうかと思ったが、捜査がなかなかはかどらないこともあって疲れているし、あんなヘビーな音を聴くのもなんだなと思い直して、ニック・ケイヴ&ザ・バッド・シーズの『ボートマンズ・コール』をハードディスクから Raspberry Pi で再生して聴いた。シャウトを忘れたニック・ケイヴのボーカルに半ばウトウトしながら、捜査のことをぼんやり考えた。

豊崎が痴漢の濡れ衣を着せられて、新宿駅のホームから突き落とされて殺されたのはまちがいない。しかし一方でこれは、立証が難しい。依頼されたんだと女は言っているが、それがどこの誰からの依頼だったのかは明らかにできない。不審に思わなかったのは、金をきちんと払ってくれたからだと言う。依頼主の側からこれを眺めれば、身分を明かさないためにも、先に金を払って警戒を解いておいたほうが都合がよかったということなんだろう。こうなると、桑原ミカからのルートで本命に辿り着くのは難しい。ともあれ、相当な人海戦術になるだろう。しかし、そうしなければならないほどの深刻な事態だと警察は受け止めている性は高い。

小さな事件として収めてしまうことはできそうだ。面倒を嫌って警察がここで手を打つ可能性は高い。

もう一つのルートは豊崎の周辺を洗うことだと思っていたのだが、これも進捗がない。最後は、小柳浩太郎自身の身辺をさぐることだ。ただし、国会議員であり、いまもっとも注目されている野党党首だから、迂闊《うかつ》に手出しはできない。

しかし、喜安記者や尾関議員に会って情報をもらったり、中町と会ってMMTの講義をしてもらったあとでは、やはり小柳にはなにかあるという気がしてくる。そりゃそうだ。豊崎が殺されたのは小柳を勝たせたからだろうし、小柳を勝たせたことがなぜまずいかというと、小柳のやろうとしていることが危険だと思う勢力がいるからだ。

じゃあ、いったいなにが危険なんだ。財政赤字なんか気にしないでバンバン金を使って、苦しんでいる人々をデフレから救出し、国を守り、国を強くしろと小柳は喧伝《あらて》している。聞いているぶんにはまことに結構だ。そしてこの政策は、MMTという新手の貨幣理論に正当性を求めているのだという。それを日本に紹介したのは、経済産業省の中町であり、小柳が提出した新財政構造改正法案だって中町が書いたにちがいないと尾関幸恵は教えてくれた。しかし、中町本人にはちがうと否定された。

否定されたからと言って、はいそうですかと引き下がらないのが刑事である。中町はソフキンを経由して小柳と通じている。しかし、これだけ箆棒《べらぼう》なことを中町がひとりでしでかしているとは思えない。もうひとりくらい誰かが間に入っていて、そいつは財務省では異端ながらもそれなりのポジションに就いているにちがいない。

おそらくそいつが黒幕だ。どこに火を点けてそいつをあぶり出そうか。もういちど中町に奇襲をかけてつつき回しても面白い。けれども、小柳本人とその周辺をさぐってみるほうが手っ取り早い気がする。けっきょくその論を使っているのは小柳なのだから。

中町から伝習されたMMTはやがて小柳に伝わって、小柳がそれを振り回している。であれば小柳に近づいて餌《えさ》を撒き、小柳のほうからその黒幕をあぶり出す。出てきたそいつを捕まえたら事情聴取だ。とりあえずこのように今後の捜査方針が定まった。

まず、スマホで衆院本会議の日程を検索。次に、小柳が出演した番組でYouTubeにアップされているものがないかチェックし、ラジオ番組については、ポッドキャストという名目でネットに上がっているものをダウンロードした。

そうして、テレビ・ラジオともに、なるべく古いものから新しいものへと並び替えた。その順番でこれらを、BOSEのスピーカーにリンクさせて鳴らしながら、シンクに溜まった食器をスポンジで洗い、小柳がMMTに言及し始めたのはやはり選挙が終わってからだ、ということを確認した。

洗った皿を濯《すす》いで水切りバスケットに並べている時、その手がふと止まった。選挙後に小柳に表れたもうひとつの変化に気づいたのだ。こんなことは選挙前には言ってなかったぞ。

しかも、それが目立たないようにさりげなく迷彩柄に包んで言ってやがる。そう言えば、今日タクシーで聴いたあのラジオもそうだったじゃないか。

そうだそうだと思いながら、真行寺はふたたびスポンジに洗剤をつけた。最近、森園が音作りに没頭して手を抜いていたのであちこち汚れていた。シンクもスポンジで丁寧に洗い、生ゴミを指定収集袋に入れて固く口を縛った。そして手を洗い、もう一度コーヒーを淹れて、ソファーに戻ると、キング・クリムゾンの「イージー・マネー」を『USA』で聴いた。

家入と並んで、真行寺は国会議事堂の傍聴席に座っていた。議事堂では、5Gについて帯《たい》域《いき》がどうの、料金がどうの、華威の技術を排除するのはどうの、などの質疑が交わされていた。いま日本はようやく4G《フォージー》が普及したばかりなのに、一般人にはほとんど関係のない5Gのためにそんなに急いで法案を改正する必要があるのかという質問を受けて、新たに総務大臣となった尾関幸恵が答弁席に立った。

真行寺は議員席を見渡した。小柳議員は手元の資料を見ていた。そして、それを机の上に放り出すと腕組みをして居眠りを始めた。真行寺も眠りたかった。隣の家入はすでに船を漕《こ》いでいる。

昼休みになった。議員たちは立ち上がり、そばにきた秘書に鞄《かばん》を持たせ、昼飯のために移動し始めた。午後は、小柳の「新財政構造改正法案」が審議されるはずである。真行寺は議事堂の廊下に出て、マスコミの連中と一緒に待機した。

小柳がひとりで出てきた。秘書らしき若い男が歩み寄って、肩を並べて歩き始めた。記者がひとり近づいてきたが、小柳はいまからランチミーティングなのでと追い払い、歩みを止めなかった。真行寺と家入はそのあとをゆっくり追った。昼飯はどこで食うんだろうか。このあとまた審議が控えているから、本会議場の隣の議員食堂に行く可能性が高い。もともと小柳はそこで昼飯を摂《と》ることが多いと喜安が調べてくれた。ただし、院内の高級寿司店のカウンターに座ることも少なくないらしい。そこに入られたら真行寺たちは玄関先で足止めを食らうそうだ。頼むぞと念じていると、都合よく願をかけたほうへ小柳は向かった。

天井に吊り下げられたいくつものシャンデリアから降る光が、縦に長い窓から漏れ入る外光と混じり合いながら、クロスがかけられた円卓を白く照らしていた。木枠の椅子の背もたれは後頭部まで届きそうなくらいに高く、その背もたれには赤いビロードでシノワズリの花模様があしらわれている。食堂と呼んでいるのだから、警視庁のそれと似たようなものだろうと想像していた真行寺は、これはまたずいぶんちがうものだなと感心した。

奥にはやはり白い織布がかけられた長方形のテーブルがあり、傍聴だか観光だかわからないが、年配の女性たちが卓を囲んでいて、小柳浩太郎が姿を現すと、いっせいに顔をほころばせて手を振った。小柳も手を挙げてにこやかにこれに応え、〝議員席〟という三角柱の札が載せられている円卓に秘書らしき男と一緒に席を取った。

真行寺と家入は、そこからひとつおいて隣の席に陣取った。家入が真行寺のぶんまでボルシチを注文しに行った。献立の中からこれを選んだのは、衆院の議員食堂ならこれを食うべきだと喜安に推薦されたからである。ボルシチがやってきた。うまかった。紅いスープをすすりながら真行寺はずっと小柳を見ていた。小柳は四角い容器に入った幕の内弁当を食べている。ランチミーティングだと言っていたが、秘書とはほとんど会話を交わさず、黙々と食べていた。あらかた食べ終わった頃、卓の上に置いてあった小柳のスマホが鳴った。小柳はスーツのポケットから豆粒のような小さなイヤホンを取り出すと、それを片方の耳の穴に押し込んで、立ち上がった。そうして、うん、聞こえます、大丈夫、いま出るから、などと言いながら、真行寺の前を通って、食堂の出入口へと向かった。イヤホンは見事に耳の穴に隠れて見えなかった。真行寺もスマホをつかんで腰を上げた。自分も電話を掛けに食堂を出る体《てい》を装いながら、スマホを耳に当て、小柳を追いかけた。

小柳は食堂から外に出たあたりで、檻《おり》の中の熊のように通路を行ったり来たりしながら話していた。真行寺は通話をしているかのようにスマホを耳に当てたまま、つかず離れずの距離を保ちながら、食堂の入口あたりで、ふんふんと相槌だけ打って、小柳の会話に耳を欹《そばだ》てていた。ところが小柳のほうも、相手の言うことを聞いているだけで、自分からはほとんど言葉を発しない。だから、話の内容も誰と話しているのかも摑みようがなかった。まともな日本語として聞こえたのは「わかった。間に合うだろ」と「焦らずにゆっくり頼む」くらいだった。

最後に「じゃあ」と言って、小柳は手にしたスマホでこの通話を切ってから歩き出し、食堂から遠ざかっていった。焦った真行寺はスマホを耳に当てたまま、「そうか。ちょっと見てくるよ」などと同じ方面に所用があるかのように振る舞いながら、小柳について行った。

小柳は不意に右に折れて姿を消した。行き先は、なんのことはない、トイレであった。

真行寺は距離を詰めて自分もトイレに入った。

小柳は朝顔に向かって立っていた。真行寺はやはりひとつ間《あいだ》をおいて立った。先に小柳がファスナーを上げて、洗面所で手を洗いだした。真行寺もほどなく隣の洗面台でじゃぶじゃぶやった。ふたりがトイレを出たタイミングはほとんど同時である。そして、そのまま食堂に戻るべく廊下を進んだ。

「真行寺さん」

聞き覚えのある声に呼び止められた。声の主は続けて、

「あら、午後はよろしくね」と小柳にも声をかけた。

「お手柔らかにお願いします、大臣」と小柳は言った。

「で、どうしたのふたりして」

尾関は小柳と真行寺の顔を見比べるようにして言った。どうやら、連れだって歩いていると勘違いされたらしい。

「いえ」とだけ真行寺は言った。

「やっぱり、経産省の中町君だったでしょ」

「いえ」とまた真行寺は言った。

「あら、ちがったの」と尾関はこんどは小柳を見た。

「なんのことでしょうか」と小柳は訊き返した。

「あなたのMMTって経産省の中町君の受け売りでしょ」

ついに尾関は本人に向かって問い質した。

「ちがいますよ」と小柳は笑いながら顔の前で手を振った。

「え、そうなの。じゃあ誰？」

「いやいや、こう見えていろいろ勉強してるんですよ、僕も」

「あら、それは失礼」と尾関は肩をすくめた。

「それがなにか」と小柳は視線を真行寺のほうに向けた。

この時点で面が割れるのはあまりよろしくなかったが、こうなったらしょうがない。

「警視庁の真行寺と申します。尾関総務相には日頃からご指導いただいております」

「死んだ尾関の事件を担当していたのがきっかけで」と尾関幸恵が注釈を加えた。

「ほお」と小柳が興味深そうな表情を浮かべた。

「小柳先生お得意のMMTってのはどんな理屈なんだって訊かれたから。MMTがらみでなにやら事件が起きたんだってよ」

「いや、そういうわけでは」と真行寺は釈明した。

「だけど、MMTについて私のほうからヘタなこと言わないほうがいいでしょ。かといって、さすがに小柳先生の連絡先を教えるのもなんだから。てっきり中町君がネタ元だと思って、そっちに行きなさいって言ったのよ。ちがったとしても中町君はMMTについては詳しいだろうから、役には立ったでしょ」と最後は真行寺に言質《げんち》を求めた。

はい、それはもう、と真行寺はうなずいた。

「事件というのは？」怪訝な顔をして小柳が真行寺のほうを向いた。

「ですので、まだMMTがらみと決まったわけではなく、捜査中の段階です」と真行寺は言った。

「とにかく事件は起こったわけですよね。——どんな事件ですか」小柳は追及してきた。

「なかなか剣呑《けんのん》です」と真行寺は曖昧かつ思わせぶりなことを言った。

小柳の顔がこわばった。そして、こんどまた聞かせてください、と言って食堂に戻ろうとした時、また新顔が現れた。

「お久しぶりです」真行寺のほうから挨拶した。「ご連絡を待っていたんですが、こういうところでお目にかかれるとは思いませんでした」

真行寺に挨拶され、スカイ・プレイヤーの手島は明らかに狼狽していた。この間に尾関幸恵は、お先にと中に入った。

「お知り合いですか」と小柳が手島に訊いた。

「はい」と真行寺は言った。

手島は、時間もないのでと言って小柳を中へ促した。小柳はうなずいて食堂に足を踏み入れた。これに続こうとした手島の腕を真行寺が強く握った。

「なんですか？」抗議の調子を含んだ声で手島は言った。

「いい役者を見つけたね」そう言いながら真行寺は小柳を目で追った。

手島は何も言わなかった。

「プロモーションのしがいがあるだろう」

「急ぎますので」

摑まれた腕を手島が振りほどこうとした。しかし、真行寺はそれを許さなかった。

「言っておくけどな」と真行寺はやはり小柳に視線を注いだままで言った。「協力してくれないと、こっちも守ってやれないよ」

「守るって？」手島は怪訝な表情になった。

「あんたんとこの豊崎さんは殺されてるよ」

手島は黙っていた。

「映画のプロモーションの手法で、政治家の売り込みをやろうって考えたのは、豊崎社長じゃなくて、君なんだろ」

「もう行きます」

「けれど、君がMMTというコスチュームを小柳に着せて舞台に押し出したんだろうか。それはなんとなく不自然だな。――因みに君は、スカイ・プレイヤーで映画の宣伝をやる前はどこにいたんだ」

手島は思いっきり腕を振り、真行寺の手から解放させた。

「まあいいさ、答えたくなければ。それくらいは調べりゃわかる」真行寺はいぜんとして食堂の中に視線を注いだまま言った。

手島がため息をつき、

「とにかくいまはゆっくり話せないので、必ず連絡しますからこのへんで勘弁してください」と急にしおらしくなったので、真行寺はうなずいて、行かせることにした。

そして、すこし間を置いてから、自分も席に戻った。

「何かありましたか？」と小声で家入が訊いた。

「あとで」と真行寺は言ったまま、冷えたボルシチをスプーンですくいながらも小柳のほうへ視線を向けていた。視界の片隅で、家入がすこし不満そうな顔をした。

小柳の円卓では、手島がペラ一枚を渡しながら、ここところが生放送ですなどと教えていた。これからもどんどんメディアに出して行くつもりらしい。

それはとても危険なことのように、真行寺には思われた。

国会の審議を見た。どうやらあまり経済に強くないらしい自民党の若手議員が「財政赤字を拡大しろなんて、はなはだ無責任ではないですか」と追及したときには、小柳が「どう無責任かを指摘してもらわないと答えようもありません」とだけ言って引っ込むと、委員長は、「質問内容をもう少し旗幟《きし》鮮明にするように」とその議員に注意を与えた。また、経済に強いという噂の議員が「その経済学は異端なんですよ、わかっているんですか」や「アメリカでは誰もまともに議論なんかしていないんです。目を覚ましてくださいよ」などと言いつのったときには、「異端で結構です。イエス・キリストもユダヤ教の異端でありました。むしろ光栄です。ただし、まだ磔《はりつけ》は御免こうむりたいものですが」と返して、議場を笑いに包み込んだ。

逆に小柳が、

「では、MMTなど鼻も引っかけられていないと議員がおっしゃるアメリカで、MMTの理論に基づく政策がとられた場合はどうしましょうか。侍らしく腹でも切ってみせてくれますか。その時は、アメリカのお墨付きがあるのならMMTは超オーケーだなんて言うんでしょうね、対米追従路線が三度の飯よりも好きな自民党なら」とやり返す場面があった。

また別の議員から、

「小柳議員のほうこそ、インフレの制御に失敗し、目途とする3%を超えたらどう責任を取るつもりですか」と言われたときは、

「その時には、さんざん金融緩和をやって2%のインフレターゲットを実現できなかった現実を棚上げする愛甲政権の図々しさを見習って、ごまかそうと思っております。失礼。つい、不適切な本音が出てしまいました」とまた笑わせた後で、「その時は金融政策で引き締めればよいと思われます。どう考えてもハイパーインフレが起こるような状況ではございませんので。もっとも、投げた矢が、目標のラインを多少飛び越して落ちることがあったとしても、このドロドロのデフレ沼でのたうちまわっているより歓迎すべきだと思いますが」

小柳はいったん答弁席から戻ろうとしたが、また引き返してマイクの前に立つと、

「すくなくとも、データを改ざんして数字をよく見せるなどという、どこかの政権がやったようなことはいたしませんので、これについてはご安心ください」

などと言ったので、議場には怒号と歓声が入り混じり、こんどは小柳が委員長から注意を受けた。

小柳を応援するヤジは野党側から相当に上がっていた。ついこの間まで自民党員だった小柳浩太郎は、他の野党と比べれば現政権寄りのはずなのだが、この議案に関しては野党のエースと目されていた。

とりわけデカい声で声援を送っていたのは令和一揆の山元次郎で、これがまた元俳優だけあって関西弁で張り上げる声は議場の隅々まで響き渡った。小柳は、このエールをやや迷惑そうな苦笑でもって受け止めていた。少なくとも歓迎しているようには見えなかった。

真行寺は、傍聴席に視線をめぐらせた。手島がいた。小柳浩太郎を見ながら小さなノートパソコンでしきりになにか書いている。食堂で小柳のスマホにかかってきた電話、あれはこいつからだったにちがいない、と真行寺は思った。「間に合うだろ」と小柳が言って、切ってほどなく手島が現れたのだから。おそらく手島は、午後の審議が始まる前に、出演する番組の打ち合わせでもしたかったのだろう。手島が小柳のそばによって向かい合った時、行動を共にしている仲間どうしらしき空気が自然と醸《かも》し出《だ》された。そこから推し量るに手島は、小柳の議員活動に深く関与しているようだ。選挙のキャンペーンという仕事を、ソフキン経由で取ってきたのは豊崎社長だろうが、実行部隊の先頭に立っていたのは手島だった可能性が高い。そしていまはマネージャーのように小柳のメディア戦略を立案ならびに提案しているにちがいない。

ふと顔を上げ、手島がこちらを見た。真行寺の視線とぶつかった。真行寺は唇だけを動かして、さっき手島が明らかに狼狽した台詞を繰り返した。

「いい役者を見つけたな」

十秒後、ポケットの中でスマホが短く震えた。ショートメールがきていた。

〈二時間後に、帝国ホテルのラウンジにてお会いできればと思います。――手島〉

観念して会う気になったらしい。真行寺は視線を上げ、こちらを見つめている手島に向かってうなずいた。

すこし早く着いたので、ホテルのテナントショップに立ち寄った。森園が食べたいと言っていたのを思い出し、酢豚を買ってやろうと思った。しかし、「帝国ホテルの味をご自宅でも」と謳っているだけあって大変に高価《たか》かった。こいつで日頃の冷淡さを埋め合わせる案を捨てて、焼売《シューマイ》を買った。

高い天井を持つ広々としたコーヒーラウンジのソファーに身を沈め、これまた高価《たか》いコーヒーを飲みながら、家入と待った。家入には、メディア露出において小柳浩太郎をマネージメントしているのは、秘書ではなくて手島だろう、ということだけは伝えてある。

遠目に気になる人影があった。ラウンジを横切って歩く、スリムなホワイトジーンズに淡いピンクのブラウスを着たショートヘアーの女は、一瞬まさかと思ったが、サランだった。サランは、みっつほど席を隔てたところに腰を下ろした。サランと真行寺の座る位置の間には、立派な柱がそびえていて、真行寺には、斜め後ろからの彼女の背中と横顔だけしか見えず、彼女の向かいの相手も、柱の陰にすっぽり入って、正体が摑めない。

それでも、サランが楽しそうに笑っていることは認められた。暗い顔で会計ソフトを睨んでいることが多い最近のサランは、こんな笑顔はなかなか見せてくれない。その明るい顔つきを見ていると、ここでそばに寄って声をかけたら歓迎されないだろう、と予感した。だからそのままコーヒーを飲みながら、警視庁の四方《よも》山話《やまばなし》を家入と交わして、向こうの席をチラチラうかがっていた。すると、柱の陰からふいに人影が出た。立ったのは男だった。真行寺のくたびれたスーツよりもさらにこの場にそぐわない、ジーンズとデニムのジャケットというカジュアルな服装だった。髪は長く、森園が言うところの「夏フェスの仕掛け人」に見えた。その人影はエレベーターホールへと遠ざかり、コーナーを曲がってすぐ見えなくなった。サランは、すこしの間その場に座ってスマホをいじっていたが、やがて意を決したように立ち上がった。それからやはりエレベーターホールへと向かった。

これには真行寺も腰を浮かせかけたが、ここで邪魔が入った。

「お待たせしました。あとすこしだけお待ちください」

手島はそう言い残して、さっきまでサランと男が座っていた席へと向かった。まさにいま、そこに小柳浩太郎が腰を下ろそうとしていた。でっぷりした男が、その向かいに陣取って、

柱の陰に身を隠した。小柳のそばにかがんだ手島がひとことふたこと耳打ちしてまた戻ってきた。そして、

「お待たせしました」ともう一度言った。

「ようやくお会いできました」と真行寺は多少の嫌みを込めて言ってから、手短に家入を紹介した。

「――すみません、お電話しなければと思いつつ、忙しかったものですから」

手島は実に平凡な言い訳をつけた。この見え透いた台詞には少々むかっ腹が立ったがここは飲み込むことにした。

「さっき、ちゃんと話してくれないと守れないというようなことをおっしゃってましたが……。それに豊崎社長が殺されたというのは本当ですか」と手島が言った。

やはりここは気になっているんだろう。

「まだ警察の公式見解というわけではないんですがね」と言って、回りくどく「そうだよ」と伝えた

「手島さん」真行寺は呼びかけて、目を合わせた。「それで、忠告も兼ねてあなたに連絡を取ろうとしたんだが、いつまで待っても折り返しの電話がなかった。これは警察を避けていたということですね」

手島はふいに手を挙げて、通りかかったウェイトレスを呼び止め、コーヒーを注文して、この語気鋭く言い放った追及をなんとなく曖昧にしたあとで、「忙しかったものですから」

と同じ弁解をくり返した。

「では、私が御社を訪ねた時のことです。令和新党の選挙活動を手伝っていたのに、私にはそのことを伏せた。これはどうしてですか」

「その時にもお話ししたと思うんですが、確固たるものになるまでは、クライアントとの関係はなるべくよそに漏らさないようにしろ、というのが豊崎の言いつけだったので」

「私は警察官であって、競合企業の社員ではありませんが」

「しかし、情報はどのような経緯で漏れるかわかりません。また、あの時点では豊崎が殺されたなどとは夢にも思わなかったし」

「競合に漏れるのを避けたいというのはもっともらしく聞こえるのですが、そんなことは業界にいればおのずとわかるものなのではないのですか」

「そうかもしれません。ただそれだけではなく、豊崎はほかの理由も挙げて、この仕事を受けたことはよそに漏らすな、と注意しておりましたから」

「それは、令和新党というクライアントから仕事をもらうことが、場合によってはマズいってことでしょうか」

「そうなんです。日本はとにかく自民党を支持している企業が多いので、野党勢力の選挙運動に深くコミットしたという実績は、今後の商売に差し障りが出る可能性があるのでよそには言うな、と豊崎は言っておりました」

　これに関してはあり得る、と真行寺も思っていた。

「なるほど。ではソフト・キングダムはどうなんです」

「どういうことですか」

「選挙の仕事はソフト・キングダムのつてで得たわけですよね」

「そうですが……」

「ソフト・キングダムなら上得意として宣伝してもなんら困ることはないはずです。むしろ宣伝するべきでしょう。なのにあなたは、うちはまだまだ取引できるような身分ではない、などと嘘の情報をよこした。これはどうしてですか」

手島はうなずきつつ、

「それには色々とややこしい問題があってですね」と言って、運ばれてきたばかりのコーヒーカップに手を伸ばした。

「ややこしい問題とは」と真行寺は返《かえ》し様《ざま》に言った。

飲み物に手をつけ、言い訳を探すために時間稼ぎをするのは真行寺もときどきやる。手島は一口飲んで、そのカップを持ったままなにごとか考えていたが、ゆっくりとそれをソーサーに戻すと、

「これは聞かなかったことにして欲しいんですが、公職選挙法ってものがありまして」とそこまで言ってからいちど黙り、ふたたび口を開くと、「まともなギャランティがもらえないんですよ」と打ち明けた。

真行寺はただ、それで、と先を促した。

「そこは察してください」と手島はその先を言いよどんだ。

真行寺はちょっと考えて、

「ということは、表向きはボランティアということにして、ソフト・キングダムが別立ての仕事を発注したことにし、別の名目で払ってもらっていたわけですか」

手島は黙っていた。イエスのサインである。

「じゃあ、ソフト・キングダムはどうしてそこまでして令和新党を勝たせたかったんでしょう」

「それは私にはわかりません」

「その理由がとても大事な気がしてしょうがないんです。豊崎社長は知っていたのでしょうかね？」

「ソフト・キングダムが令和新党に肩入れする理由を、ですか？　どうでしょう。とにかく尊敬する朴社長から直々に声を掛けられたのでこれはもうやるしかない、と豊崎は言っていました」

「その言葉から推し量れば、ふたつの可能性が見える。とにかく尊敬する朴社長から声を掛けられたので、令和新党に入れ込む理由など気にせず受けた。もしくは、知ってはいたけれど、部下には知らせないほうがいいと判断してそのような説明にとどめた。――どちらだと思いますか？」

手島は首を傾げたあとで、わかりません、と言った。

「では、豊崎社長の支持政党はどこかご存知ですか？」

「自民党でしょう。いつも野党がだらしない、政権を本気で取る気などないのだからと文句を言っていましたから」

その表現だと、自民党にも不満はあるということだ。ほかに選択肢がないから自民党ってタイプは新党が現れた時に、心待ちにしていた一派だと喜んで飛びつく可能性がある。

「一方で、豊崎社長が令和新党支持で朴社長と意気投合して、この仕事を受けたという可能性はありますかね」

「どうでしょう、あまりピンとくる仮説には聞こえないのですが」

「ということは、あくまでも仕事だった、と」

「映画宣伝の仕事では、そっちのほうが自然なんですよね。ここだけの話、僕の場合はそうです」

「どういう意味ですか」

「あくまでも宣伝プロデューサーとして、小柳議員をどのようなメディアに露出させ、誰と対談させるべきかを考えていたら、自分がどの党の誰に入れるかなんてのは、二の次になってくるんです。そしてそのほうがやりやすいんですよ」

「そんなものでしょうかね」

「ええ、映画の宣伝がまさにそうなんです。とにかくパブをひとつでも多く獲得して、作品を露出させることばかり考えていると、その映画を好きか嫌いかなんて自分の好みはむしろ邪魔になるので」

そんな風に割り切れるものなんだろうか、と真行寺はいぶかしんだ。

「選挙後も、そして豊崎社長が死んだあともなお、令和新党の仕事を継続しているのは手島さんの判断ですか？」

「ええ。とにかく会社を存続させて、社員に給料を払い続けることを考えると、断る理由はありません。とにかく映画の宣伝だけだと、一本あたりのギャラに担当した作品数を掛けた金額しか入らないのですが、令和新党は年間契約を結びたいと言ってくれましたから」

「手島さん自身は朴社長と話したことはありますか？」

「そんな、直接顔を拝んだこともありません」

「では、ソフキン、もしくはその関連会社の人間との接点は？」

「僕との？　経理の担当者とは電話やメールで連絡は取りました。けれど、選挙後は公職選挙法の縛りはなくなりましたから、令和新党と直接やりとりをしています」

「もし、御社にプロモーションを任せたいと自民党が言ってきたらどうしますか」

「それはあり得ないでしょう」と手島は苦笑した。

「もしも、です」

「令和新党よりもギャラがよければやると思います」

本当だろうか。

「経済産業省の中町という役人は知っていますか」

「いいえ、誰ですかそれは？」

「では、ＭＭＴの話はいつ誰から聞きましたか？」

「選挙が終わった後ですかね。次はこれをやるんだと言われ資料を渡されました」

「誰から」

「小柳議員の秘書からです」

「つまり、ＭＭＴはあなたが小柳に伝授したものではない」真行寺はいちおう確認した。

まさか、と手島は驚いたように言った。ちがうんだろうな、と真行寺も思ったが、

「もういちど聞きますが、経産省の中町という役人とはまったく接点はないのですね」

「ですから誰なんでしょうか」

「ＭＭＴを日本に紹介した人です」

「ああ、中町猛さんですか。経産省の人なんだ。てっきり学者か評論家だと思ってました」

すこし迷ったが、真行寺は黒幕のリストから手島はいったん外すことにした。

「では、そのＭＭＴの資料は政策秘書が用意したのでしょうか。つまり、ＭＭＴは政策秘書からの提言ですか」

手島は首をひねったあとで、

「ちがうんじゃないでしょうかねえ」と言った。

「どうしてわかるんですか」

「秘書の方《かた》は私にそれを渡す時、議員自身から預かったと言っておられましたから。自分は

気が進まないんだけど、小柳が決定したことなので、この方向でメディア露出も検討してください、とのことでした」

「小柳議員は本当にMMTを使って日本を再生させようとしていると思いますか」

「それはそうでしょうね」

「MMTを使えば本当に日本経済はよくなると信じているんですかね」

「信じてるからやってるんじゃないんですか」

「やってるんじゃないですか、ですか。手島さんはどう思ってるんですか」

「だから僕は政策の是非については意見がないんです」

「ちがいます。そのことを訊きたいんじゃない。小柳議員がMMTという打ち出の小槌を信じているか、それとも実は信じていないのか、あなたの目からはどちらに見えますか?」

「どうしてそんな質問に答えなきゃいけないんですか」

　手島をいくら問い詰めても、手応えらしきものはなにも得られなかった。令和新党の仕事はソフト・キングダムからもらった。ギャラがいいからやった。令和新党についてはいいも悪いもべつだん意見などはない。豊崎社長の胸中もわからない。ソフト・キングダムの朴社長がなぜ令和新党をそこまで推すのかは想像の埒外である。MMTについては、これを宣伝しろと言われてやったまでだ。お前はロボットかよ。いや〈オツレサン〉のほうがもうちょっとマシな答えを寄こすかもな。真行寺は少々腹が立ってきた。

「では、答えなくてもかまいません。我々の捜査が後手に回って取り返しのつかないことになってもよければ――」

「脅しですかそれは。なんです一体、取り返しのつかないこととは」

「豊崎社長は殺された。次に殺されるとしたらあなただろう。選挙後には終了するはずのプロモーションをまだ継続しているわけだから」

手島はぎょっとした表情になった。

「どうして僕が殺されなきゃいけないんです」

「それを調べているんだよ、俺たちは」

真行寺の口調は急にがさつなものになった。

「じゃあ、豊崎を殺した犯人の目星はついているんですか」

「まったく。だから、さっきから手がかりを摑もうとあれこれ訊いているんだ。あなたはどう思う、小柳議員はMMTを信じているのか、ただの宣伝道具として使っているのか?」

「わかりませんよ。選挙運動を手伝ったくらいじゃ」

そう言ってから手島は小柳が座っている席のほうをちらと見やった。それは自分の声がそこまで届かないことを確認する所作《アクション》のように真行寺の目には映った。

「そういう風に自分を売り込みたいということもあるかもしれませんが」

「そういう風にとは」と真行寺は言った。「日本経済の救世主か」

「そういう言い方もできるでしょう」

「MMTを使って日本を復活させたいというのと、復活させるふりをしたいというのとでは、ぜんぜんちがうぞ」

手島はため息をついた。

「何度も申し上げているとおり、僕と小柳議員は政策の是非について議論したことはないんですよ」

真行寺はここで口調を改めた。

「じゃあ、おふたりが話し合うのはどんなことなんですか」

「プロモーションについてはいろんなことを話し合い、僕のほうから提案することもありますが」

「もうすこし具体的に言うと？」

「いまはいろんなメディアからオファーをもらうので、その取捨選択です」

「その基準はなんですか。キャスターの政治的な傾向や視聴率でしょうか」

「それもありますが」

「ほかには？」

「たとえば、あるラジオ局から、令和一揆の山元議員がレギュラー出演している番組にゲストで出てくれないかという申し出がありました。〝ダブル令和対談〟という趣旨で」

山元次郎もMMTを支持していることを思い出し、なるほど、と真行寺は言った。

「今日も本会議で、さかんに小柳議員に声援を送っていましたよね。でも僕はラジオや雑誌で山元議員との対談はセットしないようにしているんです」

「それはなぜですか」

「メリットがないからです」

「メリットとは、ＭＭＴにとってですか、小柳議員にとってですか」

「小柳にとって、です」

「なぜですか？」

「山元議員と小柳は、財政出動せよ、公共事業をもっとやれという主張は同じですが、その他の点では異なることが多いんですよ。山元議員はベーシックインカムを提唱してますが、小柳はそれについては慎重です……」

「だけど、ちがうところに目をつぶって共闘しないと勝ち目はないでしょう。今回の選挙で大躍進したと報じられていますが、まだ五十議席じゃないですか、二大政党の一翼を担うというところまではまだまだでしょう。政治についてはまるっきり素人の私がこんなことを言うのもなんですが、政局を動かすとしたら、似た者どうしで手を組むしかないのでは」

手島はため息をついて、じゃあ申し上げますと言って真行寺を直視した。

「不謹慎な言い方を許してもらえるなら、山元議員はね、はっきり言ってイロモノなんですよ」

確かに臆面もない言いようだが、言わんとするところはよくわかった。

「これは僕がそう思っているというよりも、世間がそう思っているんです」

いやお前も思っているんだよ世間のせいにするな、と思いつつもうなずいた。

「そして、宣伝マンにとっては世間がどう思っているかがいちばん大事なんです。彼と対談して意気投合しているところを世間に示しても我々にとってはメリットがない。もっと言うと、山元議員との共闘は、小柳議員にもMMTにも変な色をつけてしまう。すくなくとも僕はそう考えています」

「しかし、山元も加えてMMT勢力を大きくしたほうが、提出している新財政構造改正法案は通りやすくなるんじゃないんですか」

「かもしれませんが、困ったことにもなりかねない」

「なんですか、それは」

「MMTの提唱者は誰かという点について、国民の中で印象が二分されてしまう。こうなると得するのは山元陣営なんですよ。僕としては、MMTはあくまでも小柳の戦闘ツールであり、必殺技なんだという方向に誘導したいので」

なるほど、と真行寺は言った。社会にとっての利益よりも自分たちのそいつのほうが大事らしい。

「山元にとって共闘が得なのはなぜですか」と真行寺は訊いた。

「僕ら宣伝の業界では、〝悪名は無名に勝る〟ってのが常識です。山元は俳優時代からアクの強いパフォーマンスで売っていた。そして、政界に入って結果的にこの地金《じがね》がうまく映えた。――とはいえ、あくまでも自民党という大メジャー勢力へのカウンターとしてですが。けれど、小柳議員は役者としては正統派の二枚目です。二枚目の主役がアクの強い脇役に食われるというのはままあることなので、山元たちはそこを狙っているわけです。ところが、これをやられると主役のほうは面目を失いますからね。そんな事態はなんとしても避けたい」

映画の宣伝プロデューサーらしいこの説明はよくわかった。なるほど、と真行寺はうなずいた。

「小柳議員は、その物腰はいまよりずっとマイルドで、しかし政治家としてはこれといった実績のない、間違ってはいないけれども当たり障りのないことしか言わず、どうでもいいことをやたらと重々しく喋る、二枚目だけれどもどことなく物足りない印象が残る政治家でした」

真行寺は、ちょっと嫌みがすぎるかなと思いつつ、続けた。

「そんな議員が愛甲政権を舌鋒鋭く批判するようになったことは、ある種の脱皮であり、私なんかは意外な印象を受けた。政権批判するにしたって、昔の議員ならああいう言い方はしないだろうと驚かされる局面は多々あった。でも、手島さんの説明を聞いて腑に落ちましたよ。これは、脇役に食われないためのパフォーマンスだったんですね。ちょっと無理をしてでもそういう方向でキャラを立てたほうがいいという意図的な路線変更だったわけだ」

手島は黙ってコーヒーを飲んだ。

「で、その方針は小柳議員も納得されてるんですか」

こんどはカップをソーサーに戻し、うなずいた。

「では、キャラクターの問題はいったん横に置くとして、政策面ではどうなんでしょう。さっき山元議員とは、財政出動以外では異なる点も多いとおしゃってましたよね」

「ええ」

「たとえばどういう点ですか」

手島はまた黙った。真行寺はここが急所だなと直感して、

「山元議員は護憲論者ですよね。憲法九条改正に反対している」とこちらから発言した。

「小柳も反対していますよ。今回の選挙でも、アコノミクス批判と同時に平和も訴えていましたから」

ついさっき手島は、山元との相違点を強調すべきだと言っていたのに、今度は共通点を押してきた。これはあやしい、と真行寺は思ってさらに前へ出た。

「選挙前と選挙運動中は、小柳と山元は意見が一致していました。小柳は、対米追従の度が過ぎる、沖縄のことを思うと日米地位協定だって見直すべきだ、なんてことをくり返していたわけですから。ここまでなら山元議員と共闘できたはずです」

「そうでしょうかね」

「そうです」と真行寺は相手の頭を押さえつけるように言った。「けれど、選挙後はふたりの距離は少しずつ離れていった。先日タクシーの中でラジオを聴いていたら、小柳議員が出ていて、MMTで生み出した金で、サイバー攻撃に対する防衛力を高めることが急務であるなんて言っていました。これはある種の国防強化ですよね」

「それがなにか？」

「この国防強化案は選挙前には口にしていなかった。これはＭＭＴとセットにして選挙後に言い出したことです。ここは山元と決定的にちがう」

手島はうなずいた。

「そしてこの国防強化については、文教政策に紛れ込ませるようにして、露骨に表に出ないようにしている」

「紛れ込ませる、とは？」

「教育にもっと金を使おう。奨学金という名のローン地獄から若い人を救済しよう。資源のない我が国では高い教育水準はなんとしてでも維持しなければならない。そして、これからの若い人たちには情報科学をしっかり勉強してもらおう。それは情報産業の躍進にもつながるはずだから。――こんな具合に文教政策のオブラートで包みつつ、いまこそサイバー防衛を強化すべきだ、という方向にさりげなく誘導していくわけです」

先日、家で皿を洗いながら、小柳の発言を聞き直した際に気がついた選挙後の変化についてそう説明すると、

「それはいけませんかね」と手島は反問した。

「いけないか、いけなくないか、それはどうでもいい」

「どうでもいいとは？」

「手島さんの真似をして言ったまでです。この戦略についての私の見解なんてのはどうでも

いいんです。宣伝する映画が傑作なのか、それとも駄作なのかをあなたが頓着しないように」

手島はなにか言おうとしたが、真行寺が先に口を開いた。

「それより肝心なのは、豊崎社長が、議員のこの路線変更を承知していたかどうかでしょう。それについてはどうなんですか？」

わかりません、と手島は憮然《ぶぜん》として言った。そうだろうなと思いながら真行寺はコーヒーカップに手を伸ばし、小柳が座るほうへ視線を泳がせた。小柳はにこやかに弁舌を振るっている。ひょっとしたら打ち合わせではなく、雑誌かなにかのインタビューなのかもしれない。真行寺はひとくち飲んでカップを皿に戻してまた手島を見た。

「ＭＭＴで予算を捻出したら、そのかなりの部分を防衛に突っ込みたいと小柳は思っている。――わかっています。あくまでも私の仮説です。そこが山元次郎とは決定的にちがう。あくまでも護憲を訴え、ＬＧＢＴや非正規雇用、身体障害者、引きこもり、生活保護受給者などの弱者の権利や自由を主張する山元次郎とはね」

手島はただ黙ってかすかにうなずいた。

「ここは、無視するにはでかい隔たりだ。いやいや、ここここそ最大の眼目なのではないのですか？」

「どういうことです」

「小柳のシナリオは、ＭＭＴによってデフレを脱却したあとは、情報技術による防衛力の増強という最終ゴールへ向かうんですよ」

「そういうことは聞いておりませんが」

「手島さんがまだ聞かされていないだけという可能性はありますね」

「そう想像されるのは、真行寺さんのご自由ですが」

「私がそう想像する理由がわかりますか？」

手島は唇を動かし、なにか言いたげではあったが、結局首を振るだけにした。

「そう考えると、豊崎さんが殺されたのもうなずけるからです」

「どういうことですか」

「とかく軍事というのは物騒なものだからですよ」と真行寺は言った。

「物騒……」

「映画の仕事をしておられる手島さんには、こういう譬えはどうでしょう。映画の中で人が死ぬことはめずらしくありません。ただ、死なない映画だって沢山あります。青春映画やラブロマンスでは人が死なないことは不思議でもなんでもないでしょう。けれど、軍事がらみの共謀や、戦時中のスパイ戦を描いた映画ともなれば、ひとりやふたり死んでくれなければ、物足りないと思うのは私だけでしょうか。とにかく戦争映画というのは物騒なことが起こらないと話にならない」

そう言いながらも、真行寺はずいぶんなことを言ってるなと、自身を省みて苦笑していた。

一方、そう言われた手島はただ黙っていた。真行寺はなおも言った。

「MMTには現代貨幣理論って厳《いかめ》しい訳語が当てられていますが、そもそも貨幣とはなんぞや、租税はなんのためにあるのかなんてムズカシイ話はとっぱらって、政策のアクションだけに注目すればどうなりますか？　つまるところは、財政赤字が拡大しようとも、福祉や防災に必要な公共事業、格差是正に有効な公的活動に金をつぎ込みましょうってことですよね」

「まあそうですね」

「これって、政策としては昔からの定番メニューのひとつでしょうよ。政治音痴の私でさえ聞き慣れたフレーズです。こんな平凡な意見で、しかも本人じゃなくて選挙を手伝った人間からまず見せしめに殺されるにはあまりにも健全すぎる。殺人にはもっと物騒なものがなきゃいけない。次に狙われるのはおそらく手島さんでしょうが、こんなことで殺されたらたまらないでしょう」

「なに言ってるんですか。どんな政策提言だって、言論や思想の自由はあるわけですから、それで殺されるなんてのは話になりません」

「けれど、こと軍事となるとちょっと話が別な気もしますね」と真行寺はわざと口の端に笑いを漂わせながら言った。「軍事がからむと人の命は軽くなる。――これは単に私の印象でしょうか」

「くだらないこと言わないでください」手島の語気は思わず荒くなった。

「手島さんが小柳議員からもらっているのは、全体の構成図ではないんですよ。確かにあなたはあれこれプロモーションを仕掛けているが、各回のシナリオはその都度手渡され、そのシナリオのテーマに沿ってアイディアを捻《ひね》り出している局地戦の参謀にすぎない」

手島は黙っていた。

「となるとやはりこの質問はしなければなりません」と真行寺は言った。「マクロな台本を書いているのは誰なんです」

「……知りません」

「念のためにもういちど訊きますが、手島さんではないんですね。つまり、私の質問にすっとぼけているわけではないんですよね」

「すっとぼけてるなんて、そんな」

「今日、議員食堂にあなたが現れる前に、あなたは小柳のスマホに電話を入れましたか？」

「いえ、入れていません」

本当に？　と真行寺は念を押した。なぜです、と手島は逆に訊いてきた。真行寺は、では結構ですと言って、この質問に対する答えを避けた。当然、手島は追及してくるかと思ったが、向こうで小柳浩太郎が立ち上がったので手島の注意がそちらに向いた。取材だか打ち合わせだかは終わったようだ。襟付きの白シャツを着たでっぷりした男が小柳に頭を下げると、小柳は、うまく売ってくださいね、と言い残してこちらの席にやってきた。

そして驚いたことに、手島の横に腰を下ろし、ふたりの刑事に向き合った。

「さきほどの刑事さんですよね、尾関先生とお知り合いの」と小柳は真行寺に向かって言った。

　黙って頭を下げ、真行寺ですとふたたび名乗った。家入も身分を告げて頭を下げた。

　小柳は、振り向くと、さっきまでいた席を片づけているラウンジの女性スタッフに、コーヒーを注文した。

「お時間、大丈夫なんですか」と手島が訊いた。

「ああ、今日はもういいんだ。――疲れた」と小柳は言った。

「取材でしたか」と真行寺は訊いた。

「ええ、アメリカの経済誌の日本版です。Ｗｅｂですがね。インターネットのほうが、取材を受けてから掲載までの時間が短いし、誰でも気軽に読めるので、そちらの方がむしろ効果的なんだと手島君が言うので受けました。――写真撮りは明日だっけ?」

「はい。本会議が終わりしだい議員会館で」

　コーヒーが運ばれてきた。小柳はひとくち飲んだ後で、「それで――」と改まった。

「剣呑なこととはなんでしょう。議員食堂の入口であなたはおっしゃった、剣呑な事件があったので、ＭＭＴを調べているんだと」

　やはり訊いてきたか、撒いたばかりの餌に相手が早々に食いついたことを喜んだ。しかし、ここからは慎重にたぐり寄せなければ。

「手島さんの上司であるスカイ・プレイヤーの豊崎社長が亡くなられたのはご存知ですよね」

「ええ、手島君から聞きましたが」

「すこし不審な点があるので、手島さんに確認させていただいておりました」

「なんだ、剣呑というのは豊崎さんの痴漢のことを言ったのですか」

「痴漢というのはどなたに？」

「手島君からです。選挙を手伝っていただいた会社の社長がわいせつ行為に及んだところを咎《とが》められ、それでもみ合いになって死んだということになると、こちらも対応を考えないといけないので。そう心配した手島君に相談されたんですよ。――そうだよな」と最後は手島に向かって言った。

はい、と言って手島はうなずいた。

「で、実際のところはどうなんですか」小柳が訊いた。

「豊崎社長が痴漢をしたという事実はありません」と真行寺が言った。

「それはよかった」と小柳は言った。「では、冤罪であったということは公表するんですか、本人の名誉《めいよ》挽回《ばんかい》のためにも」

署の方針については答えようがなかったので、真行寺は家入を見た。

「いや、当初から駅でのいざこざでホームに転落したと発表しておりましたので、そのままです」と家入が言った。

「痴漢ではなかったとわざわざ告知するのも、かえって変な疑念を招くのでよしたほうがいいでしょう」と手島も賛同した。

「では、剣呑なこととはなんですか」と小柳は脚を組みなおして言った。

真行寺は、「実は――」と身を乗り出した。

「豊崎さんは殺された可能性が高いんです」

それは確かに剣呑だ、と小柳は言った。

「ですから、その点で、手島さんに事情聴取をさせていただいていたわけです」

それはそれは、と小柳は言った。

それはそれは、か。なんだか妙な日本語だと思った。英訳するとどうなるんだろう。

「議員は豊崎社長とは面識があるんですよね」と横から家入が訊いた。

「もちろん。ただ、選挙を手伝ってもらうことになって、顔合わせの時にね、その時だけです。あとはずっと手島君とやってきました」

社長とはいうものの、選挙戦では豊崎は大したプレーヤーではなかったのかもしれない。

「MMTの講義を尾関先生に頼まれたとおっしゃってましたが。――MMTと豊崎さん殺害とはなにか関係があるんですか」小柳が真行寺に訊いた。

「あるかもしれないと思いました。すこしお尋ねしてもいいですか」

どうぞ、とため息まじりに小柳は言った。

「スカイ・プレイヤーに選挙運動をお願いしたのは、どういう経緯《いきさつ》でしょうか？」

「日頃からお世話になっているソフト・キングダムの朴社長が紹介してくれました」

よし、と思った。まずは小柳と朴とが線でつながった。この両者に官僚から線が引ければ、企業・政治・役所のトライアングルができあがる。

「スカイ・プレイヤーのどういうところが魅力でしたか」

「いや、魅力と言われても。手島君には悪いが、苦肉の策ですよ。選挙運動ってのは、いろんな制約があってまともなギャランティーが払えないから。もうほとんどボランティアみたいなもんです。なので、大手の広告代理店の価格表と照らし合わすと話にならないんですよ。これが自民党ならば、選挙後に色々と便宜を図ってもらえると思って大赤字覚悟でやるかもしれませんが、うちの党の方針は、法人税をもっと上げろ、ですからね。広告代理店にとってはクライアントの敵なんです、うちは」

手島さんからも伺っています、と真行寺は言った。

「そんな時に朴社長から、小さいけれど見所《みどころ》のある会社があるから使ったらどうだいと言われて会わされたのが、スカイ・プレイヤーです。そこですよ会ったのは」

そう言って小柳は、真行寺が腰のあたりに置いていた紙袋を指さした。

「ここの地下一階のお店ですよね。朴社長が好きだとおっしゃるので、そこで円卓を囲みました。僕と秘書と、朴社長、それから豊崎社長と手島君だったんじゃなかったかな。よく利用されるんですか？」

「いや、うちの居候が酢豚を食べたいなんて言ったもんですから。おいしいんですか？」

酢豚は高いのでよして焼売を買った、ということは伏せておいた。

「まあこういうところに入っているくらいですからね。まずいわけはない」と小柳は言った。

「それに中華ってのはたいていどこもうまいんですよ」

最後は曖昧な笑いを口の端に漂わせ、中華料理全般を保証した。

「そう言えば」と横から家入が口をはさみ、「小柳先生の選挙区は神奈川、生まれは横浜でしたね」と言った。

「ええ、中華街のすぐ近くで育ったので。朴社長は韓国系ですが、奥様のほうのルーツは中国系のコリアンのようです。自分の舌は韓国料理よりも中華料理のほうを好むとかおっしゃっていますよね」

これは新しい情報だった。

「だから、朴社長は中国びいきなんですかね。華威の部品をキャリアに使っているのはソフキンだけだと小耳に挟みましたが」

真行寺がそう言うと小柳は笑った。

「まさか中華料理が好きだからって華威と提携しているわけでもないでしょう。でもそのあたりは尾関総務相に訊いていただいたほうが……」

そう言ったあとで小柳は、

「真行寺さんとおっしゃいましたっけ、名刺をいただけますか」と手を差し出してきた。

真行寺はこれは失礼しましたと言ってポケットから名刺入れを取り出した。隣の家入もこれに倣《なら》った。小柳は名刺を眺めながら、巡査長……とつぶやいて首を傾げていたが、

「総務大臣のお友達に通信業界についてあけすけな批評はできませんので」と冗談とも皮肉

とも取れない口調で言った。

真行寺は、口元をゆるめてこの発言を冗談に溶かしてから、お話を戻しますが、と前置いた。

「スカイ・プレイヤーは、手島さんに聞いたところによると、本来は映画宣伝が専門で、政治については門外漢とのことですが、先だっての選挙ではかなり活躍してくれたという認識でしょうか」

そう言うと、向かいにいた手島はバツが悪そうに苦笑した。

「まあ本人を目の前にしてこういうのもなんですが」と小柳は言った。「思った以上にやってくれました。ですから、選挙後もマスコミ対応はすべて彼に任せています」

「選挙については、朴社長からの協力も得られたのでしょうか」

「はい。ソフト・キングダム様からの票はかなりいただいたかと」

「そのほかには？　ソフト・キングダム独自の情報を提供してもらったとか、そういうことはないですか」

「それはどうでしょうか。運動期間中にいちど朴社長から激励の電話をいただいたことはありますが。ただ戦略的で具体的な情報をもらうとしたら手島君からでしたよ」

「そうですか、手島さんはそのようなコンタクトはまったくないとおっしゃったんで、もしかしたら議員のほうに直接あったのかと思いまして」

「いや、そういうものはなにも」とここで割って入った手島に、

「本当だろうね。そういう貴重な情報提供をしていただいたら、僕のほうからも朴社長にお礼を言わなきゃならないので、必ず伝えてくださいよ」と小柳は言った。

それはもちろん、と手島は粛々と頭を下げた。

しらばっくれやがって。〈オツレサン〉から吸い上げたデータをもらっていただろう、てめえらはよ。

かわいいとか、わかってくれてありがとうとか、ちょっと聞いてよとか、無邪気に語りかけて、ユーザーがどんどん個人情報を〈オツレサン〉に教え、〈オツレサン〉はそれをネット上に吸い上げ、それらが積もり積もってできたデータの塊はソフトキンの財産となり、ソフトキンはこれを整理し、かつまた解析してからそれを令和新党の陣営に渡し、選挙運動に活用させていたはずだ。とぼけんじゃねえ。真行寺はそう思いながらも、「そうですか」とうなずいていた。

「さて」と小柳がまた真行寺を見た。「先の私の質問に答えていただけますか。ＭＭＴと豊崎社長の新宿駅での一件は関係があるのかないのか、どうなんですか」

小柳はそう肉薄した後で、なんだか国会で首相を追及してるみたいだな、と笑ったので手島も家入もふやけた笑いでつき合わなければならなかった。

「順序立てて説明すると」と真行寺は口を開いた。「まず豊崎さんは、殺される前日、選挙がらみのいざこざに仲裁に入って殴られました。私はそれを新大久保の焼肉屋で目撃したんです。御党《おんとう》が躍進したことに若い連中が喜んでいたので、愛甲政権支持の会社員が酔った勢いでこれに絡み、仲裁に入った豊崎社長が一発食らったというわけです。酒が入っていたこともあって、盛大に鼻血が出て、救急車とパトカーを呼んだ。まあ、ここまでは選挙がらみの酒場での喧嘩です。あの日はあちこちでこういういざこざが起こっていたそうです」

「僕の責任かな」と小柳が笑った。真行寺はこの冗談につき合わずに続けた。

「その翌日に、豊崎社長は死んだ。しかもその後の調査で、実はどうやら殺されたとわかった。そして話は前後しますが、豊崎社長が令和新党の選挙運動を手伝っていたことを知った私は、この殺しは令和新党を勝たせたことが原因で起きたのではないか、と疑いだしました。もちろん、これは突飛な想像ではあるのですが、その線はいちおう洗っておく必要があると考えたわけです」

なるほど、と小柳は言った。すると隣の手島が、いいですか、と言って発言を求めた。

「偶然の一致ということについては、どう思われていますか」

なるほど、とこんどは真行寺が言った。手島は続けた。

「豊崎は選挙運動を闘った。そして選挙に勝った。それから選挙がらみの喧嘩に巻き込まれて、殴られ、その翌日に殺された。こうしてみると、選挙選挙選挙とつながっているように聞こえます。けれど、それは単なる偶然で、殺された理由は、痴情のもつれとか、借金がらみのごたごただとか、不動産をめぐる悶着だとか、そっちのほうの原因である可能性も排除できませんよね」

真行寺はうなずいた。

「おっしゃる通りです。しかし、あくまでもそちらの線も疑い、この線はないと分かった時点で可能性から排除する。それが警察の捜査です」

「まあ聞こうよ」と小柳は穏やかに言った。「むしろ聞かせてもらいたいな、僕は」

　手島は不満そうだったが、真行寺は続けた。

「となると、豊崎さんを殺害した勢力にとって、なぜ令和新党を勝たせたことがそこまで許せないことだったのか、と私は考えた。ここは令和新党が主張している政策にあるのではと疑うのが筋でしょう」

　まあそうだ、と小柳は言った。

「令和新党を立ち上げる前から、議員はアコノミクスと対米追従を批判してきた。ただ、国政選挙では、安全保障は特に地方にとっては争点にはなりにくい。となると、やはり重要なのは経済政策にあるのではないかと睨んだ。そして選挙後に、新財政構造改正法案を出されたので、安全保障はダミーでこちらに注目するべきだ、そう思ったんです」

　小柳は手島と顔を見合わせて薄く笑った。

　真行寺はこの薄ら笑いが気になった。その理由を問い質そうかとも思ったが、やはりそのまま最終チャプターへと進むことにした。

「そして〝日本円で国債を発行している限り、財政は破綻しない〟という一聴すると無茶な主張は現代貨幣理論《MMT》というものに由来することがわかった。ではそのMMTってやつがあやしいのではないか、殺害した連中は、選挙後に小柳議員がこういう荒技に訴えてくることを事前にキャッチして、警告としてその参謀の豊崎を殺害したのではないか。――このように考えたわけであります」

よくわかりました、と小柳はうなずいた。その口元にはまだ薄ら笑いの影がわずかに残っていた。

「それで、中町さんに会ったんですね。まあMMTは中町さんが日本に持ち込んだようなものだから、理屈を知りたければ彼に訊くのが一番でしょう。そういう意味では、尾関先生が彼を紹介するのももっともです。――で、どうでしたか。やはりMMTを振り回すと、殺されてもしかたがないような危険な思想に思えましたか？」

真行寺は首を振った。

「ついさっきも手島さんに話したところですが、過激とか異端とかと呼ばれてる割には――」と言ってから真行寺は言葉を探り、「普通ではないかと」と後を足した。

「普通か……」小柳は苦笑した。

「政策のアクションだけを取り出せば」真行寺は弁明をつけ加えた。

「では、MMTには罪なしってことでいいですか」

「いや、そうとも言えません」

「というと」

「共犯ではあるかもと考えています」

「共犯とはどういう意味ですか？」

「MMT自体は、財政出動を正当化する理論ですね」

「そうです」

「その奥底にあるものが、ある勢力にとっては……」

「……剣呑だ、と」

小柳が後をつけ、真行寺がうなずいた。奥底が剣呑ねえ、と小柳がつぶやいて、

「奥底っていうのはどういう意味ですか」と手島が訊いた。

「さっぱりわかりません」と真行寺は言った。

実際、わからないのだから仕方がない。しかし、思わず口にした自分の言葉には深く感じ入るところがあった。

「そこでお訊きしたいのですが」と真行寺は言った。「議員はどのような経緯でMMTを政策に取り入れられたのでしょうか」

「それはいたってシンプルですよ。アメリカ下院にアレクサンドリア・オカシオ＝コルテスという史上最年少の女性議員がいましてね、どんなことを言ってるんだろうと思い、僕もまあ若手の部類ですから、そんな興味も手伝って彼女をウオッチしていたら、財源調達を主張する際にMMTを援用していた。僕のはこれの受け売りです」

「つまり、ご自分で勉強されたと」

「英語ぐらいは読めますから」

「あの法案もご自分で書かれたんですか」

「日本語ですからね。書こうと思えば書けますよ」

つまりMMTに関しては黒幕はいないと言いたいらしい。

「なるほど奥底か……」と小柳はまたつぶやいた。そして、胸ポケットに入れた名刺をもう一度取り出すと、真行寺さんですねと名前を確認し、勉強になりましたと言って、テーブルの上の伝票ホルダーを摑んで、そいつをひょいと手島に渡してから立ち上がった。そうして、失礼しますと言って去った。

預けられた勘定書きを手に、手島がウェイトレスを呼んだ。家入は、ここはうちがお支払いしますなどと言って、やってきたウェイトレスの前で勘定書きを取り合った。真行寺は、湧き上がってきたさまざまな思念を追いかけるのに忙しく、ほうっておいた。結局、手島がクレジットカードで払って行ってしまった。

真行寺と家入はそこに座ったまま、カップの底に残ったコーヒーをすすった。

「どう思いますか」

しばらくして家入が訊いた。藪から棒で、しかも漠然とした問いかけだった。真行寺は、コーヒーを飲み干し、カップをゆっくりとソーサーに戻してから口を開いた。

「たぶん、スカイ・プレイヤーは使い捨てるつもりで選んだんだと思います」

そんな言葉がふいに真行寺の口から出た。そして、「そうなのか」と自分の言葉に教えられたような気分になった。

「どうしてそう思うんですか」怪訝な顔つきになって家入が訊いた。

「小柳自身は自分がやろうとしていることのヤバさにうすうす気づいているんでしょうね」と真行寺は言った。「ただ、どのぐらいヤバいのかはわかっていない。ともあれ、わからないままやれるところまでやってみればいい、と胸算用している。けれど問題は、これ以上は駄目だというところで、立ちどまったり、引き返したりすることが可能なのかどうかだ。そこが彼にもわかっていない。ただ、わかっていないことはわかっている。だから少しナーバスになっているんだ。――そういうことなんじゃないんですかね」

そう言ってから、なにがそういうことだよ、どういうことなのかさっぱりわからないぞ、と自分に苦笑した。

「では、そういう危険な目にあっても手島がまだ小柳にくっついているのはどういうことですか。――金がいいからでしょうか」

真行寺はちょっと考えてから、

「手島について調べてもらってもいいですか」と言った。「どういう経歴でスカイ・プレイヤーにいるのか。政界や行政にコネクションがまったくないのかどうか」

家入は、手帳を取り出し、「調べましょう」と言ってメモをした。

「黒幕はいるんですよ」真行寺はまた言った。「必ずいる。小柳が自分でMMTを見つけ、自分で法案を書いたなんてのは嘘っぱちですね」

そう断言する真行寺を家入はじっと見て、

「じゃあ、是非ともその黒幕は突き止めましょう」と言った。

「家入さん」ふいに真行寺が目の前の大男を見て言った。「拳銃は得意ですか」

視線の先の眉間《みけん》に皺《しわ》がよった。

「さほどでもないです。術科では柔道なら、大学でもやっていたので、成績はいいほうですが」

真行寺は重量級の分厚い胸板を見た。こんなのと組み稽古をして、きれいに投げられるぶんにはまだいいが、上に乗っかられたりしたらたまったもんじゃない。

「そうですか。今年はもう撃ちましたか」

警察官は年に一度の射撃訓練が義務づけられている。

「いや、まだです」

「近いうちに申請出して新木場《しんきば》で撃ってきますかね」

新木場とは、当地にある警視庁の術科センターをさしている。射撃訓練はもっぱらここで行う。しかし、いきなり射撃の話を持ち出されて、家入は明らかに面食らった様子だった。

家入と別れ、真行寺はいったん本庁に戻った。一課の刑事部屋に入ると、これを見た同僚の橋爪《はしづめ》が「あ、帰ってきましたよ、課長」と、部屋の奥へ向けて声を張った。

外出中に何かあったな、と真行寺は思った。

水野玲子課長は押印していた書類から顔を上げると、自分の机の隣に置いてあるパイプ椅子を顎《あご》で示した。

真行寺は、そのまままっすぐ課長の席へと向かい、一礼してパイプ椅子に腰を下ろした。

「どういう動きをしていますか」書類に目を落としたまま水野は言った。

「そうですね」と真行寺は言った。

プロ野球の選手が試合後にインタビューを受けるときに、どんなに的外れで、くだらない、何を訊きたいのかもわからない茫洋とした質問が出てきても、とりあえず「そうですね」と言って時間を稼いでいるのを見て、これは使えるなと思って日頃よく真似をしている。

「なかなか面倒です」真行寺はとりあえずそう言って、相手の出方を待った。

「面倒を起こしてるんではなくて」と印鑑をつきながら水野が言った。

きた、と思った。

「刑事部長に小柳衆院議員の秘書から電話が入ったそうです」と水野は続けた。

「ほう。なんと」

「真行寺巡査長というのはどういう警官ですか、と尋ねられたと」

「はあ。それはまたなにを訊きたいのかよくわからないアホな質問ですね」

「そうです」

「つまり警告です。お前のことを調べてるんだぞという」

「ですね。警告を受けそうなことをしましたか」

「それはするかもしれません、警察官ですから」

「なるほど。言うね」と水野は笑った。ただし、目は笑っていなかった。

「ともあれ、そういう質問であれば、適当に答えておいていただければ結構です」

「ぜんぜん結構じゃないね。そういう警告を受ける理由を教えなさい」

「さあ、それは明瞭にはわかりません」

「何を言ってるんだ、また」

「考えられるのは、捜査が進展してその手が自分に及んだらどうしようか、と先方が焦りだしたからですよ。少なくとも、俺の捜査のやり方が気に入らないのです」

「ちょっと待って。いま巡査長は、新宿署からの要請で、中央線で突き落とされた会社経営者の事件を追ってるんでしょ」

「そうです」

「政界に首を突っ込んでるのはどうして」

「少々長くなりますが」と真行寺は前置いた。

すると、水野玲子は印鑑を置いて立ち上がり、橋爪に「巡査長と会議室にいます」と伝えて出入口に向かった。真行寺はついて行くしかなかった。

会議室で水野玲子と向かい合い、ここまでの捜査の流れをなるべく漏れがないように説明した。

聞き終えると、水野はため息をついた。

「また面倒な話だなあ」

本心なんだろうが、そう言われても困る。

「でもそのスジからすれば、小柳議員は被害者になり得ることはあっても、加害者にはなり得ないんじゃないの」

「まあそうなんですよ」と真行寺は言った。

「ではさっき巡査長が言った、捜査の手が自分に及ぶのを恐れ、上に問い合わせてきたという見立てはおかしいじゃない。関係あるとしたら被害者としてなんでしょ」

「そうなんですが、小柳には裏があるんですよ。MMTはその奥底に物騒なものを抱え込んでいるんです。それを私は剣呑だという言葉でほのめかした」

そう言うと、水野は髪の毛に指を入れてうなだれ、あああ面倒くさいなあまったく、と言った。それを見ながら真行寺が、

「もうちょっと先があるんですが、喋っちゃっていいですか」と追い打ちをかけた。

水野は、恨めしそうなまなざしで上目遣いに真行寺を睨みつけると、指でピストルの形を作って、「撃ってこい」という仕草をした。

「小柳自身は徐々に身の危険を感じ始めている。それを暗に指摘した私がどこまで信用できるのか、と考えて、問い合わせてきたのかもしれない」

「相手は国会議員だよ。本当に危険ならば、その理由を説明してSPをつけてくれと言えば済むじゃない」

「理由が説明できないからです」

「なぜ」

「ふたつしかない。説明するとヤバい。もうひとつはどうヤバいのか本人がわかってない」

「どっち」

「どちらもです」

そして、俺の勘ではとつけ加えた。蛇足だ！　と叫んで水野は分厚い革張りのノートで机を叩いた。それから、そんなの勘に決まってるよ、と口の中でブツブツ言っていた。

すみません。真行寺はとりあえずそう謝っておいた。


高尾駅のホームに降りたのは八時過ぎだった。

駐輪場からクロスバイクを引っ張り出して、えっちらおっちら坂を登り、自宅に着いて、リビングに続くドアを開けると、そこには盛大に機材が広げられ、森園はソファーで口を開けて寝息を立てていた。こういう作業は自分の部屋でやれよと言いつけているのだが、リビングのスピーカーで聴く方が細かい音のニュアンスがわかるからとかなんとか言い、隙を見ては、こちらに要塞を築く。このあいだ、機材が邪魔でゆったり音楽が聴けないじゃないかと叱ったら、本番はリビングでやるので、機材の配置にも慣れておかないとミスしそうで怖いから勘弁して欲しいと哀れっぽく泣きつかれ、中国公演が終わるまでの我慢だと思って諦めることにした。

森園、と二度ほど声を掛けたが起きる気配がない。手を伸ばし肩を摑んで揺さぶると、あとちょっとです！　とかなんとか言って跳ね起きた。けれども真行寺を認めるとすぐ、また

とろとろした目つきに戻って、

「あ、すみません。今日はものすごく頑張ったんで、疲れて寝てしまいました」

ものすごく頑張ったなどと自己申告するのがいかにもこいつらしい。真行寺は笑ってしまった。

「そうか。それはご苦労だったな。けれど、こんなところで寝てると、治りかけた風邪もぶり返すぞ」

「いや、もう大丈夫です。どうです、聴きますか」

「よすよ」

疲れて帰ってきて、森園のノイズにまみれたサウンドを聴く元気はない。

「それより、サランからなにか連絡はなかったか」と真行寺は訊いた。

「ありません。もうね、おしまいですよ。あいつはね、広告代理店のクソ夏フェス野郎とイチャついてればいいんですよ」

本当にそうかもしれないな、と真行寺は思った。どだい無理なカップルだった気もする。

「ところで、今晩なに食べますか」と森園が言った。

「なにも用意してないのか」と真行寺は驚いた。

「頑張ってたので」

やれやれ。冷蔵庫を開けたがこれと言ってなにもない。買ってきた焼売をふたりで分けるしかなさそうだ。なにが頑張ってたので、だ。くそっ！

〈誰か来ますよ〉

突然、ボウイが喋った。

「誰だ」と思わず口をついて出た。

〈もうすぐ来ます〉

ね、こいつ最近勝手に喋るんですよ、と森園が言い、真行寺が指を唇に当てて〝黙れ〟のサインを作った。そして、リビングから玄関に続く重い防音ドアを開けて、耳をそばだてた。かすかに聞こえてきたのは車のエンジン音だった。それは徐々に大きくなり、やがて、家の横にあるパーキングエリアの砂利をタイヤが踏む音と重なった。エンジン音はそこで消えた。

ドアが開く音がして、またバタンと閉じた。靴が砂利を踏む音がこれに続く。ジリッと錠穴に鍵が差し込まれる音の後に、カチャリ、とシリンダーが回ったのを聞いた。真行寺と森園はその不吉な音が起こった扉を凝視していた。

ドアが開かれた。闇が現れ、その黒がこちらへ流れ込んでくる気配がした。開いた扉の四角い枠の中に立っていたのは、サランだった。

その背後に誰かいた。暗がりに男が立っていた。

黒木だった。

3　奥底に流れるヤバいもの

はい。これ焼売。真行寺さんが買って来てくれたやつ。取り皿回しますよ。お酢と辛子《からし》はお好みで。辛子がチューブのままで無粋なのはお許しを。

だけど、説明することなんて大してないんですよ。真行寺さんもご存知だから、いまさら言う必要もないんですけど、森園君ってホントに自分勝手で、カーリーの中国公演に参加するためだからって言い訳して、機材をいくつも買い込んだりしてたんです。まあ、仕事に使う道具だからそう簡単に駄目とは言えないわけだけど、必要なら必ず先に私に言いなさいよって口を酸っぱくして言っているのに、中古楽器店で見かけてそのまま衝動買い。おまけに私に見つかって怒られるのが怖くて、コンビニ受け取りにして、いないときを見計らって、こっそりここに運び込んでた。黙ってコソコソやるなよって話です、まずは。――はい、フカヒレスープです。…………美味しい。美味しいですよね。…………これが帝国ホテルの味？　とにかく、そんなこんなで険悪《けんあく》になっていたところに、こんどは中国公演に参加したくないなんて言い出して、さすがの私もこれにはキレた。

今年の夏フェスに声を掛けてもらったときだって、ちっちゃなステージでギャラはほとんどなきに等しかったんだけど、「森園の認知度を上げるチャンスかも」と思って受けたら、最初は「よし、メインステージをぶっ飛ばしてやる」とか調子のいいこと言ってたくせに、だんだん、「さわやかな夏空の下に俺の音楽は似合わないぞ」とか、「出演時間がニール・ヤングとダブっていたんじゃ見られないじゃないか」とか、「ギャラを出さないくせに主催者だけ儲けやがって」とか、挙げ句の果てには「フェスの仕掛け人はロックを金儲けのネタにしているクズだ」なんて、いったいお前は何様なんだよみたいなことまで言い出して、結局、声を掛けてもらったプロデューサーに私が詫びを入れて断りにいかなきゃならなくなったんです。

とにかく、仕事がなくて、もう、ワルキューレはどうなるんだろうって、毎日心配していた。それでも、なんとかしなきゃ、頑張んなきゃ、って思いながら、日々会計ソフトと問答していたんです。え、ソフトですか？〝レッツ・マネー〟って言ったかな。そうですすボウイの中に入っているアプリです。自分のタブレットやスマホ、もちろんPCからもBluetoothのネットワークで呼び出して起動できるし、直接ボウイに向かって、『今日の支出・食費で870円 備考 大根・玉葱《たまねぎ》・カボチャ・ベーコン・玉子』とか、『交通費で1050円 備考新宿まで中央線』とか言えば全部記載して、『今月は17800円の赤字ですね』とか憎たらしいことを言いながらも、ぜんぶ処理した上でクラウドに保存してくれるから、メモ感覚で使えてすごく便利なんですよ。でも、レッツ・マネーはお金を増やしてくれない。便利なんだけど、お金は増やしてくれないんです。とにかく私は、まずい、打つ手なしだ、これはヤバい、ホントにヤバいって焦ってた。そんな気持ちを踏みにじるかのように、森園はバイト先を馘首《くび》になってさわやかな顔で帰ってきたりしてた。なんで馘首かって？ 映画館の売店でポップコーン売らなきゃいけないのに、サボって館内に入って見てたんですよ。それもわけのわかんない古いモノクロのギャング映画を。信じられますか？

そんな時に、カーリー・フィリップスの中国公演に誘われたんです。でしょ。そう思いますよね。これは待ちに待った救援物資だったんです。森園がカーリーを好きかどうかなんて関係ない。私だって好きじゃない。でも、この仕事は受ける。そして絶対にやってもらう。いや、やらせる。とにかくクラブでDJやるのとはギャラがぜんぜんちがったんですよ。

ところが、です。また、曲作りがうまくいかなかったり、向こうのオーダーがキビシくなってくると、急に落ち込んで、「アメリカのミュージシャンは横柄だ」とか、「これからはヨーロッパ限定でいきたい」とか、「もともと向いてない」とか、泣き言ばかり並べて、しまいには、もう無理だ断ってくれって言って、ベッドに潜り込んだまま出てこなくなった。

すっごく頭にきたけど、やるのは私じゃなくて森園だから、やりたくない、やらないと言われたらどうしようもない。いまの私にできるのは敗戦処理だけなんだと思った時、急に自分がつまらなく思えた。それでボウイに、「一年も保たせられずに会社つぶすなんて、世の中が冷たいのか、私が駄目なのかどっちかな」って話し掛けたりしてたら、例によってボウイが、〈世の中が冷たいってこともあるかもしれないし、サランもちょっと甘かったのかもしれない〉なんてマジで癪に障る文句で返してきたので、バカ！　って怒鳴ったら、こんどは急に、変なことを喋りだしたんですよ。

〈ある Gmail のアカウントを教えるので、そこにログインして、下書きのフォルダーにあ

るメールを読んでください〉

これまでのボウイの受け答えとはちょっとちがう、なんだか急にバージョンアップしたみたいな、さらに人間っぽくなったみたいな気がした。

〈まず、真行寺邸にロンドンから届いた荷物があるだろ。その中に電子機器の基板が入っていて、そのパネルにシールが貼ってあるはずだ。そこに印字されている Gmail アドレスがそうだ。ただし、そこに送信してはいけない。で、ログインするにはパスワードがいる。そのアカウントにログインして下書きにメールを保存するだけにして欲しい。それを手に入れるには、二つ目のベルリンから届いた箱を開けるんだ。そこに入っている機材のシャーシ、シャーシってのは基板を取りつけるアルミの台のことだけど、その内側にパスワードが彫りつけてある。メアドとパスワードを紙に写す時は、同じ紙にふたつ一緒に書いちゃ駄目だよ。かならず別の紙に書いて、あとで破くか燃やすかしなきゃいけない〉

半信半疑で段ボール箱を開けて覗いたら、ボウイが言ったように、ロンドンから届いた機器にはシールが貼ってあったし、ベルリンから来たアルミの台にはアルファベットの小文字が、虫眼鏡で見なければわからないくらいに小さく彫られていました。――はい、酢豚。取り皿そっちに行ってますか？

でも、ログインするのはなんとなく怖くて、ほったらかしにしておいたんです。それまでにもボウイはときどき変なことを口走ってたし。不良品を引き当てちゃったかなと思ってた。けれど、メアドをじっくり見直したら、あ、これはボビーさんからだったんだってはっきりわかわかった。文字列に saran と morizono と bobby が入っていたから。しまった、と思ってあわててログインしました。そうしたら、お金のことは心配いらない。必要な額を言ってくれれば前と同じように送るからそれを日本円に換金して使ってくれればいいって書いてあった。たぶんこれは、赤字が続いたけどちょっとまとまったお金が入りそうなので大丈夫ですって真行寺さんに言づけを頼んだその返事なんだと思った。だからかえって私は、出資者のボビーさんに申し訳なく感じてしまった。いちどお会いして、いまの状況をきちんと説明しなきゃって思った。だから、その通りを書いたんです。なに笑ってるんですか。いや、だって、ボビーさんが出資者なのは確かなんだし。そうしたら、いまちょうど日本にいるから、会ってもいい。そして、帝国ホテルに来られるかな、と書いてあったんです。

それで、今日ホテルのラウンジでひさしぶりにボビーさんと会って、いまの状況を伝えたら、「自由すぎるな森園君は」って笑ってた。「そうでしょう！」って私も思わず叫んでしまった。だけど、「嫌だという馬を水辺に引っ張っていけたとしても、無理やり水を呑ませることはできないだろうから、森園君がどうしてもやりたくないのなら、現実問題として無理なんじゃないかな」って言われた時には……まあ、そうだろうなと覚悟はしてたけれど、やっぱりショックで。「けれど、君がもう少し頑張ってみたいというのなら、追加出資もするからぜんぜん心配しなくていいよ」って言ってもらったときには、思わず泣きました。

そのほかにいろいろアドバイスをもらい、提案もしていただいたんですけど、結局私は、あともうちょっとだけこのままワルキューレを頑張らせてくださいってお願いしたんです。

それから、出資者として森園にガツンと言ってやってくださいよ、って言ったら、出資者ってのは安易にそういうこと言っちゃいけないんだよ。だけど、真行寺さんにも会いたいから、夕飯でも食べに行こうかなと言ってくれたんで、是非是非と誘ったら、じゃあ手ぶらで行くのもなんだから、買い出ししていこうか、たしか中華ならテイクアウトもできたはずだ。地下にある名店の味がそのままお土産になっているので美味しいよ、ってことになって、私もこれは絶対食べなきゃ、こんな機会はめったにないって大賛成して、ふたりで買い込んできたわけです。

あれ、こっちがボビーさんが買ってくれた焼売なんですけど、真行寺さんのと同じですよね、これ。どうして、同じレストランのお持ち帰りがあるんですか。え、真行寺さんも今日あそこにいたんだ。奇遇ですね。三人が同じ日に帝国ホテルにいたなんて、いないのは森園だけだ。いないのは森園だけだ。君は来なくていい。君は高尾で音をこねていればいい。で、どうなのよ。風邪はもういいの。だいたい風邪引いたってのも嘘じゃない？　――本当？本当にやるんだね、カーリーの中国公演。そうか、改心したんだ。まだ安心できないけど。もうやらないなんてのはなしだよ。ソフキンにも大丈夫ですって言うからね。こんどグダグダ言ったら真行寺さんに撃ってもらうから。……え、駄目ですか。……はい、わかりました。……君は笑うな。ちょっと聞いてるの。でどうなのよ、できてるの、音のほうは……。

＊　＊　＊　＊　＊

「うるさくないか。――すこし下げようか？」

夜の中央自動車道を東へと車を走らせながら、捜査の進捗状況をあらかた話し終わると、助手席の黒木にそう訊いた。

黒木が聴くのはもっぱらクラシックだ。道中、耳が寂しいかもしれないと思ってダッシュボードに載せたＢＯＳＥの携帯スピーカーから流しているのは、古いロックだった。

「いや、大丈夫ですよ」と黒木が言った。「これはなんてグループですか」

「グレイトフル・デッドだ」

「へえ、これが……」

「知ってるのか」と真行寺は驚いた。

「作詞家がね、インターネット界隈ではちょっとばかり有名なんですよ」

「作詞家が？」

「ええ、演奏はしないんですけど、メンバーみたいなのがいるって聞きました。そういうとってあるんですかロックって？」

「ないことはない。キング・クリムゾンってバンドは、ピート・シンフィールドって作詞家を抱えていた時期があった。でもグレイトフル・デッドにそんなのがいたなんて知らなかったな」

「ジョン・ペリー・バーロウって言ったかな。インターネットが普及し始めた頃に『サイバースペース独立宣言』ってのを発表して、インターネットってのは現実の国家の手が及ばない自由な国だ、みたいなことを言ったんです」

「へえ」と真行寺は言った。

知らなかった。しかし、あのヒッピーバンドだったグレイトフル・デッドの作詞家としてはふさわしい逸話のように思えた。

「これは『キャサディ』って曲ですよね」と黒木が言った。「たしかバーロウの作詞ですよ。一度聴いてみたいと思ってたんです」

黒木がそう言ったので、真行寺はボリュームを上げた。

「またわかりにくい歌詞ですね」聴き終わってから、黒木が苦笑した。「このキャサディってやつは、ケルアックの『路上』って小説に出てくるヒッピーのモデルになったニール・キャサディのことなんだそうです」

へえ、と真行寺はまた言った。

「彼はバンドのツアーバスの運転手だったんでしょ」

「いや、知らない。まさか君にロックの蘊蓄《うんちく》を披露されると思わなかったよ」

「この頃はみんなインターネットに自由の可能性を見てたんですよ。それが今は監視の道具になってますからね」

車はETCを通過した。

「でも、警察の仕事はやりやすくなっているでしょう。たとえばいまのETCなんか、犯人の車を追跡するときには」

そうだな、と真行寺は言うしかなかった。

ETCを通過した車はすべて記録され、インターネット経由で検索が可能になる。しかし、似たようなものはいまや真行寺の自宅にもあるじゃないか。

「〈オツレサン〉ってのもヤバいな」と真行寺は言った。「大変な人気だけれど」

「ああ、あれは盗聴器ですよ」と黒木はあっさり言った。

やはりそうか、と真行寺は思った。

「〈オツレサン〉って、前は〈お孫さん〉って言ってたやつですよね。それがいまは〈お父さん〉とか〈息子さん〉とか〈彼氏さん〉になりすまして、せっせと盗聴してるってわけです。同梱したソフトで家計の詳細まで吸い上げてね」

「レッツ・マネーか。あれにはまいったな」

「便利だって喜んでましたよ」

「いくら便利だって……。とにかく収集した個人情報をもとに投票行動まで誘導してたんだぞ。ヤバすぎだ、あれは」

「だからと言って撤去してくれとは言えないでしょう、ソフキンがらみの仕事を受けてるんだし」

「中国公演が終わったらはずさせるよ」

「でも、確かに便利だし、慣れればどうってことないのかもしれません。人はたいていのことには慣れるんですよ」

「冗談じゃない。絶対にはずさせる」

黒木は笑って、どうぞどうぞ、と言った。

「でも、〈オツレサン〉が選挙に使われたというのを見抜いたのはお見事でした。ケンブリッジ・アナリティカ事件のソフキン版だってわかったのはどのタイミングだったんですか？」

「なんだ、そのケンブリッジなんとかってのは？」

「えっ、知らないんですか。それでよく思いつきましたね。アメリカの選挙でもFacebookを使って似たような誘導が行われたんですよ。もうちょっとラフなもので、今回のほうがずっと大胆ですが」

「〈オツレサン〉と選挙結果、このふたつの相関関係を俺が嗅ぎつけるのを、どうやって予測したんだ」

「あの資料のことですか。そこは真行寺さんじゃないけれど、勘ですよ。たぶん気づいてくれるんじゃないかなって思って送っておいたんです。でも、家入さんとの会話を傍受して、ああやっぱり気がついたな、と思いました」

真行寺のスマホは黒木が改良を施しているので、盗聴されにくくなっているらしい。けれど、場所はもちろん会話も黒木には筒抜けだということだ。

「そうか。もっとも君には監視されているんだよな」

「そうですね。でも、言わせてもらえるならば、今回は監視じゃなくて食い止めているつもりです」

「食い止めているってなにを？」

「真行寺さんが大事にしている自由への侵犯を。だけど、そのために真行寺さんの自由は一部制限されます。他の人に自由が侵されるのと、それを僕が食い止めるために僕にほんのすこし自由を明け渡すのとではどちらがいいですか？」

「どっちもいやだ」と真行寺は言った。

けれど俺は、黒木が改良したスマホを突き返さないだろう。つまり、すでに黒木を選んでいるってことだ。どっちかを選ぶしかないとしたらそうするしかない。森園が〈オツレサン〉に言われたんだよな、〝マシなほうを選んでもらうしかありません〟だっけ。なんだ、この台詞は黒木が俺への釈明のために〈オツレサン〉に言わせてたってわけか。

「森園が言ってたけど、〈オツレサン〉に高尾でうまい寿司屋を教えろと言った後で、マズい寿司屋を教えろと訊いたら、ほとんど同じ店を教えるらしいぜ」

「それはそうでしょう。人工知能なんて言うけれど、あれはなにも考えてませんから」

「人工知能が知能じゃないとしたらなんなんだ」

「だから、計算機ですよ。統計と確率を計算して出しているだけです。〝高尾〟〝寿司〟と〝うまい〟って単語で、検索の統計と確率を計算してその結果を出す。わざわざ〝まずい〟を検索する人はめったにいませんから、算出した結果は、うまい寿司屋のリストとほとんど同じになるだけです」

「つまり言葉の意味をわかっているわけじゃないんだな」

「だから計算機ですってば。あまりここを深掘りすると、わかるってどういうことなのかとか、意識とはってめんどくさい話になりますが、とにかく存在論的な議論をしてもしょうがないんですよ」

「けれど、もうすぐしたらAIが人間の仕事をどんどん奪うっていうじゃないか」

「それはまた別の話です。確かに人間の職はこれからどんどん奪われるでしょう。だとしても、コンピュータが人間を超えたわけじゃないし、人間がそれで終わるわけじゃない」

しかし、仕事が奪われるならば、それは大問題にはなる。まちがいなく、なる。

自動車道の両サイドに拡がる灯《あか》りが少し賑《にぎ》やかになってきた。

「訊いていいのかどうかわからないけど」と真行寺は言った。「サランが言っていた、そのほかにもいろいろアドバイスや提案をもらったってのは、なんなんだ」

「ああ、あれですか。もしも白石《しらいし》さんがワルキューレをやめてほかのビジネスを始めるのなら、お金は出すからって言ったんですよ」

やはりそうか、と思った。それはサランが森園を捨てることを意味する。そういう可能性も確かにあるだろうが、正直言うと、いまこの時期にそんなややこしいことをしてくれるな、という気持ちのほうが勝った。

「ああいう音楽は僕にはまったくわからないんですが、真行寺さんの見立てでは、森園君には才能があるんですか？」

「あるよ、確かにある」真行寺はなんだか弁護してやりたい気持ちになってそう言った。

「へえ、あるんだ。それはどの程度のものですか」

「どの程度のって言われると、どう答えていいのかわからないが、ほかの人間が持っていないものがあることは確かだ。問題はちゃらんぽらんでわがままで生意気なあいつの性格なんだよな。ただ、没入しているときの集中力はすごいけれど」

「森園君は軽度の発達障害じゃないかな」

黒木がいきなり言った。

真行寺は不意を突かれた気がした。そして、次の瞬間には、そうかも知れないと、腑に落ちた。

「別に発達障害でもかまわないんですよ。同業者の中には結構います。僕もちょっとその気《け》があるかもしれない。いい腕を持っているのに、注文とはちがう仕様に勝手にしてしまったり、締め切りを守らない、ひどいのになると仕事をほったらかしにするようなやつらをちょくちょく見てきました。ただしこういうのは、よっぽどの才能がない限り、そのうちホサれます。ぼくが森園君の才能について、どの程度のものですかと訊いたのはそういう意味です」

「森園の才能がどの程度のものなのか、その才能が果たしてこの社会でどのくらいの金を生むものなのか。そこんところは俺にはわからないな」

「白石さんもそこはわからないと言っていた」

そんな話までしたのかよ、と真行寺はなぜかジリジリした。

「なんか不健全な気がするんですよ、彼女の努力って」

「不健全って？」

「白石さんは頑張っています。だけどその努力は、森園君の才能、と同時にこれは病気とほとんど同じ意味ですが、こいつとどうつき合っていくかということに費やされている。勤倹《きんけん》力行《りっこう》し自ら前進していくのではなく、もっぱら森園君のお尻を叩いて彼を動かすことに払われている」

「そうなんだよなあ」と真行寺はつぶやくように言った。

「まあそれが僕に言わせると不健全なんですよね。場合によっては余計なお世話なんですが」

「俺も似たようなことを言って、かなりキビしく怒られたよ。余計なお世話だって」

そうですか。危なかったな。そう言って黒木は笑った。

「ただ、その気があるならば、自分がプレイヤーになるようなビジネスをやってみればどうだろう。すこしくらいなら投資するよと言ったんです」

「サランはなんて？」

「自信がないって言ってました。そのへんも僕には不思議なんですけどね」

そうか、と真行寺は思った。

「あの子の出自と関係があると思いますか」

そう黒木が言ったので、真行寺はまたしても驚いた。

「知っていたのか」

「在日だってことですか？　ええ、今日聞きました」

サランがそこまで個人的なことを黒木に打ち明けたというのは意外だった。もっとも、黒木はサランが社長を務める会社の出資者である。そう考えると不思議なことではない。自分が不思議だと思ったことがむしろ不思議な気もしてくる。わからないよ、と真行寺は言った。

「プレイヤーとして立たずに、マネージャーの地位に身を置いているのは、彼女の言葉をそのまま引けば、自信がないからってことになり、さらに、その自信のなさは自分が在日韓国人であるということに由来している、と想像力をつないでいくこともできる。ただ、ひょっとしたら、俺たちが思っている以上に森園の才能を大きく見積もっていて、その才能に賭けることこそがやりがいのある仕事だと信じているのかもしれない」

そう真行寺は言った。ただし半信半疑だった。

「なるほど。私はここにいちゃいけない存在なんですよ、なんて言って泣かれたりしたんで、驚きました」

真行寺も驚いた。泣いた、サランが、黒木の前で、しかも帝国ホテルの部屋で？　そう思うとなんとなくゾワゾワした。

「いや、村上春樹の小説の中で中国人の女の子がそう言うんですって、それと同じ気持ちなんだって。そう言われても僕は小説はほとんど読まないから、困っちゃいました。読んだことありますか、村上春樹？」

「ああ、『中国行きのスロウ・ボート』だろ。学生のときにな」

「さすがサブカル刑事《デカ》ですね。まあ、自分のいるべき場所はいったいどこなんだっていう思いは、僕にもありますけど」

確かに、この台詞は黒木に似合うとは思った。てことは、サランと黒木、ふたりは似た者どうしってわけだ。

「そうか『中国行きのスロウ・ボート』か、機内で読んでみよう」と黒木は言った。

「どうしてそこまでサランに親切なんだ」

いやらしい質問だなと思いつつ、真行寺は訊いた。

「忘れたんですか」と黒木が逆に訊いてきた。

「なにを」

「起業したいと彼女が言った時、真行寺さんは素直に就職するほうがいいと言ったんですよ。覚えてないんですか」

もちろん覚えていた。

「そこを僕が出資するよとか言って焚きつけちゃいましたからね、責任を感じているところはあります」

そうか、と真行寺は言ったが、同時に今日の夕方、ホテルのラウンジを出て、エレベーターホールへと消えていったサランの後ろ影が脳裏に甦った。すこし間をおいて、彼女は黒木の部屋にあがった。そして、部屋で自分はここにいるべき人間じゃないと言って泣いた。黒木とサランがくっつくというのは、あり得る気もする。見た目からして、森園とサランよりもずっと似合いのカップルだ。しかし、そんなことになると、なにはともあれ面倒くさいじゃないか。真行寺はげんなりした。面倒なことは御免こうむるというのが自分の主義だったはずだ。それが、よせばいいのに面倒な居候を抱え込んで、そのガールフレンドと、友人であり相棒である若者が面倒な関係にでもなったら、それこそ面倒である。勘弁してもらいたい。

帝国ホテルの車寄せにバンを停めて、黒木が海外から送った段ボール箱をみっつ下ろした。黒木はポーターを呼んでこれをカートに積んでもらい、先に行ってますねと真行寺に声をかけてから、エレベーターホールに向かって行った。

真行寺は再びバンに乗り込んで、ホテルの裏手の駐車場まで運転し、そこで車を乗り捨てた。この車は、駐車場のチェーンが始めたカーシェアリングを利用して、サランが黒木を乗せて高尾の真行寺邸まで運転してきたものだ。真行寺は、着替えの入ったボストンバッグを提げて、ホテルに戻った。

フロントで部屋番号を告げて、数日間だけ相宿《あいやど》する者だと伝えた。伺っております、と言ってフロントマンは宿泊カードを突き出した。デタラメな名前と住所を書いた。これは犯罪である。黒木と出会ってからというもの相当な数の違法行為を重ねているな、と思いながらボールペンを走らせた。

そうせざるを得ないのは黒木がお尋ね者だからだ。出会ったばかりの頃、黒木に腕を振るってもらい、真行寺は大胆な違法捜査をやった。しかし、黒木は真行寺が目論《もくろ》んだ以上に不敵で放胆な行為に及んだ。そのせいで赤っ恥をかかされた公安警察は黒木の行方を必死で追っている。その黒木がいま警視庁の目と鼻の先のホテルに投宿しているというのは皮肉である。もちろん黒木というのも偽名だ。本名は真行寺さえ知らない。知らないでもかまうものかと思っている。いや、マズい気もしてはいる。なぜ人は本名を知らないと不安になるのだろうか。それは人が名前と一緒に社会のシステムに組み込まれているからだろう。黒木はそのシステムの外側にいた。それはとても危険なことであった。そして同時にそこには、自由の匂いがした。

ノックをした。ドア越しに「入ってください」と聞こえたので、もらったカードキーでドアを開けた。

黒木は広々としたベッドの上に胡座《あぐら》をかき、ドライバーを握って段ボール箱から取り出した部品を組み立てていた。

「それはなんだ」と真行寺は訊いた。「アンプだと思ってたんだが、ちがうみたいだな」

「これはね、携帯を追跡して情報を抜き取る、まあ言ってみれば高度な盗聴器です。小柳が誰からアドバイスをもらってるのか知りたいんでしょ」

確かに、そういうことができればいいな、とは言った。と同時にそれは、黒木に助けを乞うことでもあり、違法捜査も辞さないぞということをほのめかす表現でもあった。

「で、その小柳ってやつが国会の質疑中にも誰かに色々と講義を受けているってのは本当なんですか」

ドライバーを使ってネジを回しながら、黒木は言った。

「いやそこまではまだわからない。ただ――」

衆議院食堂の円卓で小柳が誰かからの電話を受けた時の光景を脳裏に甦らせながら、真行寺は続けた。

「小柳は電話に出る前に、豆粒ほどの黒いイヤホンを耳の中に押し込んだ」

ああ、ハンズフリーで会話ができるやつですね、と黒木は言った。いまは耳の奥まで入れて外からまったく見えなくすることができる。マイクも発声する空気の振動じゃなくて、頭蓋骨の響きを拾うんですよ、と説明してくれた。

「その時小柳は誰かと会話をしていた。その間ずっと俺は小柳に張り付いていたけれど、通話が終わった後も、あいつはイヤホンを耳から抜かなかった。絶対に国会の質疑応答の時にも入れていたと思う。そして、黒幕からずっと助言をもらっていたにちがいない」

この想定からすると、議員食堂の前で通話中の小柳が漏らした、「焦らずにゆっくり頼む」も理解できる。

ほかの議員から出た質問に対して、黒幕が答えを出す。これをイヤホンから聞いたのちに小柳が答弁席へと移動するのである。黒幕が早口で喋ってしまうと、小柳のほうが聞き取れなかったり、また聞き取れない場合、議場の中では「もう一度頼む」と問い返すことができないのだから、「ゆっくり頼む」とあらかじめ念を押しているのだ。こう考えると、小柳が質問を受けてから、ちょいと間《ま》を置いてから立ち上がり、答弁席に向かうのは、鷹揚《おうよう》なふりをしつつも、すぐには行動に移せない事情によるものだと理解できる。

「なるほど、小柳の携帯電話の番号はわからないんですよね」

「わからないな」

「では、スカイ・プレイヤーの手島って人の番号は？」

「ああ、今日はショートメールを送ってきたので、そのとき手に入れた」

「じゃあ、手島の通話から割り出しましょうか。——よしできたぞ」

三つの箱に入っていたパーツを合体させると、ミカン箱ほどの大きさの銀色の四角い箱が出来上がった。黒木はそれを、窓辺に置いてある円《まる》いテーブルの上に置いた。

「それはどういう仕組みで、つまりその……」

警官という職業柄、盗聴という言葉を口にするのははばかられた。

「これ、日本の警察では使ってませんか」

「俺たちは盗聴しないんでね」

「アメリカも令状がない限りこれを使っちゃ駄目なんですが、結構バリバリやってますよ」

「そんなもんどうやって持ち出したんだ」真行寺はあえて訊いた。

「持ち出してませんよ、中身を覗いて真似して作ってみたんです。うまくいったらおなぐさみ」

　そう言って黒木は組み上がったアルミの箱を、机の上のノートパソコンにケーブルでつないだ。

「そもそも、携帯番号がわかっただけで、どうやって盗聴できるんだ」

「こいつはね、携帯電話の基地局になりすますんですよ」

「なりすますって」

「基地局と同じ電波を発信するんです。たとえばソフキンだったら、ソフキンと同じ電波を出す。すると、ソフト・キングダムの携帯はみんなここが基地局だと勘違いして、自分の情報を渡してくれるんです。ここからはほら国会議事堂が見えるでしょ。だからこいつから電波を飛ばして網をばーっと投げてやれば、日本の政界の主な人間の携帯の情報はみんなもらえちゃいます」

「そんなことしていいのかよ」

「あはは、僕ら毎回こういう会話してますね。よくないに決まってます」

　だよな、と真行寺はつぶやいた。

「でもアメリカはかなり大胆にやってますよ。少し前に日本の高官の携帯をアメリカが盗聴していたってことがリークされて話題になりましたよね」

　そういえばそんなことがあった気がする。

「ドイツなんか首相の携帯が十年に亘《わた》って聴かれていたみたいです」

それは知らなかった。

「誰がやったんだ」

「ドイツのアメリカ大使館。そこにいたNSA《国家安全保障局》職員でしょう」

「いつの話だ?」

「記事が出たのは六年くらい前かな?」

真行寺は耳を疑った。口を開けば自慢話と問題発言を連発する現大統領なら驚かないが、六年前までの約十年間となると、リベラルだと目されていた前大統領の時代にも盗聴はしていたということになる。

「表ざたになったのか」

「一応。——できました。さて、ビールでも飲みますか」

飲みたいけどあるのか、と真行寺は訊いた。黒木は受話器を取って、ルームサービスでビールを二杯注文した。真行寺は、一杯いくらするんだろうと不安になり、当然ビール代ぐらいは払うべきだと思い、そして、捜査にここまで協力してもらっているんだからビールくらいつき合おうとも思った。

自分の職場を見下ろしながら飲むビールはうまかった。

真行寺は一番最初にするべきだった質問をした。

「新宿の轢死事件を追えと言った理由はなんだったんだ。ひょっとして殺された豊崎とは知り合いか」

「いや、僕がそれとなくウオッチしていたのはソフト・キングダムです」

「しかし、どうしてソフキンに注目してたんだ」

「別に大したことではないんです。朴社長は令和新党を推していた。ただ推してる理由がイマイチよくわからなかった。そのあと選挙で令和が勝った。これも気になった。まあハッカーの勘としては、ケンブリッジ・アナリティカ事件みたいな小細工はしてたんだろうなと思った」

「してたんだよな」

「ええ、ハッキングして潜り込んで調べたら、ソフキンはスカイ・プレイヤーに色々と情報を渡していたことがわかった」

「どんな」

「ツイッターとかFacebookの投稿の分析結果です。それと、〈オツレサン〉経由で集めた世代別、地域別の傾向です。それをベースにスカイ・プレイヤーは選挙運動の戦略を考えていたんでしょう。そのいっぽうでソフト・キングダムは〈オツレサン〉を使って個々人を狙い撃ちして誘導し、スカイ・プレイヤーをバックアップしていたんでしょうね。結構な金を渡してもいたので、スカイ・プレイヤーの社長が急死したから、これはなんかあったんじゃないかって思って、あのアカウントにメッセージを残したんです」

「そこまでわかっていたなら、先に全部教えてくれれば、よかったじゃないか」

「いや、会ってゆっくり話そうと思ってたら、先に真行寺さんが尻尾を摑んじゃっただけの話です」

これは嘘か本当かわからない。人を試すようなことをして喜んだりする男である。

「あと、僕がソフキンをウオッチしていた理由はもうひとつあるんです」

「なんだ、それは」

「ソフト・キングダムだけが華威《ファーウェイ》に対して、表向きは政府の意向、と言ってもアメリカ政府の意向ってことですが、これに従って排除の方針を打ち出してはいるものの、ぐずぐずしているからです」

「尾関議員もそんなこと言ってたな。なぜぐずってるんだ」

「本音では華威とつき合いたいんですよ。華威の通信技術は安くて性能がいいから、当然ですよね」

「でも、アメリカに睨まれるのはまずいだろ」

「いまはね。ただ、いずれは中国が世界最大の経済大国になるので、それまでどうしのごうかって考えているんだと思います」

「確かなのか、それは」

「まあ時間の問題でしょう」

「華威っていえば、森園が5Gで出演する中国公演の中国側の通信社が華威なんだよ」

「そのオファーはアメリカから受けたと白石さんは言っていましたけど」

「そうだ。ミュージシャンサイドが電話してきたみたいだ」

「またややこしい話ですよね、5Gについて中国とアメリカが覇権争いをしている中でアメリカのアーチストが、中国の5Gの技術を使って中国で公演するってのは」

「〝中国とアメリカの覇権争い〟って言葉はよく聞くんだけど、実態としてなんなのかってことがよくわからないんだよな。そもそも覇権ってなんだよ」

「覇権ってのは、どっちがイニシアティヴを握るかってことです。だからこの場合、5Gでは、アメリカと中国のどっちがこれから世界の通信産業を牛耳るかってことになります。イニシアティヴをとれば、自分に都合のいいルール作りができる。つまり、それ以外の国にとっては、アメリカと中国のどちらについていったほうが得かってことを意味します」

「ちょっと待てよ、日本がイニシアティヴを取るって可能性を忘れちゃ困るぜ」

「いや、それはないんです」

「どうしてだよ。日本だって技術じゃ負けてないだろう」

「なに言ってるんですか、ぜんぜん負けてますよ」

「負けてるのか、日本の通信技術が、中国に？」

「当然です。業界の評価《スコア》では日本は韓国の下にきています」

「まいったな。日本人ってのは頭がよくて、技術力が高いこと以外は取り柄がないと思ってたんだ」

「それは認識が甘い。とっくの昔に抜かれました。アメリカでさえ中国に先を越されてるんだから」

「てことは中国はアメリカよりも上ってことなのか」

「いまはそうなってます。昔はアメリカが群を抜いていた。けれど中国も必死に研究して、いまや中国の技術なしに世界の5Gは回らないというような状況です」

「でも、アメリカはなんでそんなにあっさり抜かれたんだ」

「甘く見ていたんだと思う。伝統的にアメリカ人は中国人を馬鹿にするようなところがあるんですよ」

「じゃあアメリカは、自分たちが馬鹿にしていた中国にしてやられたってことか。それは愉快だな」

「真行寺さんは愉快かも知れませんが、アメリカはカンカンです。技術を盗まれたわけですから」

「盗んだっていうけど、留学生を送り込んで勉強させて、帰国後その技術を普及させたわけだろ」

「そのくらいなら〝サンツゥーにしてやられた〟なんて大騒ぎしないでしょう」

「なんだよ、サンツゥーってのは」

「孫子《そんし》ですよ、中国の兵法書の。その最初に〝兵は詭道《きどう》なり〟って書いてある。つまり、現代風に翻訳すれば、〝戦《いくさ》ってのは騙し合い〟だってことです。これは本来はアメリカのお家芸なんですけどね、その本家がお株を奪われたんだから、悔しいでしょう」

「つまり、中国が産業スパイを送り込んでたってことか」

「そうなんですよ。実際、アメリカの情報技術産業はアジア系が技術の担い手の中心になっているから、潜り込みやすかったんです。気がついた時にはもう遅かった。怒ったアメリカはいい加減にしろとブチギレて、華威の副社長の身柄をロンドンで拘束した。イギリスは通信ではアメリカの同盟国だから、そう言われたら逮捕しないわけにはいかない。あれは完全な別件逮捕なんだけど、そこに至る経緯《いきさつ》はイギリスもわかっているから、リクエストに応えざるを得なかったんです」

黒木の解説が、まだ記憶に新しいニュースを、思いもよらない角度から照らし出し、まったく異なる様相で再び浮かび上がらせた。

「ただ、イギリスは保釈すると思いますよ」

「どうしてだ、イギリスは完全にアメリカと同盟を結んでいるんだろ」

「けれど、中国がイギリスへの投資と工場建設をやめると脅したらどうなりますかね。EUからの離脱を控えて、イギリスには中国の経済力がどうしても必要ですから」

「てことは同盟国を裏切る……」

「僕の予想ではね。――とにかく、いまや世界の通信業界ではアメリカと中国の立場は逆転しています。残念ながら日本は問題外。だって華威は研究費に年間うん兆円もつぎ込んでるんですよ、それに負けるなって言ったら研究者がかわいそうです」

「そうか」と真行寺は言った。「そこでMMTが登場するんだな。中国やアメリカに追いつき追い越すために、情報科学の研究に財政出動しようって計画を練っているんだ。実は小柳が狙っているのは、福祉とか教育とか防災とかは見せ球で、情報産業と情報技術による防衛に金をつぎ込むことなんじゃないか」

これはなかなか鋭い着目だと真行寺は自惚《うぬぼ》れていたのだが、黒木からは、そうなんですか、へえ、というぬるい反応しか得られなかった。

「これからの軍事は情報戦だと、出演したラジオ番組で小柳が言っていたな」

「まあ正しいですよね」

「小柳は〝ヒューミントからシギントへ〟なんてことも口走っていたけれど、これはどういうことだ」

「ヒューミントっていうのは、ヒューマンつまり人間が潜入したりして情報を取る〝スパイ大作戦〟です。もう一方のシギントっていうのは、信号《シグナル》つまりその……僕の仕事です。情報技術を使って情報を抜き取ったりするわけです」

要するに盗むってことだ。

「攻撃よりも防御のほうが難しいってのも本当なのか」と真行寺は訊いた。

「ええ、本当です。逆に防御ができることを示すと相手はもう攻撃してこなくなったりもします」

「なぜ」

「譬え話で説明しましょうか。これまでこちら側に着弾していた弾を跳ね返したとします。相手はこちらのディフェンス能力が上がったことを認めざるを得なくなる。そして、この能力をこんどは攻撃に転じた場合どのくらいのダメージを食らうだろうかと考える。その想像は脅威に転じる。そうして、ヘタに手を出さないほうが身のためだと判断して、もう撃ってこなくなります」

　まさしく専守防衛だ。

「そうか、最近の小柳が軍事力増強の必要性は説くものの、愛甲の改憲論とは一線を引いていたのは、そういうことなのかもしれないな」

なるほど、と黒木は言ったが、実感がこもっているようには聞こえなかった。

「君は理系だけれども経済学も詳しいのかな」

気勢をそがれたような気分になって、真行寺は話題を変えた。

「経済学ですか、できれば遠慮したい学問ですね」と黒木は笑った。「あまり好きじゃないというか……」

　好き嫌いを訊いてるんじゃないぞ、と思った真行寺はかまわず続けた。

「それで、MMTなんだけどさ」

「ああ、確かに流行《はや》ってますね」

「あれは理解できるか」

「理解はできますよ、簡単ですから」

「簡単かな。けれど、その根底には銀行ってのは預金を生み出す打ち出の小槌があるってトンデモ前提があるじゃないか」

「信用創造ですね。昔のトンデモはいまのジョーシキです」

「そうなのか。で、どう思う」

「どう思うってのは？」

「正しいと思うかい、あれは」

「正しいんじゃないんですか、うわべの理屈は」

「正しいのか」と真行寺は念押しした。

「ええ、簿記のレベルにおいては、正しいと思います」

「簿記のレベル？」

「MMTって、真行寺さんがイマイチ腑に落ちないって言ってる信用創造のところを外しちゃえば、簿記の理屈に似てるんですよ。ためしに白石さんに説明してあげたらどうです。最近簿記の二級の免許取得に向けて勉強しているそうだから、すぐに理解しちゃうと思いますよ」

サランが簿記を学んでいることを、黒木に教えられるとは思わなかった。

「MMTが正しいってことは、小柳の政策提言は正しいってことになるんだぞ」

「で、その正しい、とはどういう意味で言ってるんですか？」

どうしてこうも今日の黒木はまどろっこしいんだろうと、真行寺は若干いらだった。いつもはお前はもっとキレてるじゃないか。

「つまり、じゃんじゃん刷って、公共事業でその金を市中に撒くってことをやりたいみたいなんだが」

「〝有効需要の創出〟ってやつですね」

「そんなややこしい単語は使わないでくれ。とにかく金を刷る。公共事業を発注して、刷った金を事業者の手に握らせる。そうすれば世の中に金が増える。金が増えたら、人は金を物と交換したくなる。物が売れる。インフレになる。つまりデフレを脱却して経済成長へゴー。こういうシナリオなんだが」

「正しいって言えば正しいんですよ」

黒木の返答はどこか留保つきだった。真行寺はさ、ぐ、りを入れた。

「手がつけられないようなインフレになったらどうするっていう反対意見があるのはどう思う」

「手がつけられないインフレってどんなのですか」

「わからんよ、俺が言ってるんじゃないから」

「第一次大戦後のドイツとか？　そんなものと比較するのって極端すぎませんか」

「じゃあ、正しいと君は思うんだな」

「正しいと言ってもいい」

「正しいことはやるべきだろ」

「べきです」

「……なんだよ、話が終わっちゃったじゃないかよ」

「いや終わりません。こういう風に考えてみませんか。MMTは理屈としてはシンプルで、かつまた正しい。そして何より、国民に人気が出る政策に応用できる。さらにその正しさを援護射撃する事実《ファクト》も揃っている」

「そうだよな。異次元の金融緩和をしても財政破綻はしていない。これは事実だ」

「ただMMTってのはどこか薄っぺらいんですよ。その薄っぺらさは、経済学ってものを僕が警戒している理由と関係がある。経済学全体が表面的で薄っぺらいように僕には感じられるんです」

「薄っぺらいって……。ほとんどすべての大学に経済学部はあるんだぜ」

「そうなんですよ。冗談としては面白くはあるんですけど」

「薄っぺらい理由は？」

「人間を見くびっているからだと思います」

「その薄っぺらさってのを教えてくれないか」

そうだなあ、どこから話しましょうかね、と黒木は言ったあと、

「モデルってわかりますか」と訊いてきた。

モデル。モデルならサランが昔やっていたそうだぞ、と真行寺が言うと、へえ、そうなんですか、まあそう言われてもあまり驚きませんが。でもそっちのモデルじゃないんですよ。じゃあどっちのモデルなんだ。そう訊くと黒木は、

「モデルってのは現実から本質的なものだけを抜き出して、抽象化する作業です」とまたわ

けのわからないことを言った。

　始まったな、と真行寺は思った。

「モデルっていうのは数学でよく使われます。真行寺さんはピタゴラスの定理っていうのを知ってますか」

「直角三角形のふたつの短辺をそれぞれ二乗して足したら、長辺の二乗に等しくなるってやつだろ。いくらなんでも馬鹿にしすぎだ」

「そうです。いまから二千五百年前のギリシャで発見されました。この定理はいまでも有効で、これをつかって、現実のいろんなものを計算し、測定することができる。つまり現実とモデルがぴったり合っているわけです。ここいらへんが、『理論ではこうなっているけれど現実はちがうぞ、おかしいな』ってしょっちゅう首を傾げている経済学とちがうところです。けれど、そもそもこの世の中に純粋な直角三角形なんてものはありませんよね」

「うん？　どういうことだ」

「〝直角三角形〟というのは抽象概念だから。純粋な直角三角形というものは存在しません。長さはあるが面積がない〝線〟、位置はあるが面積も長さもない〝点〟なんてものが存在しないのと同じです。現実から本質だけを取り出した〝抽象〟がモデルだってのはたとえばこういうことです」

　とりあえずわかった。

「このモデルって考え方を社会科学で最初に取り入れたのが経済学でした。経済学は、人間ってのは自分の利益を最大化するために合理的に行動するんだってモデル化する。でも、僕に言わせれば、それは人間ってものを見くびっているんですよ。そもそも〝自分の利益〟なんてのはどうやって計測すればいいんでしょう。それに、真行寺さんは自分の利益を最大化するために合理的に行動してますか。してませんよね。その証拠にいまだに巡査長じゃないですか。僕にしたってそうです。経済学は物と通貨の取引を等価交換《とうかこうかん》と考える。金と物を交換してもしなくてもいいと感じる数字を〝評価額《ひょうかがく》〟なんて言ってるわけです。でも、ハッカーとして技術を売ってる僕が、それもこう言っちゃなんだけど業界の中ではかなりの評価額がついている僕が、真行寺さんにその技術を供給しているのは、これは交換を求めているわけではありません。僕が真行寺さんへ一方的にプレゼントしているんです」

かたじけない、とだけ真行寺は言った。

「これを人類学では、〝贈与《ぞうよ》〟なんて言う。別の言い方をすれば、僕が真行寺さんにかけた〝呪い〟です」

真行寺はぞっとした。

「呪いをかけられていることは真行寺さんだって自覚しているはずです。だから僕がなにかを頼んだらそう簡単には断れない。そうでしょう。でなければ真行寺さんは人間としてはクズです。なぜなら互恵性のほうが交換なんかよりも人間の本性に根ざした行為だから。人間だから呪いがかかるんです。かからないやつは人間としてはクズだ。インターネットだってそうですよ。いやインターネットこそこんな時代に互恵の精神で、インフラ整備に関わったものが利権をむさぼることなく、誰彼なく無償で情報を運べるシステムだった。グレートフル・デッドに詩を提供していたバーロウだって、インターネットは交換が行われる市場とはちがうんだって意味を込めて、『サイバースペース独立宣言』を発表したんだと思うんです」

ほんのすこし黒木の歴史をかいま見た気がした。コンピュータ産業やインターネットがこの世界をより良い方向へと導くと夢見ていた時代《とき》が彼にはあったのだ。

とにかく、と黒木はため息まじりに言って続けた。

「交換なんかやりだしたのは、人類が誕生してからずっと下ってつい最近のことなんですよ。ところが、金融業っていうのは、贈られることによって負い目が生まれるという人間らしさをへんな具合に使い始めた。経済から贈与ってものが交換に取って代わられたように見えて、贈与は近代経済の地下に潜り、〝あげているのではなく、貸しているんだ〟や〝返したいけど返せない〟って状況で生まれる負い目を利用して、相手を支配し始めたわけです」

今日の黒木はなんだかへんだった。いつもならもう少し整理して説明してくれるところを、情動の赴くままに言葉を吐き出しているように見えた。

「つまり、贈与は借金というスマートな契約になったけれど、贈与の呪いは消えたわけじゃない。経営者は株主の呪縛から逃れられないし、貸し剝がしする銀行のそいつからも同様です。つまり、借金ってのは、借り手から利子を取るためではなく、貸した相手をコントロールするためにある。だから借金は返してもらっては困る。アンコントローラブルになるから。これが借金の本質です」

真行寺は持ち家を売って住宅ローンから解放され、なんだかせいせいした日を思い出し、「じゃあ借金しなきゃいいわけだな」と言った。

「ところが困ったことに、もはやグローバル金融経済は借金で回っているってのが実状なんです。いまや借金なくして経済成長なしって時代に突入した。コツコツものを作って、それを売って地道に稼いでる場合じゃない、さっさと生産から金融にパワーシフトしようぜって提言が切実な時代に入ったんですよ。実際いまは、借金を元手にレバレッジを利かせてさらに借金を膨らませ、リスクを取って勝負を仕掛けて勝利を収めた企業家がもっとも脚光を浴びる時代です。そして、こういうチャレンジは成功するとめちゃくちゃ儲かる。そんなに儲けてどうするんだってくらい儲かるわけで、このような勝者が経済全体を活性化させる。いまはもう、借金という形で自分の自由の一部を切り売りしてでも、巨万の富に向かって無謀にも走り出すやつがいないと資本主義ってのは成り立たない、はじけるとわかっていてもバブルは起こさないといけないんです。いまや世界中で借金はべらぼうに膨らんでいるので、贈与の時代のように、贈られた側が贈った側に時を経てお返しし、呪いを解くということはもうできない。つまり呪いがないと資本主義はシステムダウンしてしまうわけです」

頭が痛くなってきた。

「で、ここで話はMMTに戻りますが、MMTでは借金は帳簿に載った単なる数字です。そして、展開される理論は簿記みたいに金の出し入れに終始し、誰にでもわかるようになっている。だったら、これでいけばいいじゃんという声も上がりやすい。けれど、MMTのモデルには、金主の大元締めの中央銀行って存在があるにはあるがないのと同じ、政府のいいなりってことになっている。つまり、誰が借金を負い、誰が負わせているのかの主体が明記されていない。つまり借金の呪われた部分がモデルから抜け落ちている。そんなモデルが、負う側と負わされた側の非対称な構造が経済を回しているいまの現実に通用するのだろうか。これが僕の疑問です」

　黒木の言葉は深い洞察と知識で鍛え上げられたものだと知れたが、同時にまるで文学のようにも聞こえた。真行寺は考え込んでしまった。言葉の層《レイヤー》がちがいすぎやしないかとも思った。経済学者はともかく、小柳のような政治家や中町のような官僚、つまり実務に携わる者が、このような哲学的な言葉で思考していては、国政の運営や公務にかえって差し障りが出るだろう。

「だけどさ、選挙運動を手伝っていた手島はＭＭＴを宣伝ツールだと言っていたんだ。俺なんかはそこんところはなるほどとは思うんだよ。つまり、政策提言に根拠を与える理屈としてはなかなかの優れものなんじゃないかってさ。これを使ってえいやとデフレ脱却のための財政出動につなげようという気持ちはわからないでもないだろう。いま日本はあちこち傷んでいるんだから」

　そう言うと、黒木はなんだか憑《つ》き物《もの》が落ちたようにきょとんとして、それからフーッとため息をついてから、ビールをくいと飲み干し、まあそうですね、と言った。

「ＭＭＴって一見いかにも使えそうな道具を派手に振り回すのはどうかと思いますが、財政出動をやりたければやればいいんじゃないですか。日本経済はまだ国債を買えるだけの余力を残していますから。いまこそ財政出動をするべき時だというコンセンサスが得られれば、やってもいいとは思いますよ」

どうでもいいような口調で黒木がそう言った時、スマホが鳴った。

真行寺はジャケットのポケットからスマホを取り出し、ベッドの上に投げ置くと、スピーカーフォンにした。

「おつかれさまです」と真行寺は言った。「まだ署に詰めているんですか」

――ええ、色々と雑務もありましてね。巡査長はもうご自宅ですか？

「いえ、一度家に帰ったんですが、また本庁の近くまで出てきました」

――ごくろうさまです。

いえいえ、と真行寺は言った。まさか桜田門の近くの帝国ホテルでビールを飲んでいるとは家入も思ってないだろう。

――それで、スカイ・プレイヤーの手島のことなんですが。

「なんかありましたか」

――あるというか、ないというか……。とにかくちょっと変なんです。

「なにが？」

――スカイ・プレイヤーって会社は、大手の広告代理店に勤めていた豊崎が三年前に独立して立ち上げた会社です。なので、年齢から考えると、手島には前職があると考えてまちがいないはずです。

まあ、そうですよね、と真行寺は言った。職歴がないとしてもなにかはしていたはずだ。

――それで、本人に電話して訊いてみたんです。まさか、そのくらいの質問はなんてことないだろうと思って、気軽な調子で。

俺もそうするだろう、と真行寺は思った。

――ところが、それを訊くのはどうしてか、と問い質された上で、個人情報なのでしかるべき理由を聞かせて欲しいと言われた。

「それは変ですね」

――変でしょう。変だという思いと、簡単に取れると思っていた情報が取れないのとで、ふがいなく思うところもありまして。

ありがとうございます、と真行寺は言いながら、あいかわらず丁寧だな、と思った。

「ただ、手を尽くせば取れるんじゃないですか。俺のほうでも調べてみますよ」

――調べる、巡査長が？　なにかつてでもあるんですか？

「あるってほどでもないんですが、ちょっと相談してみます」

そう言って真行寺は、黒木を見た。黒木は、人さし指で自分の鼻の頭に触れた。真行寺はうなずいて、「なにかわかったら連絡いたします」と言って通話を切り上げた。

「君ならわけないだろ」

そう言って真行寺は、品のいい細長いグラスに入ったビールを飲み干した。

それはそうですけど、と黒木は笑った。

「個人情報を提供しないで生きるってことは、本当に難しいですからね」

そう言って黒木は洗面所に立った。

残された言葉は、黒木の口から出たことで、現実味を増して真行寺の胸をふさいだ。黒木はおそらく偽の個人情報をばらまき、本当の自分をカモフラージュしながら生きている。類《たぐ》いまれなる知性と腕を持ちながら、なぜそんな人生を選択したのかは、手島の素性以上に知りたいところではあった。

じゃあ僕はもう寝ますよ。シャツとトランクス姿で戻ってきた黒木は、そう言ってさっさとベッドに潜り込んだ。

真行寺はルームライトを消してやった。それからシャワーを浴びた。真っ裸のまま歯を磨き、部屋着に着替えてベッドルームに戻ると、黒木はもう寝息を立てていた。真行寺はまだ眠れそうになかった。ジャケットを羽織って、部屋を出て、エレベーターに乗った。

一階のラウンジですれ違ったポーターを捕まえて、一杯引っかけられるところを訊くと、中二階にあるバーを教えてくれた。

石の壁が印象的な古風なバーのカウンターに座って、バーボンをショットで注文した。こういうところだともうちょっと洒落《しゃれ》たものを頼むべきだったのかもしれないが、アルコールについてはたいした教養を持ち合わせていなかった。目の前に置かれたきれいな切子細工が施された青いグラスを手に取って、バーの淡い光に透かした。

カウンターのすこし離れたところからスーツを着た西洋人が、見とれたような視線をこのグラスに寄越した。その物腰からアメリカ人だと思われた。こういう凝ったグラスはアメリカのバーにはないだろう、と真行寺は自慢したくなり、しばらくそのままバーの灯りを、四角い角《かど》を複雑にカットしたグラスの胴に透かしたままにしていた。

金《かね》ってやつは不気味なところがある、と黒木は言っていた。黒木が教えてくれたことで直感的に理解できたのはそこだけだった。それは自分が〝奥底〟という言葉で表現したものと似ていると思った。我々の金《かね》のやり取りの奥底には、通り一遍の理屈では通らないような怪しく謎めいたものがある。その魔力に似たものの上に経済があるのだから、うわものの理屈だけではどうにもならないって思いが真行寺の心を占拠しはじめていた。

もう一杯だけ飲もうと、空のグラスをバーマンに突き出した。アメリカ人と思しき西洋人はいつの間にか消えて、代わりにポロシャツを着た男ふたりがカウンターに座を占めて、中国語で喋っていた。スツールの上でやや斜めに座ってかなり大きな声でやりとりするその姿はエネルギッシュで、中国経済の勢いを連想させた。

最近は中国人を中心に、やたらと外国人が観光にやって来るようになった。各国が経済成長する中で日本だけがぴたりと成長をやめてしまっていたので、いつの間にか日本は物価が安い国になってしまったのである。インドネシアのバリ島でガムランを聴いて、焼き飯《ナシ・ゴレン》や焼き鳥《サテ・アヤム》の安さが気の毒になった二十代は遠い昔、いつの間にか日本は安いと感心される側に回った。要するにジリジリと貧乏になっていったってわけだ。

大きな笑い声が起こった。横を見ると、中国人ふたりがさも愉快そうに哄笑《こうしょう》していた。それは結構だが、その声が少々でかすぎた。笑い声は、石の壁に当たって、静かな店内にうつろに響いた。店内の何人かが、このふたり連れを見た。すこし声を抑えろと言おうと思ったが、楽しくやってるところに水を差すのも気が引けた。バーマンにも少し躊躇《ちゅうちょ》している様子が見て取れた。すると、カウンターの端に座っていた眼鏡をかけた丸っこい輪郭の男が、手にしていた電子書籍のタブレットを置いて、そのふたり連れに歩み寄ると、中国語でひと言ふた言なにか囁《ささや》いた。その態度には威圧的なところはまるでなく、むしろ友好的だった。言われたほうも、そうかそれは申しわけなかったな、とでもいう風にうなずいて、満面に浮かべていた笑いもそのままに、カウンターのほうにもう一杯注文した。

眼鏡の男は自分の席へと戻った。腰を下ろし黒い端末を再び手にした時、真行寺と目があった。交差した視線で、自分が男を見ていたことを真行寺は自覚した。自分に代わってこの場をうまく収めてくれた気がして、軽くグラスを持ち上げて会釈した。相手も、三角のカクテルグラスをつまんでこれに応え、そのまま中身を飲み干した。

バーマンが空になったグラスを下げ、なにかお作りしましょうか、と言った。男はいやもう結構です、と言った。それはネイティブの日本語だった。

真行寺も残りのバーボンを飲み干した。そして、カウンターに座ったまま現金で勘定を払った。財布から一万円札を抜き取った時、〝日本銀行券〟という文字が目に入った。それをぼんやり眺めていると、いつになったらそいつを渡してもらえるのかと困惑気味に立っている店員に気がついた。日本銀行券を渡し、別の日本銀行券をもらった。これで、バーボン二杯分の等価交換は完了した。真行寺はバーを出た。部屋に戻ると、黒木は寝息を立てていた。その隣のベッドに潜り込み、目をつぶった。なんとなく嫌な気分だった。金《かね》の夢だけは見たくないと思った。

目を覚ました時、隣には黒木の姿はなかった。どうしたんだろうと思ったが、寝そべったままテレビをつけて、朝の天気予報を見ながらぐずぐずしていた。今日はぐっと涼しくなって過ごしやすくなりますよ、と気象予報士の若い女が言っていた。

ドアが開いて、黒木が入ってきた。トレーニングウェアを着て、汗をびっしょりかいている。ホテルのジムで軽く運動してきたらしい。

「シャワーを浴びます。ルームサービスで朝食を頼んでおいてください」

そう言ってバスルームに消えた。真行寺はホテルの案内を開いて、一番安いモーニングセットを注文した。

Tシャツに薄いパーカーを着て戻ってきた黒木は、デスクの上にノートパソコンを据えると、

「では、スカイ・プレイヤーの手島の携帯番号をください」と言ってそれを立ち上げた。

真行寺は、黒木の前にスマホを置き、手島からきたショートメールの受信画面を見せた。黒木はそれをタップして、電話番号を表示させ、自分のパソコンに打ち込んだ。

「これを受信したのは、相手も真行寺さんも国会議事堂にいたときですよね」と黒木が確認した。真行寺はそうだと答えた。「じゃこのへんの基地局を経由して送っているはずです。まずドコモから調べますか」と言ってノートパソコンをいじりだした。

黒木は、主だった日本の通信会社のネットワークの構造は知悉《ちしつ》していると言っていた。構造がわかればその内部に潜り込むのはわけないいんだそうだ。セキュリティの不備を指摘してそれを修繕するパッチをあてがった会社もあるそうだ。嘘なのか本当なのかはわからない。ただ、目の前で、電話会社のネットワークに潜り込み、通話の履歴を閲覧してもらったことはある。

「これだな、手島一夫。使っているのはソフト・キングダムです。ちょうどいま、この周辺にいますね」

小柳のマネージジャーのようなものだから永田町の周辺にいるのは不思議ではない。

「じゃあ、もらっちゃいましょう」と黒木は言った。「そのマイ・スティングレイの電源入れてください」

真行寺は窓辺のテーブルの上に載せられた、アルミ箱の電源スイッチを入れた。アルミ箱からはコードが延びて、机の上のノートパソコンにつながっていた。

「電源を入れるとどうなるんだ」と真行寺は訊いた。

「いまはソフト・キングダムのモードにしてありますから、ソフキンの端末は、こいつが基地局だと思って自分の位置情報を送ってきます」

「このへんにいるのがすべて位置情報送ってきたら大変な数になるんじゃないのか」

「なるんですよ。それがバルク傍受です。とりあえず、もれなくかき集めちゃいます」

まるで地引網だ、と真行寺は思った。

「膨大な数にはなるんですが、手島の携帯番号はわかっているので、そこから抜き出すのは訳ありません。ほら出た」

「ソフキンのネットワークに潜り込んだんだから、そこから情報を拾えばいいんじゃないのか？　なんでわざわざこのアンテナにおびき寄せなきゃならないんだ」

「電話会社からわかるのは、通話の履歴だけ、つまり何時何分にどのあたりにいて、どの番号とどのぐらいの長さを通話したかってことだけです。僕らは、小柳浩太郎の番号が欲しいんですよね。それを手島の通話履歴からしらみつぶしに調べていくのは面倒じゃないですか」

「面倒だからどうするんだ？」

「網に引っかかってくれさえしたら、スマホの中の内容は全部抜き取ることができるんです、そいつを使ってね」

そう言って黒木は鈍く光るアルミの箱を指さした。

「とりあえず手島のスマホに入っている連絡先はみんなもらっちゃいましょう」

こともなげにそう言ったので、真行寺は戦慄《せんりつ》した。

「三百件ほどありますね。ここから検索をかけます。……へえ、面白いなあ」

「なにがだ」

「小柳浩太郎の名前では登録がないんですよ」

「どうして」

「おそらく受信画面に小柳の名前が出るのを嫌ってるんでしょう。だいたい手島の番号も本人の名前で登録されてなかったし」

「え、どこになっているんだ」

「ソフト・キングダムですよ。つまり法人契約した一台を渡しているんだと思います」

「どういうことだ」

「それはおいおい明らかになるでしょう。いくら小柳の名前を伏せていても、ここ二週間ほどで通話した番号のどれかに該当するはずです。まずそれをピックアップして並べちゃいましょう。これです——二十件ほどに絞られました。この二十件のうちのどれかに小柳が持っている端末とのやりとりがあるはずです」

「つまり、二十件に片っ端から電話をかければいいわけか」

「それでもいいんですけど、やり方としては無粋ですよね」と黒木は笑った。

「粋か無粋かなんてことは、刑事は気にしないんだけど、せっかくだから粋なやり方を教えてもらおうか」

黒木はテーブルの上のアルミのボックスを手で叩いた。

「このマイ・スティングレイでもういちど網を張ります。こんどは、三大キャリアのダミー電波をいっせいに出しておびき寄せる。すさまじい数の端末が引っかかりますが、その中からこの二十件のうちのどれかの個体識別番号がヒットすると思います。あとはそこから電波が飛んできた場所などで絞り込んでいけば、わかると思いますよ」

訪問を告げるチャイムの音がした。お、朝ご飯が来ましたね。受け取ってもらえますか、と黒木が言った。ただし、いちおう外は確認してくださいね。

ワゴンで受け取った朝飯を、テーブルと机がふさがっているので、ベッドの上で互いに食べた。トーストをかじりながら黒木が、

「真行寺さんはいまはやることがないので、いったん会社に、あ、会社ではないのか、とりあえず顔を出してきてください。あとはやっておきますよ」と言った。お言葉に甘えてそうさせてもらおう、とゆで卵の頭をスプーンで叩きながら真行寺は言った。


歩いて出勤するなんて、僻地《へきち》の交番に飛ばされでもしないかぎりはあり得ないな、と思いながら登庁した。ひょっとしたら、それもいいかもな。離島の駐在所なんて通勤時間ゼロだ。夜中に爆音でロックを鳴らしても苦情は来ないだろう。事件だってせいぜい万引きくらいのはずだ。平和でいいじゃないか。そんなことをつい考える程、今回は尻尾を摑んでたぐっていった先の対象の図体がデカすぎる気がする。そもそも誰かを逮捕してすむ問題なのかさえよくわからない。ときどきこういう事件に首を突っ込む羽目になる。真相は摑むものの、誰にも手錠をかけられない。逆にこちらが危ない目にあう。割に合わない。できれば定年まで

勤めて、退職金はきちんともらいたいものだ。

刑事部屋に入り、同僚たちと挨拶をかわし、机に座って申し訳程度にペンを動かしたあとで、作成した申請書を手に水野課長の机の前に立った。

「どういうこと」書類を見た水野は怪訝な顔を真行寺に向けた。

「念の為です。万が一に備えて日頃から鍛錬を怠ることのないようにするのが警官の義務でありますから」

これを聞いた水野は、射撃訓練の命令書に押印し、真行寺のほうへそれを突き出した。一礼して受け取って下がろうとしたところを、「ちょっと」と呼び止められた。

「どうなってるわけ」

「まもなく詰めに入ります」

それだけを言うとひょいと頭を下げ、何か言いたげな水野を置き去りにして、刑事部屋から退散した。

真行寺はすぐに銃庫からニューナンブを出し、それを脇に挿して新木場の術科センターの射撃訓練場に出かけて、五十発ほど撃った。

射撃は他の術科とは別種の才能が物を言うというのは警察官の間ではよく知られている。真行寺は、柔道も剣道も逮捕術もすべて苦手で、教官からよくいじめられた。しかし、射撃については、苦戦する連中を尻目に、次々と的《まと》に命中させ、同僚から「なんであいつが」という眼差《まなざ》しと、教官からは「やっとお前の取り柄を発見したぞ！」という賛辞をもらった。それは、ベトナム戦争を題材とした映画『フルメタル・ジャケット』で、日頃からグズ呼ばわりされていたデブの兵士が、銃を手にした途端にその才能を開花させたのを目の当《ま》たり《あ》にした教官が吐く台詞だった。もっとも、その兵士は教官をライフルで射殺したあと、自分も自殺を遂げるのだから、あまり笑えない冗談ではあった。

新木場から戻る途中で、テイクアウトのピザでも買って帰ろうかと、日比谷《ひびや》のミッドタウンの二階に上がった。レジの窓にはオプトのシールが貼られていた。オプトで買うと15％引きだと知って、財布を出すのが面倒なこともあり、スマホでQRコードを読み取ってもらいオプトで支払った。なにごとも慣れだなと思いながら、ピザの箱を提げてホテルに戻った。

〝起こさないでくれ〟の札がかけられたドアを開けると、黒木はベッドの上に寝そべってタブレットで読書していた。

昼飯を買ってきたぞ、と真行寺が言った。ルームサービスをとり続けたら夏のボーナスが飛んでしまうからな、と冗談めかしてつけ加え、途中のコンビニで調達した冷たい缶コーヒーを手渡した。

イタリアには行ったことがあるのか、と真行寺は訊いた。ありますよと黒木は答えた。やっぱり向こうのピザはうまいのか、と真行寺が訊き、日本のピザもうまいですけどね、向こうのピザは個性的なのがあって面白いですよ、などと黒木が言った。でも時々、こういう標準的な味が恋しくなっちゃうところは、われながら情けないとは思いますね。うまい。そう言った後で黒木が切り出した。

「小柳の電話番号はわかりました」

「確かか」

「確かかと訊かれれば、まだ確かではないと答えるしかありません。これもソフキンなんですが、調べてみると小柳の名前では登録されていなくて、手島と同じ法人契約の一台です」

「網に引っかかった場所は?」

「衆院の議員会館です」

それなら間違いないだろう。

「これからどうする」と真行寺が訊いた。

「知りたいのは小柳の背後にいる黒幕ですよね」

「そうだ」

「それを知ってどうするんですか?」

「わからない。知らなければ前に進まないような気がしているだけだ」

「では、小柳が黒幕と通話するのを待ちましょう。小柳の携帯はモニターできます。ちょっとそれ貸してください」

サイドテーブルの上に置いてあったBOSEの携帯用のスピーカーを指さした。

真行寺が取ってやると、アルミのボックスにつないでいたヘッドホンを抜いて、代わりにこの小さなスピーカーにコードを経由して接続し、スピーカー本体の電源を入れた。

「小柳が通話すれば、これでその内容が聞けるはずです」と黒木は言った。

「いまなにも聞こえないってことは、誰とも通話してないってことか」

「そうです」

だったらピザでも食べて待つしかない。もっとも、狭い車の中から被疑者のアパートを見張るのに比べたら、この状況はパラダイスである。裁判所の許可なく盗聴していることより、ベッドに寝そべって糸を引くチーズを口に押し込んでいることのほうが罪深く感じられた。

「オプトで買ったんですか、このピザ？」

手提げのビニール袋から、放り込んでおいたレシートをつまみ上げて、黒木が言った。

「へえ、オプトで買うと15％引きなんだ、それはお得ですね。でも、どうして1オプトが16円なんだろう」

「森園が言ってたぞ、コンピュータの処理の都合だって」

黒木は笑った。「どういう理屈ですか」

「いや、コンピュータと16って数字はなじみ深いんじゃないのか。ＣＤのビット数は16ビットだし……」

黒木は首を傾げた。

「気になるのか」と真行寺は訊いた。

「ちょっと」と黒木は言った。

真行寺はオプティコインのアプリを取り出し、森園が焼肉屋で読んだくだりを見つけた。

「オプティコインのベースとなるオプトランプをヘキサデシマル・プロセッションで演算処理をおこなって算出したものが1オプトで、端数は切り捨てて1オプト16円としております」

黒木は黙っていた。そしてしばらく経ったあとで、

「なんですかね、それは」と言った。

「君が俺に訊くのかよ」

「いちおう僕はコンピュータの専門家ですが」

「知ってるよ」

「いまの、僕にはデタラメに聞こえますが」

「デタラメって」

「仮想通貨では、例えばビットコインはもっとややこしいことをやっていて、そのレートの乱高下の理由を理解するのは大変なので、ほとんどの人は知ろうとしない。前に十万円で買ったものがいまいくらになっているのかだけを気にしている。それに比べると、1オプト＝16円はわかりやすいし、安定していて、損することはない。損するどころか色々と特典がついていて、大変お得だ。だから誰も突っ込まない。突っ込まないから、専門用語を適当にまぶしてテキトーなことを書いているんでしょう。けれど、コンピュータが1オプト1円で処理できないわけはないんです。これはデタラメです」

と最後は断定した。

「だとしたら、ソフト・キングダムは1オプト16円でオプトを拡散させる必要があった」

「だと思います」と黒木が言った。

かあっとこめかみのあたりが熱くなってめまいがし、ベッドの上に仰向けに倒れた。選挙の夜からここまで起こったことが、激しく波立ち、怒濤《どとう》のように押し寄せてきた。殴られた豊崎、殴ったダイリンの男、ダイリンが作っている砲弾、森園の中国公演、5Gでの中継、ソフト・キングダムの〈オツレサン〉、〈オツレサン〉が導いた選挙、オプティコイン、突然豹変し反逆の狼煙《のろし》を上げて新党を結成した小柳、小柳を勝たせたソフト・キングダム、そして……。

あ、と真行寺は声を出した。胸の鼓動が激しくなり、起き上がって黒木を見た。

「孫子だ」と言った。「兵は詭道《きどう》なり、だ」

黒木がうなずいたその時、着信音が鳴った。その音はスピーカーから聞こえていた。

――小柳です。

真行寺はベッドから飛び起き、スピーカーに近づいて、音量を上げた。

〈手島です。それから、カーリー・フィリップスの曲は聞いてくれた？〉

――まだなんだ。いろいろ忙しくてね。

〈レコード会社からコメントが欲しいと言われていて、こういう状況なので、なにか出さないとまずいので、よろしく〉

――だったらそっちで適当に褒め言葉を書いて渡しておいてくれよ。

〈じゃあ、そうするか〉

――頼む。あ、トノさんから電話が入ったので切るよ。もしもし。

〈ういっす。どうだった、前回は〉

――ちょうどよかった。あのくらいゆっくり喋ってもらえれば。

〈了解。もうだいぶ慣れてきたので大丈夫だ〉

――問題は、どこで手打ちにするかってことだよな。

〈ここまできたんだ、行くところまで行ってから考えよう〉

――非公式に、幹事長からも会いたいと言われているんだが。

〈いまは会わないほうがいいと思うな。何か心配事でも？〉

――いや、このまま進むと収拾がつかなくなるような気もしてさ。

〈いずれどこかに落ち着くよ。そして、小柳先生の名前は歴史に残ります〉

――気持ちの悪い言い方するな。ちょっと午後の会議が始まるまでに、スマホの充電をしなきゃいけない。今日はなんだか電池の減りが早いんだ。本番で電池切れになったらことだから。

〈減りが早い？　年明けに渡したスマホが？〉

――そうなんだけどさ。朝に満タンにしたのにもう半分に減っちゃってるんだよ。

この言葉に相手は沈黙した。小柳がもしもしと言った。

〈そのスマホは使わないほうがいいかもな〉

――なんだって。けれど、議会中にフォローはしてもらわないとやれないぞ。

〈すぐに別のを届ける。念の為にこっちも新しいのに取り替えるよ〉

――いま使っているこれは、どうするんだ。

〈すぐに電源を切って、ＳＩＭカードを抜いてくれ〉

――切るんだな。

〈ああ。十分で着く〉

――そっちの新しい番号は？

〈紙に書いて、新しい携帯の袋に入れておく。受け取ったらその番号にかけてくれ〉

真行寺は黒木を見て、「やっぱりな」と言った。

「議員会館まで十分で着くっていうのならおそらく霞が関から通話しているんだろ。財務省の異端児が黒幕だ」

「いや、ちがいますね」ノートの画面を見ながら黒木が言った。「総務省です」

総務省！

真行寺は、囓りかけのピザを口に押し込み、ジャケットを引っかけると部屋を飛び出した。エレベーターに乗り、エントランスの車寄せに停まっていたタクシーに飛び乗って、衆院議員会館！　と告げた。ほとんど怒鳴るような調子になったので運転手がびっくりしていた。走り出してから、すみませんと謝った。

少し手前で降りて足早に歩いた。議員会館の付近で、立哨《りっしょう》している制服警官に敬礼してバッヂを見せた。

「ここで見当たり捜査をしますので」

「なにかありましたか」

制服警官は不安げな眼差しを向けた。

「いや、ただそっとしておいてくれれば」

議事堂周辺に配置されている警官は、すこしでも妙な動きを見つけたら、遠慮なく職質してくる。

了解しました、と制服警官はまた敬礼した。そんなことされたらこちらが刑事だとバレるじゃないかと思いつつ、会館のエントランスをくぐり、ロビーに入ってすぐのあたりに立った。

訪問客は三々五々やってきた。今日はほとんどすべての議員が永田町にいることを考えると、案外少ないなと思った。先生がたは午後からの本会議に備えるため、面会する時間があまり取れないのかも知れない。それでも訪問客はパラパラとやって来て、途切れることはなかった。それぞれ受付で身分を告げて、エレベーターホールに向かって行った。中には首からぶら下げている身分証を見せるだけで奥へと消えていく人もいた。

見逃したのではないか、すでに自分の目前《めさき》を通り過ぎ、上へ昇られたのでは、と真行寺は不安になった。風景を眺めていると、想念が積乱雲のように湧いてきて、遥か彼方《かなた》へと流れていき、眼前のことはなにも覚えていないことの多い真行寺にとって、見当たり捜査は大の苦手科目であった。

「はい。小柳先生へのお預かりものですか？　いやまだこちらには届いておりませんが。ちょっと待ってください。——どう？　小柳先生に小包とか届いてるかな。——あの、どのくらいの大きさですか……え、ちょっと待ってください。……たったいま、届いたみたいです。はい、はい、ええ、了解です」

はっと気が付くと、受付の係員が電話を取って耳に当てていた。その前で、首からぶら下げた身分証を指でつまんで見せながら、緩衝材入りの茶封筒を渡している男がいた。その顔は、斜め後方に立つ真行寺からは、見えなかった。

「そうです。総務省の……」と受話器を持った男はそのカードを覗き込んで、その名を読もうとして詰まった。

「トノムラです」と男が言った。

「トノムラさんですね、ではこちらでお預かりしておきますので」

トノムラは踵《きびす》を返すと、そのまま出て行った。真行寺はあとを追った。トノムラは郵便局の前を通り、憲政記念公園《けんせいきねんこうえん》の角を潮見坂《しおみざか》のほうへ下って、総務省へは曲がらずに、そのまま国会通りを下り、日比谷公園の中に入ると、斜めに突っ切って、日比谷通りを渡った。なぜだ、と真行寺は思った。なぜ総務省に戻らない？

前を行くトノムラはポケットから携帯を取り出して耳に当てた。尾行するために保った対象との距離のせいで、会話の内容までは聞き取れない。ただ、「無事に受け取ったんだな」

と「いつものところへ」という言葉の切れ端だけが拾えた。いつものところ？　それはどこだ。やがて対象は意外な場所に向かって行った。

小太りの身体を揺するように歩いていた男は、帝国ホテルのエントランスホールに足を踏み入れると、迷いのない足取りでエレベーターホールへと向かった。真行寺は、すこし離れたところに立ち止まり、まもなくやってくる箱《カゴ》にトノムラと一緒に乗り込もうかと迷った。

その時、真行寺は視界の片隅に黒木を捉えた。フロントデスクのあたりに立って、こちらにさりげなく視線を送っている。目が合うと黒木はかすかに首を振った。「よせ」のサインである。真行寺はうなずいた。すると黒木は、ふらりと細い木が倒れるように動いて、エレベーターホールに歩みを転じた。すこし間《ま》をおいて、歩速《ほそく》を合わせ真行寺も動いた。エレベーターホールの全景が視界に入り、トノムラが、開いたドアから箱《カゴ》に乗り込むのが見えた。ドアが閉じるのに合わせたかのように、ホールに着いた黒木は昇降ボタンを押して新しい箱を呼んだ。ここに真行寺が追いつき、やってきた箱にふたりして乗り込んだ。

上に運ばれている間、ふたりとも口をきかなかった。

カードキーで真行寺がドアを開け、部屋になだれ込むやいなや、

「ここに部屋を取ってる」と黒木が口を切った。

「昨晩バーで会った」と真行寺が言った。「流暢《りゅうちょう》な中国語を話していたぞ」

なるほど、と黒木がつぶやいた。

「でも、総務省に籍を置いているということは紛れもなく日本人ですね」

当たり前である。

「さりげなく同乗して、部屋番号を確認しようかと思ったんだ」

「知ったってしょうがないでしょう」

「知ったっていいじゃないか。なにが手がかりになるかわからないんだ」

「駄目です」

「どうして」

「あいつを追っているのはほかにもいるからです」

鈍い衝撃を胸に感じて、真行寺は息が詰まった。

「どうしてわかる」

「同じように、ダミーの電波を飛ばして網を広げてるやつらがいました」

「えっ」

黒木は靴を脱いで、ベッドの上で胡座《あぐら》をかいた。真行寺も真似をして、それぞれのベッドの上で向かい合った。

「黒幕の正体はわかりました。総務省のトノムラです。では、真行寺さんが次に知りたいことはいったいなんですか？」

そうだ、と真行寺は思った。俺は次になにを知るべきなんだろうか。

「なぜ総務省なんだろう」

「オーケー、そこからいきましょう。一緒に考えてあげます」

ありがたいと真行寺は言った。ほかには、と黒木がまた訊いた。

「トノムラが何をやろうとしているかだよな」

「それは先の疑問と関連していますよね」

「してる。そして、俺たち以外にトノムラを追跡しているのが誰かってことにも関連する大問題だこれは」

「そうです」

「誰だと思う」

「それなりの組織だと思います。興信所とかではなく」

「なぜそう言える」

「ダミーの電波を飛ばすなんてことは、そうやすやすとできることじゃないんです。あいつが必要なので」

黒木は銀色の箱を指さした。

「あれはどこが使う機械だって言ってたっけ」

「FBIです」

「FBIが追ってるのか」

「FBIは国外の活動はしません」

「じゃあNSAかよ」

「荒っぽいことをするとしたらCIAでしょう。もっとヤバいのは軍ですが」

途端にげんなりした。米軍が相手なら、新木場で射撃の練習なんかしたってほとんど意味はない。

「とにかくアメリカだ」

真行寺はそうひとくくりにした。それでいいんじゃないですか、と黒木は笑った。笑いごとじゃないところで笑うのが黒木である。

「話を戻そう」と真行寺は言った。「トノムラってやつは小柳を焚き付けてMMTを広めている。しかし、経済なら経産省、財政なら財務省、それから金融政策では金融庁《きんゆうちょう》、これに日銀がからむんだろうが、どうして総務省がここで顔を出すんだ？」

「真行寺さん、省庁の中で幅を利かせてるのはどこですか」

「どこだろうな、少なくとも警察ではないよ」

「警察と防衛省はちょっと脇に置きましょう」

「あっさり言うね。じゃあ、やっぱり財務省と経産省じゃないのか」

「そうですよね。なんでそのふたつは隠然たる勢力を得ているのでしょう」

「そりゃあ金《かね》を扱っているからだろ」

「正解。では、総務省が扱っているのはなんですか？」

「うーんと、なにかはっきりしないんだよなあ」

「はっきりしないのはどうしてでしょう」

「そんなこと俺に訊かれたって困るよ」

「では、総務省の前身は？」

「総務省に前身なんてあったのかよ。財務省の前身なら知ってるぞ、大蔵省だ。経産省の前身は通産省だっけ？」

「なに言ってるんですか。しっかりしてください、真行寺さんのいる警察は昔はどの省庁の管轄下にあったんですか」

　真行寺はあっと思った。警察学校で教わったきりすっかり忘れていた単語を思い出した。

「内務省」

「そうです。内務省こそが近代日本の黎明期《れいめいき》に国政を牛耳っていたのです。官庁勢力の総本山と言われていました。悪名高き特高警察もこの内務省の下に置かれていた。戦後、ＧＨＱによって解体させられかかったのを、お茶を濁すようなかたちでなんとか存続させたのが総務省です」

　真行寺は考えた。そして、

「ものすごく単純に図式化して言うとさ、そして自分でも半信半疑で、馬鹿馬鹿しくもあるから言うのがためらわれるんだけれど……」

　その前振りじゃあ、言うしかないですよ、と黒木は笑った。

「経産省と財務省って仲が悪いよな」

「単純に図式化するとそうなりますね」

「でも共通点はある」

「なんでしょう」

「アメリカには気を遣うってことだ」

それもアホみたいに、と黒木はつけ加えた。

「総務省は、内務省解体の恨みもあってアメリカが嫌いだ」

嫌い嫌い、と黒木がまた同調した。

「おい、本当かよ」と真行寺は苦笑した。

財務省と経産省がアメリカ寄りで、総務省はアンチ・アメリカなんて理屈はあまりにも単純化しすぎだろう。

「自分で言っててトンデモ理論に思えるんだけど」

「かもしれません。じゃあ半信半疑のまま次に行きましょうか。——さっきの質問に戻ります。経産省は経済を扱い、財務省は財務を扱う、つまり両省とも金を扱っているわけです。では、総務省はなにを扱っているでしょうか」

まるでクイズを読み上げるような口調で黒木が言った。

「総務省ってなにかはっきりしないよな。でも目立つところは通信と放送だろう。放送局とインターネットじゃないのか」

「ですよね。であれば、オプトみたいな電子マネー、これらを監督する省庁はどこですか」

「えっ、マネーなんだから金融庁だろう」

「そうです。ただ、こういう電子マネーはインターネット上のシステムの上でやりとりされます」

「ということは、こっちは総務省の管轄か、ややこしいな。ちょっと待ってくれ、オプトを通貨として見る場合は金融庁、しかしその通貨システムは情報技術なんだよな。つまりオプトは通貨であり、情報である。情報を扱うのが総務省だ。そして、いまは情報の時代なんだろ。5Gも情報技術なら、遺伝子工学も情報技術だろ」

「そうです。ついでに言ってしまえば、肉体が滅びた後に我々が赴く世界があるとしたら、そこは情報の世界でしょうね」

「〝すべては情報である〟だな」

黒木の口癖を真行寺が代わりに口にすると、黒木は親指を立てて、「ナイス」と言った。

「続けるよ。それで、戦後、内務省が解体させられてなんとか生き延びた総務省は、トップ省庁の座を、経産省と財務省に明け渡した。しかし、時代は変わった。情報の時代になった。通貨だって情報技術で構築できるようになった。情報技術の上に立脚した新しい通貨を普及させてしまえば、勢力を伸ばせると画策した」

そういうことですよね、と黒木は言った。

「ただ、総務省全体がそのように考えて行動しているのならば、ホテルの部屋に引きこもって、小柳に指示を送ったりはしません。これはおそらくトノムラの単独行動でしょう」

「たったひとりの役人がここまでやれるのか」

「そう思わないでもないんですが、やったんだなと驚いておくほうが無難な気がします。おそらくソフト・キングダムの協力もあったでしょうし」

そうか、と真行寺はつぶやいた。

「さっき真行寺さんが語ったのは総務省の反逆のロジックです。けれど、これにもうひとつトノムラ個人のロジックがあるはずです。たぶんそちらのほうが重要だと思います。まずは個人のロジックで動いて、準備万端になったところで総務省のロジックにすりかえようとしているんですよ」

真行寺はスマホを取り上げて、尾関議員に電話した。もちろん、本会議がまもなく始まるので、出るとは期待していない。すこし話をしたいので、本会議が終わる頃を見計らって、議員会館に伺いたいとメッセージを残した。

スマホを切ったあとは、それを脇に放り投げ、ベッドの上で仰向けになって天井を見つめながら四肢を伸ばして長いため息をついた。

「またえらいことになったな」と真行寺はつぶやいた。「課長にどう報告していいかさっぱりわからんぞ」

「報告するつもりだったんですか」

隣のベッドで、やはり仰向けになって黒木が笑った。これが青春映画ならば、こうして平行に寝転んで胸の内を吐露するのは、河原《かわら》の土手の斜面の芝生の上だったりするんだろうが、ここは、寝心地はいいものの、頭上に青空はなかった。そのぶんだけ心も晴れなかった。

「トノムラのスマホをモニターしているのは、豊崎を殺した勢力だな」

「その関連でしょうね」

「連中は殺すつもりなんだろうか、トノムラを」

「それはトノムラが個人的になにを企《たくら》んでいるのかによります。ただ、かなりのことでない限り、アメリカが盗聴まで仕掛けて出張《でば》ってきたりはしないでしょう。アメリカは美辞麗句《びじれいく》を口にしつつ、やる時にはやりますよ」

真行寺は目を閉じた。またこめかみが熱くなった。

急に疲れが襲ってきた。このまま寝ていたかった。ただし、目覚めた時にはなにも解決していないだろう。目を開けて、立ち上がり、全力で動いても解決するとは思えなかったけれど、そうするしかなかった。

4　チャイナ・シャドー

水野に話して、トノムラの身柄を保護するように動いてもらおうかとも思った。しかし、これはどだい無理な相談だと覚《さと》った。本人からの申告もないからには、捜査一課は事件が起こってからでないと動けない。

本人に当たってみて、現状を話す。そして警察に保護を申請しろと提案するという案も検討してみた。これも現実離れしている気がした。自分の命が狙われていることを、なぜ真行寺が知り得たのかということをトノムラは訊いてくる。ＦＢＩが使っている盗聴装置を自作して、お前の携帯をキャッチしていたのだとは言えない。ただし、そこは執拗《しつよう》に追及されるだろう。相手は総務省官僚、いわばこの道のプロである。

こうなったら、トノムラの身の安全を考慮して、強引に逮捕してしまうのはどうだろうか。ホテルを出るところで声をかけ、職質する。この時、相手がギョッとするようなことをわざと訊く。トノムラはなぜそんな質問に答えなければならないのかと反問し、そこでまあまあ落ち着いてなどと言いながら、肩に手をかける。当然振りほどこうとするだろうから、タイミングを合わせて、その場で大げさにひっくり返り、「痛い痛い」と言いながら、公務執行妨害で逮捕してしまう。これが悪名高き〝転び捜査〟である。公安が別件逮捕する時に使う常套手段だ。その後で、取調室に連れて行き、ここで事情を説明してから、潮時を考えて手を引け、と忠告する。

この手口を使えば、トノムラを狙っている連中に対して、こちらも監視しているんだぞというメッセージを発信することもできる。日本の警察が組織立って動いていると誤解してくれれば、ある程度の効力はある。けれど、ヒラの刑事がバタバタやっているに過ぎない実態が明るみに出たら、ひとたまりもなくひねりつぶされるだろう。

また留置場は、トノムラにとっては確かに安全ではあるが、いつまでも放り込んでおける場所ではない。釈放後には、ずっと警護が張りついていなければ、いずれやられる。こういうヤバさを覚悟の上で、トノムラは動いているのだろうか。

そんなこんなを、雑務を片付けながら考えていたら、暮れ方になった。皇居の樹影《じゅえい》が濃くなって黒へと翳《かげ》っていくのを刑事部屋の窓から眺めながら、今日は高尾に帰ろうかどうしようかと悩んでいると、スマホが鳴った。尾関議員から、いますぐ来てくれれば、すこしなら話せると言われたので、議員会館まで出かけていくことにした。

案の定、部屋を出るときに水野に呼び止められた。

「どうなってるの」

水野は当然の質問をしてきた。真行寺はまたしても曖昧にごまかそうと思った。

「まだ詰めている最中です」

「それで、詰め具合はいかがなもんですかね」

「その確認もあって、これから尾関議員に会ってきます」

「この事件と尾関議員は関係あるの」

「あります。総務大臣でいらっしゃるので」

「総務大臣として会ってくれるということね」

すくなくとも私はそのつもりでおります、と言うべきだったのを、面倒なので、

「はい、そうです」と断言した。

大臣が呼んでいるのなら引き止めるわけにいかないと水野が判断するのはわかっていたので、少々気が咎めた。では行きなさい。憮然と水野は言い放った。

退散した真行寺は、駆け下りようとしていた階段の手前でふと立ちどまり、ふたたび部屋に戻ると、課長の机の前に立って、申し訳ありません、と詫びのひと言を放った。

「おそらく明日にはご報告できると思います」

水野は頬杖をつきながら、ディスプレイに注いでいた視線を真行寺に向けると、

「明日は土曜日で休みだけど」と冷笑気味に言った。

「どんな形になるにせよ、まもなく詰められると思います。お休みのところ申しわけございませんが、とりあえずご連絡はいたします」

上司の口元から冷笑が消え、わずかに頬が強張った。問い質される前に、真行寺は刑事部屋を出た。そして、議員を待たせてはいけないと思い、内堀通《うちぼりどお》りを駆けた。

どうしてそんなに汗かいてるの、と尾関議員は不思議そうに笑った。大臣に会えるという

ことで一刻も早くと思いましてと冗談めかすと、なにか冷たいものを出してあげて、と秘書に言ってくれた。上着を脱いでもいいですか、と訊いた。もちろんどうぞと言われたので、無粋なものを身につけてますが、と断って脱いだ。真行寺の脇からホルスターが吊るされていたので、それを見て尾関が、今日はいやに刑事さんぽいわね、と言った。射撃練習に行ってきまして、と釈明した。

「で、トノムラって役人だけど」と尾関幸恵は話題を元に戻すと首を傾げた。「主だったメンバーはだいたい覚えたつもりなんだけど知らないなあ。——キャリアなのその人？」

「まず、まちがいなく」

じゃあ、調べてみようか、と言って尾関は秘書に、

「総務省のトノムラって役人の資料を出してもらえるかな。珍しい名前だからふたりといないでしょう」と言いつけた。

お手数をおかけいたします、と真行寺は頭を下げた。

「で、そのトノムラがなんだっての」

そう言われて真行寺は、近くで受話器を取り上げた秘書を見た。周りにはそのほかにもデスクで事務を執っているスタッフがいる。これに気づいて尾関が、「じゃあ、こちらで話しましょうか」と立ち上がり、奥の個室へのドアを開けた。真行寺は出してもらった麦茶を飲み干してから、上着を摑んであとに続いた。

「またシビアな話かな、人目をはばかるような」

ソファーに腰を下ろすと尾関は言った。

「いえいえ」と真行寺は首を振った。「なんとなく気になっているという程度です」

「でも、トノムラっていうのは知らないよ。なに、そいつは、私の目の届かないところで、よからぬ動きをしているってわけ？」

「ひょっとしたらよきことをやろうとしているのかもしれません。ただ、よきことなのか悪《あ》しきことなのかというのは、そう簡単には判定できませんので」

尾関は難しい顔をした。

「だったら、失礼な言い方だけど、警察の出る幕じゃない、ってことにならない？」

その時、ドアが開いて秘書が紙を一枚手にして入って来ると、それを尾関に差し出した。

「困ったな、いくら真行寺さんでも、官僚の情報をほいほい渡すわけにはいかないんだけど」

そう言いながら、尾関幸恵は受け取った書類に目を落とした。

「トノムラってこういう字を書くのか。ドアの戸に、林の下に土《つち》、村はビレッジ」

真行寺の頭の中でトノムラは戸埜村に変換された。

「下の名前はマサタカ。〝正しい〟の正に、〝隆盛を極める〟の隆の字。戸埜村正隆《とのむらまさたか》。神奈川県出身。京都大学経済学部卒業。教えてあげられるのはそのくらいかな」

「うん、それはかなり重要な手がかりにつながる情報ですね」と真行寺は深くうなずいた。

「嘘ばっかり」と尾関幸恵は笑った。「でも、私に問い合わせてきたってことは、非公式にでも彼の情報をくれってことだよね」

「はい。それはならんということならば、私のほうでも調べられるのですが……」

「まあ、ああいうことをやってのけたわけだから。そのくらいのことはやりかねないわね」

尾関幸恵は、拳銃を収めたホルスターを真行寺の脇の下に見ながらそう言った。尾関はかつて、真行寺の捜査に協力したことがあった。その妖術のような捜査は、ターゲットを追い込み、絡みついて絞め上げた。そして、その手法はまぎれもなく違法であった。とはいえ、その時の尾関はまだ被害者の妻という立場にあり、夫の死の真相が闇に葬られるのを阻止するという言い訳をつけることができた。時は流れ、いまや彼女は議員バッヂをつける身分である。尾関が慎重になっているのは、真行寺がきわどい弾《たま》を仕込みかねないことを承知しているからだ。

確かに、たとえ相手がスマホを換えようが、もう一度網を張れば、そこから個体識別番号を抜き取り、追跡することは可能である。さきほどホテルを出る支度をしているときに、黒木にそう言われた。しかし黒木は、そのあとこうもつけ加えた。

「ただ、このふたりを追いかけているのは僕らだけではないわけです。そちらの連中にこちらの存在を感づかれる可能性はかなりの程度あると踏んだほうがいいでしょうね」

黒木はその先を言わなかった。しかし、各国の上層部からハッカーとして雇われて高度な秘密情報を、時には非合法な手口で、守ったり、奪ったり、場合によっては打撃を加えたりすることを生業にしている黒木にとっては、世界最大の国家権力に逆探知されるのは、危険極まりないことなのは疑う余地がない。だから、やらせるわけにはいかないのである。

「できたら手間を省きたいということもありまして」

とりあえず真行寺はそう言った。

「急ぐ理由は？」

「私は戸埜村がなにかを目論んでいると疑っています」

「疑うのが商売なのはわかるけれど、原則としては、〝疑わしきは罰せず〟だからね」

「いや、罰するためではありません。守るため、なのです」

「守るため？」

尾関は戸埜村の資料から視線を上げ、それを真行寺に向けた。

「その役人は、非常に危険な状況に自らを置いているのではないか、と私は疑っておりまして」と真行寺は言った。

尾関は弛《ゆる》んだ笑いを返してきた。真行寺の妄想だと思っているのだろう。

「では、戸埜村のほうには危険な状況に置かれているという自覚はあるのかな」

「わかりません」

尾関の口元にまたうっすらと笑いが浮かんだ。これを見て真行寺は、告げ口になることを自覚しつつも、このくらいは言うしかない、と思い切った。

「小柳浩太郎にMMTを吹き込んでいるのは戸埜村にまちがいないでしょう」

これでもまだ、尾関の反応は鈍かった。中町君じゃなかったんだ、とつぶやいたあとで、

「ただ、小柳議員が振り回している新財政構造改正法案なんて通りっこないから、MMTが原因で戸埜村の身に危険が及ぶなんてことは考えられないんだけど」と言った。

やはり通らないのか。喜安も同じように判断していたが。

「まあ、そんなことやったら財務省が大騒ぎするでしょう。財務省に総スカンを食らったら、どんな政治家だって死んだも同然だから」

MMTがあまり尾関の関心を引かなかったので、真行寺はさらに先へ進むしかなかった。

「そこなんですが、戸埜村は使えないだろうということは知りつつも、小柳にMMTを焚きつけたんではないのか、と」

「どういうことかな」

「攪乱《かくらん》戦法です。兵は詭道《きどう》なり」

「それ、長くかかりそうね。私このあと会議があるの。こんどにしましょうか。それより、いったいぜんたい誰が戸埜村を狙っているると想像しているのか、そっちのほうを先に知りたいんだけど」

そう牽制《けんせい》しつつ、尾関幸恵はまた書類に目を落とした。そこから彼女にインプットされる情報と自分が喋る言葉がうまく化学反応してくれればいいと念じながら、

「事実として」と真行寺は言った。「令和新党はソフト・キングダムからの支援を受けています。そして、総務省での戸埜村の担当が何であるかは知りませんが、同省の役人である彼がソフト・キングダムと接触することはあり得るのではないかと読んだのです」

これには尾関はかすかにうなずいた。

「小柳は愛甲政権の対米追従路線を批判しました。その論調は、戦後七十年以上経ってもいまだにアメリカ軍の基地が置かれている沖縄の問題などをからめると、リベラルな平和運動のように聞こえました。しかし、選挙が終わってから小柳のトーンは少し変わった。国はもっと情報技術に投資して、その元手はMMTによって賄《まかな》えばいいなんてことを言い出しています」

「つまり、情報産業を増強していく流れを作り、ソフト・キングダムがこの分野での公共事業を請け負う。小柳と戸埜村はソフキンに利益をもたらすためのしかるべきお膳立てをしてるって言いたいわけ?」

真行寺は首を振った。

「それはありえない。MMTは使われない。小柳の新財政構造改正法案は採択されない。さきほど議員もそうおっしゃったじゃないですか。戸埜村もそのことを承知の上で仕掛けているわけです」

「そうだったわね。じゃあ、戸埜村の狙いはなに?」

「では、逆にひとつ質問させてください。小柳議員の対米追従路線批判について、議員はどうお考えですか?」

尾関幸恵は書類から持ち上げた視線を真行寺に据《す》えて、私が? と言った。そうです、と真行寺はうなずいた。

「その批判については部分的に共感できるところはあるけれども、理想論に過ぎない。理想は大事だけれども、理想論で政治をやってはいけない、というのが私の意見です」

「ということは、すべてを勘案すれば、アメリカの核の傘の下で守ってもらうというのが、我が国の安全保障にとってはいちばん合理的な選択だということですよね」

「そういうことになるね」

「それにはいろんな対価《たいか》が発生するんでしょうが」

「そこを突いてきているわけでしょ令和新党は。沖縄に負担が集中しているとか。まあ事実だけど」

「でも、それも見せかけだと思うんです」

「見せかけ？」

「ええ、見せかけです。ところで、5Gという技術の今後の行方は我が国にとっても重要ですよね」

「なんで急に5Gの話になるのかよくわからないけれど、それはそうだよ。乗り遅れるとあとあと響いてくるから」

「もはやトップランナーにはなり得ない日本にとっては、アメリカと中国が覇権を争っている中、どちらの後方に位置取るのかはシリアスな問題でしょう。そして、なんだかんだ言っても、日本はアメリカについていったほうがいいというのが政府の見解であり、これを忖度して、総務省は中国の華威の部品を使うなと指導しているわけですよね」

尾関幸恵は、また書類に視線を戻しながら、うなずいた。

「政府はアメリカに忖度し、総務省は政権に忖度する。そして、大抵の通信会社は総務省に忖度する。通信会社にとっては、たとえ華威の部品が安く、技術が優れていても、総務省の指導に逆らってこれを使うということは、なかなか難しいでしょう。しかし、ソフキンはこれに反旗を翻すかのように華威との連携を深めている」

尾関幸恵は真行寺の顔を直視した。前よりももっと鋭いまなざしで。

「議員は戸埜村のことは知らないとおっしゃった。つまり彼は、総務省のメインストリームから外れた、言ってみれば冷や飯を食わされている官僚だ。京都大学経済学部が総務省にとっては主流派でないように、彼には他にも主流派たり得ない要素があるのかもしれない。いわば異端児です。どうですか、その資料に異端児であることを匂わせるようなものはほかに見当たりませんか」

尾関幸恵は、真行寺を見つめながら、

「それで」と先を促した。

あるのだ、と真行寺は思った。やはり戸埜村は異端なのだ。

「出世など見込めないと自覚していた異端児は、どこかで異端の経済理論であるＭＭＴを知った。そして、それを小柳に持ちかけ、と同時にソフト・キングダムにも計画を話した。使い捨てにできる宣伝会社を見つけることも彼の立場を考えればそんなに難しくはなかったでしょう。そして、手頃な宣伝会社を見つけて、かなりきわどい選挙運動をやらせ、令和新党をまんまと勝たせた」

尾関幸恵の顔はどんどん険しくなっていった。よし、もうちょっと先まで行ってみよう、と真行寺は賭けに出た。

「戸埜村は神奈川県出身とおっしゃいましたね」

尾関はうなずいた。

「小柳の選挙区です。神奈川県のどちらでしょう」

尾関は一瞬躊躇したのちに、

「横浜」と明かした。

真行寺は考えた。

「……まさか横浜市のあとに中区山下町《やましたちょう》なんて続くんじゃないでしょうね」

「だとしたらどうだっていうの」

「そこには横浜中華街があります。まさかとは思いますが」

「そのまさか、だったとしたら、なに？」

「あくまでも仮説で申し上げますが、戸埜村は総務省のたったひとりのチャイナスクールってわけです。まさしくこれは、兵は詭道なり、です」

尾関幸恵はため息をついた。そして、戸埜村正隆のきわめて個人的な情報を曝露《ばくろ》した。

「彼は中国残留孤児の三世にあたる」

かあっと、こめかみが熱くなった。散乱していた断片が集まり、絡みあい、結びつき、一枚の絵となって彼の前に姿を現した。それは想像していたよりもはるかに大きかった。あなたはさっき言ったわね。遠くで尾関幸恵の声が聞こえた。彼は危険な状況に身を置いていると。――どうしてそう思うの。

しかし、自分の思索に没入したままの真行寺は、返事をしなかった。

俺はまちがっていた。昨日、帝国ホテルのラウンジで、選挙前の安全保障論議はダミーで、本命は選挙後の経済政策にあるという推理を披露したときの、小柳と手島の薄ら笑いが甦った。俺は完全に的外れな読みをしていた。いま、ようやくわかった。

このふたつはセットだったんだ！

それから三十分後、尾関幸恵が「これからひとつ緊急会議をやっつけてから地元に戻らないといけないから」と言い出した。

そうか、今日は金曜日だったなと真行寺は思い出した。国会議員は、金曜の夕方に東京を離れ、土日月と地元に戻って活動し、火曜の早いうちに東京に戻ることが多い。これを金帰《きんき》火来《からい》と言う。

「和歌山ではどこに泊まるんですか」

上着に袖を通しながら真行寺が訊いた。

「実家。母が義理の妹と暮らしているので、そこに泊まっているけど、両方から愚痴を聞かされるから大変。ホテルに泊まるほうが気楽なんだけど、そうもいかないからね。尾関幸恵は実家に顔も出さない、なんて噂が立つと、地元をおろそかにしてるという証拠を敵陣に与えるようなものだから」

田舎にありがちなややこしい話が出てきた。

「総務大臣となるとこれまでよりさらに激務なんでしょうね。お体にはじゅうぶんご留意ください」

柄にもなく殊勝なことを言ってみた。ありがとう。最終便に間に合えばいいんだけど。でも、仕方ない。週明けに華威の副社長が保釈されるからね。アメリカから話し合いたいと言われたら席に着かざるを得ない。時差？　ううん、ワシントンと電話会議じゃなくて、赤坂と横須賀から来るの。大使館と米軍よ。おっと、いまのは口外しないでちょうだいね。

ホテルに戻ってみると、部屋に黒木の姿はなかった。部屋の隅に置かれていたキャリーバッグも見当たらない。テーブルの上の銀色の箱も消えて、その足下に段ボール箱が三つ積まれていた。それらのひとつひとつに宅配便の送り状が貼られ、宛て先には高尾の住所。差出人も宛て先と同様に真行寺になっていた。どうやら一足先に消えたようだ。

真行寺は、部屋の電話の受話器を取り上げた。フロントに部屋番号を告げて、ここまでの宿泊費を教えてもらいたい旨を告げた。

偽名で泊まっている手前、カードは使えないから、明日のチェックアウトまでに現金を用意しなければならない。この時間でも手数料を払えば引き出せたはずだよなと金策をめぐらせていると、すでにご精算いただいております、とフロント係が言った。

「もしレストランなどをご利用になられ、ご料金をお部屋につけられる場合、その分は明日のチェックアウト時にご精算くださいますようお願い申し上げます」

　また支払わせてしまったな、と真行寺は思った。わかりましたと言って、受話器を置こうとした時、

「それから、お連れ様から伝言をお預かりしております」という声がした。「いただいたお電話で恐縮ですが、このままお伝えしてもよろしいでしょうか」

　問題のない旨を真行寺は伝えた。

「今晩すこし遅くなりますが、実家に帰ります」とフロント係は言った。

　意味がよくわからなかったので、もういちど読み上げてくれないかと願った。すました声で同じ台詞がくり返された。

「それだけですか」と確認した。

　さようです、と係は言った。真行寺は礼を言って受話器を置いた。

　みんな実家に帰るんだな、と思った。それにしても、黒木の実家ってのはどこだ。ひょっとしたら外国か？　そもそもあいつは日本人なんだろうか。いや、日本人にちがいない。そうはっきり言っていた記憶がある。日本人なら実家は日本にあるんだよな。いや、まてよ、そうとも限らないか。そもそも、俺の実家はどこだ。両親はすでに死んでいる。育った国分寺のマンションは母親が死んだ時に処分した。その金はひとりっ子だった真行寺の懐に入っ

た。築三十年以上経っていたので、大した額にはならなかったが、なんだか申し訳ない気がした。そう考えると、真行寺には実家というものはない。あるとしたらあの高尾の赤いレンガの家だ。借家である。けれど、面倒なので本籍地もそこにしてしまった。

森園の実家は、荒川《あらかわ》の向こう岸に聳《そび》えるマンモス団地だ。母親が新しい男と住んでいるらしい。真行寺と高尾で暮らし始めてから森園が実家に帰ったことはない。あのあたりはもういえば、白石サランは本名を白沙蘭《ペクサラン》という在日韓国人だ。在日だから実家は韓国ではなく日本にある。じゃあ、中国残留孤児の実家はどこになるんだろう? これは場合によるな。

中国人だらけで、あそこにいると在日日本人って感じがする、と森園は笑っていた。在日と

ん? ……そうか。わかったぞ。伝言の「実家」ってのはそういうことだったのか。

真行寺は荷物をまとめてチェックアウトした。このまま目的地へ向かおうとも思ったが、車が必要になるかも知れないと思い、東京駅に出てそこから高尾へ取りに戻ることにした。東京駅からうまいタイミングで特急あずさが出ることを知り、特急券を買った。八王子で快速に乗り換え、高尾駅からはタクシーを使った。

家の前の砂利が敷いてあるだけの屋根のない駐車スペースに、大型のバンが停まっていた。バンの天井には大きなアンテナが載っている。部屋に入ると、若いスタッフが男女交えて十人ほどそこかしこに佇《たたず》んでいたから、部屋がやたらと狭く感じた。先日挨拶した芳原が、お邪魔してますと頭を下げた。サランがやってきて、すみません明日の中国公演のリハーサル

なんですと言い訳した。しょうがないなと思い、自分の部屋に引き取ると、そこにもスタッフが三人ほど詰めていて、ひとりは真行寺のベッドの上に胡座をかいて、無線機を口に当てて部屋の外のスタッフとなにやらやり取りしている。ちょいとごめんよと言いながら、机の引き出しから車のキーを取った。サランがまたやってきて、ごめんなさいこんなにスタッフが多いとは思わなくてと謝った。今日は夕飯を作れないので、スタッフに出すお弁当を確保しますね、それで我慢してもらえますか、と訊かれたから、いやいいんだ、これからまた外出するんだ、と言いながらリビングに戻ると、機材の要塞に埋もれている森園が目に入り、その背後の壁一面にブルーシートが張られているのに気がついた。スタッフのひとりが覗き込んでいるモニターの中では、ブルーシートの部分に竹林が出現していて、中国なのか日本なのかわからないが、とにかくアジア風な趣向が凝らされ、その竹林の中で森園が機材の調整にとりかかっていた。この合成された映像が中国に飛ばされ、ステージ後方に投射されて、共演している格好を演出するんだろう。森園はかなり追いつめられているらしく、真行寺には一瞥《いちべつ》もくれずに、真剣な表情でケーブルを抜き差ししていた。

真行寺は玄関に向かい、靴を履いて外に出た。案の定、サランが追いかけてきて、ごめんなさいとまた謝られた。まあしょうがない。正直なところ少々迷惑なのだが、世界的に知名度のあるミュージシャンと共演するというのだから、居候の森園のほうが、家主の自分よりも価値ある仕事をしていると理解し、短期間なら軒を貸して母屋を取られるのも我慢しようと思った。

「気にしないでいいよ。それより、ちょっと訊きたいことがあるんだが」と真行寺は言った。「なんですか」とサランが訊き返した。

「今回のギャランティーなんだが、それは日本円でもらえるのか？」

「はい、そうしてもらいました」

「どこから？」

「もともとのお金の出所《でどこ》はどこかわかりませんが、日本側の仕切りはソフト・キングダムになってますので」

「ソフキンからか。——そうしてもらったというのは、米ドルでも支払い可能だって話も出たのか？」

「いいえ、日本円じゃなくてオプトでならば25％の上乗せができるって話が出たんです。ちょっとだけ迷ったんですけど、森園君が嫌がって」

「どうして？」

「その話をしている時に、私が冗談半分に『どっちが得だと思う？』ってボウイに訊いたんです。そしたら〈オプティコインは最近すごく普及しているから、来年にはいまの200％以上普及している可能性が高いよ〉なんてボウイが言ったのが気に食わなかったのか、うまい寿司屋とまずい寿司屋の区別もつかない馬鹿にくだらない指図をされたくないって森園君が、それこそボウイを叩き壊しかねない勢いで怒ったんで、日本円でもらうことにしちゃったんです」

真行寺は笑った。サランも、馬鹿でしょう、と言ってひさしぶりに笑った。本番はいつだったっけと訊くと、忘れたんですか、明日の午後一時からですよと言われた。森園の出番はアンコールも含めてラストの四曲だそうだ。思った以上に大掛かりで、事前に聞いていた説明と話がどんどん変わってきて……、とサランは愚痴をこぼした。そりゃそうだろう、相手はアメリカでもそこそこに有名なエンターティナーだ、言いたいことはとりあえずみんな言うさ。森園の出演までには戻ってきて中継を見学しよう。そう言って真行寺は自家用車に乗り込んだ。

中央連絡自動車道に乗って国道四六八号線を南下した。相模原愛川《さがみはらあいかわ》インターチェンジで降り、相模川を渡って国道五二号線に乗り換え、相模原公園前で右に折れ、女子美術大学のキャンパスを右手に見ながらグリーンウェイブストリートを東へと進んだあたりで、スマホが鳴った。

ディスプレイに浮かんだ文字が〝家入〟だったので、路肩に車を寄せてスマホを耳に当てた。

――その後どのような感じですか？

まずは、漠然と訊いてきた。

「いちおう黒幕はわかりました」

――本当ですか。どこの誰だか教えていただけますか。

「そこは会って話したほうがいいでしょうね」

――いまどちらでしょう。本庁ならすぐに参ります。

「いや、鑑取りに向かっているところです」

――なんですって。どうして教えてくれなかったんです、ひどいな。

「確信がなかったので」

――すぐに出ます。どちらに向かえばいいですか？

「横浜中華街です。詳しい場所はショートメールで」

そう言って切った。捜査のすべてを打ち明けるわけにはいかないから、適当に嘘をまぜる必要があり、そのへんがすこし面倒である。しかし、黒木が自分のホームグラウンドに戻ってしまったいまは、相棒はいたほうがいい。それに今回は荒事《あらごと》が起きそうな予感もあった。体格のいい家入は使えるかもしれない。巡査長が警部補を〝使える〟と評するのはおかしな話ではあるが……。国道一六号線に乗った後は、相模大野《おおの》を越え、保土《ほど》ヶ谷《や》バイパスを通過すると、いよいよ横浜である。

山下公園前の駐車場に車を停めた時には、暮れかけていた。ひんやりした潮風を送ってくる海には、船体のところどころに明かりを灯して碇泊《ていはく》する氷川丸《ひかわまる》が、宵闇に黒く船影《せんえい》を縁取《ふちど》っていた。

横浜港に背を向けて、中華街へ向かった。尾関幸恵が教えてくれたところによると、戸埜村正隆の実家は登龍房《とうりゅうぼう》という中華料理店である。もらった住所をスマホの地図アプリに入力してそれを頼りに歩いていくと、大通りをひとつ脇に入った細い辻《つじ》に看板を出していた。

店の玄関の隣に、もう一枚ドアが切られている。この階段を上がって二階が、戸埜村家の住居になっているのだろう。おあつらえ向きに、狭い通りを隔てた向かいには「みなと茶房」というスタンドが置かれていた。

　この喫茶店に入り、登龍房の玄関口が見える窓際の席に陣取って、コーヒーを注文した。場合によってはすぐに店を飛び出すかもしれないのでと言って、その場で金を払った。腰が曲がった老婆は、ああそう、と言ってなんの疑問も呈さずに、千円札を摑むと、レジに持って行き、緑色のつり銭受けに硬貨を載せて戻ってきた。

　ショートメールを打ち、家入にこの場所を教えた。すぐに折り返しがあり、元町《もとまち》に着いたと知らせてきた。さきほどの電話を切ってから約一時間。新宿署からは、新宿三丁目で副都心線に乗ってしまえば、元町中華街までは一直線だ。電話を切ってすぐ署を飛び出したにちがいない。

　ドアが開き、家入が入ってきた。

「飯は食いましたか」と真行寺が訊いた。

「いや、まだです」

「じゃあ食ってください、カレーかハンバーグ、ピラフかスパゲッティ、そのぐらいしかありませんが」

　オムライスと焼きそばもできるよ、と勘定場の椅子に座っていた老婆が、聞き咎めたように言った。

「真行寺さんは食べたんですか」

「俺はこれからあそこで食わなきゃいけないので」と真行寺は向かいの登龍房をさした。

「対象の実家です」

「いや、日本人ですか」

「え、中国人ですから。総務省の役人ですから。中国残留孤児の三世に当たる。今晩ここに帰るという情報を摑みました」

「どうやって」

「ちょっとそれは……」と真行寺は言葉を濁した。

「つまり、俺にここから見張れってことですよね」

真行寺はうなずいた。

カツカレーの大盛り。そう老婆に声を掛けてから、

「もう少し教えてもらっていいですか」と家入は改まった。「ここまで捜査を持ってきたのは、もちろん真行寺さんでしょうが、なにも聞かされずにただ見張れと言われても」

「そりゃそうでしょう。本来ならあなたが指揮を執るのがスジです」

とりあえず相手を立てた。そして、小柳にMMTなどを入れ知恵しているのは、戸埜村という総務省の役人だろうと教えた。

「確かなんですか」驚いたように家入は言った。

「ええ、ほぼ間違いないでしょう。これから鑑取りして固めたいと思っています」

「なるほど」

「また、なにを企んでいるのかについては、いくつか疑問点もありますので、それもいずれ吐かせるつもりです」

家入はうなずいて、運ばれてきたカツカレーにスプーンを突き立てた。

「とは言っても、これは長期戦になるでしょう。我々はいったいなにを捜査しているのかっていうと、建前では、新宿駅の轢死事件を追っていることになっている。まずいことに、これはまだ殺人事件として立件されているわけではありません」

カレーをほおばりながら家入はうなずいた。

「ただ、あちこち嗅ぎ回っていると、そこから政治家が顔を出したり、官僚がウロウロしていたりした。戸埜村はあくまでもその中のひとりにすぎません。だから今日のところは世間話程度ですませたいと思っているのです」

「なるほど」

あっという間にカツカレーの大盛りを平らげて、水の入ったコップを摑むと家入はうなずいた。

「ただ、それはそうでしょうが、私がそこに立ち会うのはなぜいけないんですか」

「いけないというよりも、フォーメーションの問題です。ここと店内に分かれたほうがいいと思う。ただそれだけです」

「そういうフォーメーションを取る理由は？」

「実は戸埜村をマークしているのは、私たちだけじゃないということがわかったんです」

ここまでは本当である。しかし、それは何者だと家入は訊くだろう。

「それはいったい何者です?」

ほら訊いてきた。ここで、「CIAか米軍だと思う」などと言おうものなら、家入は食後のコーヒーに手もつけず席を立つだろう。そして加古に電話し「課長大変です、実は……」と報告するにちがいない。それは困る。真行寺は、道中でひねり出したフェイクニュースをぶつけた。

「神奈川県警です」

家入は顔を曇らせて、レジカウンターに座っている婆さんに声をかけ、アイスコーヒーとひとこと言った。

「今回の選挙で令和新党は派手なキャンペーンをやったんですが、実はこれが公職選挙法に引っ掛かる可能性があるらしいんです」

ほお、と家入は口をすぼめてうなずいた。

「ところが、金を追っていくと、その流れがプツンと途切れる。どうやら、いま流行《はやり》のオプティコインを使ってマネーロンダリングをしていたらしい。戸埜村は総務省の権限でこれを後押ししていたようなんです」

マネーロンダリングの詳細はまったく説明できていないのだが、ありそうな話として聞こえてくれれば儲けものだと思った。

「なるほど。そういうことだったのか」

　家入はむしろ感心したように言った。その声の調子から、この作り話になんの疑いも抱いてないなと真行寺は鑑定した。

「実は県警はこのスジに自信を持っていて、すでに検察と打ち合わせをしているそうです」

「本当ですか」

　驚いた声とともに家入は前のめりになった。

「いや、あくまでも聞いた話によると、です。それで今日、逮捕状を請求したという情報もありましてね。――これもまた真偽のほどは定かでないんですが」

　真行寺はあくまでも、煙幕を張って曖昧にするのを忘れなかった。すると、家入が凄まじいことを言った。

「神奈川県警には知り合いがいるんで、問い合わせてみましょうか」

　馬鹿野郎。そんなことをしたらぶん殴ってやる、と真行寺は思った。

「昔、品川署の交通課にいましてね。その時に箱根《はこね》駅伝の仕切りをやらされたんですが、あれは都と県をまたぐので、神奈川県警との共同になるんですよ。その時の原《はら》さんがいま一課にいるはずなんですが」

　そう語る家入の顔には得意の色が見えた。

　真行寺は無理矢理笑顔を作って、

「いや、ありがたいんですがね。問い合わせたところでどうにもならんでしょう。私としてはここで県警に戸埜村を持って行かれたくないんですよ」と言った。

「はあ。ただ、逮捕状《フダ》突きつけられたらぐうの音も出ませんよ」

「ですから、戸埜村を見つけたら、説得してさっさと連れ出しちゃうつもりです」

「連れ出すってのはどこに」

「とりあえず都内へ。都内に入りさえすれば県警を足止めすることができるので」

「面倒なことになりませんかね」家入の口調は不安そうである。

でかい図体のわりには気は小さく真面目な性格らしい。真行寺はかまわず続けた。

「そこで、誠に申し訳ないんですが、店内は私に任せてください。家族経営の店らしいので、戸埜村は帰ってきたらまず店に顔を出すと思うんです。この場合は、店内で張り込んでいた私が話をつけて引っ張り出します。もうひとつの可能性は、店のガラス扉の隣に木製のドアが見えるでしょう。あれはおそらく二階の住居につながっています。そこから上へあがる可能性もじゅうぶんにある。家入さん、あのドアから戸埜村が上がっていかないかどうかをここで見張っていてくれませんか。そして、対象がそっちのドアを開けて入っていったら、店内の私に電話を掛けて、教えて欲しいんです」

「だったら、ふたりでここで見張って、どちらの扉から入るのかを確認してから、ふたりして押し掛ければいいじゃないですか」

家入の言うことはもっともである。しかし、家入を横に座らせて戸埜村を鑑取りしたくないという本音は話せない。

「ふたりで押しかけると、いかにも警察が来たって感じになって威圧感が増しすぎる気がするんですよ。特に私とちがって家入警部補は体格がよくて押し出しがいいので」

　否定されてるような、それでいて肯定されてるようでもある微妙な評価に反応しかねて、「そんなに威圧的になりますかね」と家入は腕組みをして首を傾げた。「逆のフォーメーションはあり得ませんか。連れ出すだけなら私にもできますから」

　ここでようやく、この警部補がやけに丁寧に近づいてきた理由がわかった。天ぷら屋で「いろんな噂も入ってますし」や「ただの巡査長じゃないってことですよ」などとご追従《ついしょう》を口にしたのはこういうことだったのか。と踏んだのだろう。確かに真行寺は、持ち前の勘でなんどか表彰状をもらっている。けれど、やるというのでもらったまでだ。だから、くれてやってもいい。そのためにもここで見張っていてもらわないと困る。

「気をつけたほうがいいんですよ」と真行寺は言った。

「なにを?」

　そういくぶん憮然として言うと、家入はアイスコーヒーを吸い上げた。

「なにせ相手は大企業と衆院議員がバックについてるキャリア官僚なので。いまはなんの容疑もないんですから、へたに被疑者扱いするとあとあと面倒なことになりかねません。実際、帝国ホテルで小柳とあの程度話しただけで、すぐに本庁の部長に電話が入りましたからね」

「本当ですか」と家入は驚きを露《あら》わにした。

本当です。あれから本庁に戻ると、すぐに課長に呼ばれてなにかやったのか、と問い詰められたんですよ。圧力をかけられたとまでは言えませんが、明らかに牽制球です。だからこは、威圧感のある警部補より、たよりなさげな巡査長が行くほうが得策だと思うんです。

うーん、と家入は唸《うな》って、そのあとしばらく腕組みをして黙っていた。これは効いたな、と真行寺は思った。手柄を探しているようなやつは、同時にバッテンをつけられるのを嫌うのである。家入は落ちた。

「対象の特徴は？」

「身長は百七十二くらい、ちょっと太り気味で猫背。歩くときに右足が外側に向く癖があります」

了解しました。行ってください、と家入は言った。

ほっとして、真行寺は家入に車のキーを渡し、山下公園に駐車中の車種を教えた。そして、対象を連れ出せるタイミングになったら、ショートメールを送るので、車を取りにいって欲しい旨を伝えた。さっさと対象を東京都内へ連れ出しちゃいましょう、と言うと、わかりました。そのあと新宿署に連れて行ってもいいですか、と家入は訊いた。ええ、結構ですと言って真行寺は立ち上がった。そうして、家入のカツカレーとアイスコーヒー代を払ってから外に出た。

登龍房のドアを押して中に入ると、店の入口が見える壁際が空いていたので、そこに席を取った。メニューを開き、青菜炒めとプーアル茶を注文した。鮑《あわび》の煮付けがおいしいよと、注文伝票をボールペンで叩きながら女が言った。じゃあそれも頼むよと言ったが、その後でメニューを見るとやたらと高い。まんまとしてやられた、と思った。

店の中には外国人観光客の姿がちらほらあった。色の白い西洋人である。さほど混み合っていないのは、中央を貫く中華街大通りから脇に入っているからだろう。店の壁には「オプト使えます」のポスターが貼ってあった。

青菜炒めの小皿が来た。まあうまい。うまいというか、期待を裏切らない味だ。青菜炒めをつまみながら茶を飲んだ。次に鮑の煮付けが来た。これも期待を裏切らないという表現がふさわしかった。別の言葉で言えば可もなく不可もなし、ということになるのかもしれない。しかし、真行寺にとっては好ましい味である。

本格的な中華料理は日本人が期待する中華料理の味と微妙にずれているらしい。本当だろうか。真行寺は中国には行ったことがない。香港には行ったことがある。香港で食べたのはもっぱら、地元の人が利用する屋台か、道ばたにまでテーブルと椅子を並べる露天の店ばかりだったが、どこも安くてうまかった。食事が合わなくてホームシックになるまでには長逗《なが》留《とう》《りゅう》になるなこれは、と思った。

ドアが開いて黒い鞄を提げたスーツ姿の男が現れた。中太りの猫背。真行寺はすかさず家入に、〈対象来た〉とショートメールを送った。

鮑の煮付けを薦めた女が「おかえり」と声を掛け、戸埜村が「ただいま」と返した。店の隅に椅子を出して編み物をしていた老婆もなにか言った。中国語だった。

「まだ」とだけひとこと戸埜村が言った。

鮑の女が「じゃあ、先に食べちゃいなさい」と言ったので、夕飯のことだと知れた。

「そうするかな」と戸埜村が言った時、バラバラと客が二組入ってきて、空いているテーブルがみんな埋まってしまった。

「もしよろしければ」と真行寺は自分の向かいの席を勧めた。

戸埜村は真行寺を見た。真行寺は「どうぞ。まあどうぞ」とくり返した。老婆が編み棒を動かしながら中国語でなにか言って、これに従うかのように戸埜村は腰を下ろした。

「すみませんね」と老婆が真行寺に声を掛け、「うちの孫はね、国を動かす仕事をしてるんです」と訊いてもいないことまでつけ足した。その日本語には訛《なま》りがあった。

「それはそれは」と真行寺が応じた。

そして、この意味不明の日本語はこういうときには便利だな、と実感した。

「冗談ですので」と戸埜村は言い訳した。

冗談じゃないでしょ、と老婆は反論した。立派なお孫さんで、と真行寺は受けた。総務省なんですよ、と老婆がまた言った。戸埜村が諌《いさ》めるような調子でこんどは中国語で老婆になにか言った。

鮑の女が中国語でこれに割って入り、「先にビールちょうだい」と戸埜村が言った。

男の店員が瓶《びん》ビールとコップを運んできた。戸埜村は瓶を摑んだ手をふと止めて、「飲まれますか」と真行寺に訊いた。真行寺はうなずいて、

「せっかくですから」と言った。

戸埜村はグラスを真行寺のほうへ押し出してそこに瓶を傾けながら、中国語でなにか言った。すると、グラスがまたひとつ運ばれてきた。そこにもビールを注いでから、戸埜村はどうもとグラスを持ち上げた。真行寺も捧げ持ってこれに応じた。

くい、と飲んで、とん、とテーブルにグラスを戻すと、真行寺は店の隅に立っている鮑の女に向かって、すみませんと声を掛けた。

「この店は中国人民元《ちゅうごくじんみんげん》は受け付けていますか」

「やってないよ」とぶっきらぼうに女は言った。

「そうですか」と真行寺は言った。そして、「困ったな」と自嘲気味に笑ってみせた。

「どうかしましたか」戸埜村が訊いてきた。

「いやね、中国に旅行したときに両替した人民元が余ってるから、どこかで使えないかなと思っているんですが」

女は聞こえていないふりをしていた。面倒な客だと思っているにちがいない。

「その人民元はいくらあるんですか」と戸埜村が訊いた。

「500元ですね」

「じゃあ、オプティコインのアプリをスマホに入れてくれたら僕が両替しましょう」と戸埜村は言った。「500元を僕にくれたら、僕のほうから500オプトを送金します。1オプトは16円なのでレートは多少変動しますが、1人民元はだいたい16円。今日のレートでは1

中国人民元は15・98円なので、500元は円建てにすれば、ちょっと待ってくださいよ、電卓出します。えっと、――7990円だ。つまり10円の差額は僕がかぶります。それでよろしければ」

「なるほど、それはいい手ですね」と真行寺は言った。「つまりオプティコインってのは中国の法定通貨である中国人民元に紐づけられていると考えていいわけだ」

戸埜村はただ曖昧に笑ってグラスに口をつけた。

「オプトっていうのは中国でも使われてるんですか」と真行寺は訊いた。

「いや、どうでしょう。似たようなものはあるでしょうが」

「でも、もしオプティコインがいまは1オプト16円と謳っているけれど、実のところは中国人民元に紐づけられていて、その差額分はいまこれをしゃかりきになって広めようとしているソフト・キングダムが補塡しているとするじゃないですか、ほら、いまあなたが差額分の10円をかぶってくれたように」

戸埜村はすこし困惑したような表情になって、それで、と言った。

「ちょっと面白いことを思いついたんです。ソフト・キングダムと中国政府が手を結び、タイミングを見計らって、いま中国政府が国民に使わせている電子マネーと、日本のオプティコインのシステムを統合しちゃうんです。中国は中央政府がとても強いので、これからはオプティコインを使えと政府が命令すれば、簡単にできちゃうんじゃないのかな。これってどう思いますか？」

「さあどうでしょう」戸埜村は曖昧な返事をした。

ふたりが挟むテーブルに、煮魚と野菜の炒め物がひと皿ずつ運ばれてきた。

「でも、それはなかなか面白いですね」と戸埜村は言った。「なるほど、ソフキンさんは中国人民元を日本に浸透させようと、せっせとオプトを配布してるってことですか。朴社長は中国びいきの人だから可能性がないわけでもないな。ただ、いまは10円ですみましたが、普及しているオプティコイン全体の差額となればかなりの金額になりますよ」

「けれどそれも円安になればまた話は別でしょう。1中国人民元が16円以上になればね。たとえば16・10円でさっきの話をやり直してみましょうよ。このレートでは私があなたに渡する500人民元は円建てだと8050円になる。500オプトつまり8000円を私に送金するあなたは50円得をすることになります。こうして得したり損したりを日々くり返していたら、中国人民元と日本円のレートに大きな変動がない限り、差額の精算はどんどん未来に持ち越しちゃえばいい。場合によっては、ソフト・キングダムが飲み込んじゃうんじゃないんですかね」

「そうですか、それは大した太っ腹だ」

「そうなんです」と真行寺は深くうなずいた。「〈オツレサン〉なんて変な人型ロボットを無料《ただ》で配るくらいですからね」

「売れてるらしいですね、あれは。——どうです、よかったらつついてください」

「いただきます。まあ厳密には無料ではなくて、〈オツレサン〉を買ったときに日本円で払ってもらって、その見返りにオプティコインで払い戻すなんてことをやっているわけです。これなんか太っ腹を通り越して、無謀《むぼう》ですよね。どうしてこういうことができるんでしょうか?」

「さあ、ご存知でしたら教えてくれませんか。ビールを奢りますよ」

「いや、私も知らないんです。ただ、妄想は人一倍強いほうなので、もし聞いていただけるのなら、私こそ海老チリでもご馳走《ちそう》します。こんなこと人に話すといつも頭がおかしいとか言われて気味悪がられるんですよ」と真行寺は言った。

「そうですか。とても面白いので僕は聞きたいなあ。いいでしょう、ビールと海老チリで手を打ちましょう」

戸埜村は首をねじ曲げると、中国語でオーダーした。

「ありがとうございます。ああ、うまい。——えっとなんでしたっけ?」

「ソフト・キングダムはオプトと中国元の差額、実際には、中国元と日本円のレートを1対16と固定した場合と現実の為替レート、このふたつの差額を飲み込んでいるんじゃないかっておっしゃったんですよ」

「そうなんです。そして実のところ、ソフト・キングダムは飲み込む必要さえないんです」

「えっ。それはどうしてですか」

「中国が払ってくれているからです」

「中国が? どうして中国が払うんです」

「オプティコインで払うってことは、中国人民元で払ってるのとほぼ同じなんですよ。オプティコインがどんどん広がるということは、中国人民元の商圏が広がっているということを意味するんです。情報は国境をやすやすと越えますよね。中国って自分の領土をどんどん広げたがるじゃないですか。チベットとか、どう考えてもあれは中国とは思えない。チベットの人たちは、国家主席よりもダライラマのほうが百倍好きでしょう。宗教だってちがうし言語だってちがう。それでも手放さない。ウイグル自治区なんてのも中国とは思えないなあ。たったいま思いついたことなんですが、だいたい中国が自分たちのことを中国だって名乗りだしたのはつい最近ですよね。受験勉強でややこしいなあと思いながら覚えました。殷《いん》・周《しゅう》・秦《しん》・漢《かん》・隋《ずい》・唐《とう》・宋《そう》・元《げん》・明《みん》・清《しん》・中華民国・中華人民共和国って。中国になったのはお尻のふたつからじゃないですか。〝中国四千年の歴史〟なんて言うけれど、中国四千年の歴史と言えるようになったのはごく最近ですよね。せいぜい百年くらい？」

「面白いなあ」と戸埜村は言った。

「面白いですか。ありがとうございます。海老チリきましたね。食いましょう。――うん、うまいですね。――話を戻しましょうか。とにかく中国は自分たちの領土をジリジリと広げたがる。当然のことながら周辺国は警戒しますよね。あのフィリピンの大統領なら撃っちまえと命令しかねない。つまり、物理的な領土、海域は押し返されることが多いし、痛手をこうむることもある。けれど、さっきも言いましたが、情報はやすやすと国境を越える。つまり、情報なら侵入できるってわけです。ブロックされたら諦めればいい。情報は、もうすでに日本海の海底ケーブルを経由して日本列島に入り、日本経済の地下を流れ始めている。この情報がオプティコインという通貨なんですよ」

「なるほどなあ。どうぞ、まあもう一杯」

「ありがとうございます。このビールは中国産でしたよね」

「青島《チンタオ》です」

「そうですか。インドネシアで飲んだビールと似てるなあ。ビンタンビールだったっけ、いや、ビンタンが青島に似てるのか」

「青島を租借していたのがドイツだったので、ドイツの技術で作ったビールが青島です。インドネシアを占領してたのはオランダだから、あっちはハイネケンの味に似てる。というかハイネケン技術者が作ったビールなので同じものです。ドイツとオランダのビールってことになると似てても不思議はないでしょう」

なるほどなるほど、とうなずいて、真行寺は酒のせいで上機嫌になっているふりをした。

「しかし、ビールはとにかく、中国文化はすごい。そば屋とラーメン屋の数を比べたら、圧倒的にラーメン屋のほうが多いですからね。情報よりも先に味覚のほうを手懐《てなず》けられてしまっているんですよ、われわれ日本人は」

「ラーメンはもう日本食でしょう。少なくともアメリカやヨーロッパから来た観光客は日本食だと思ってますよ」

「しかし、もともとは中国のものだ。中華そばって呼んでたんだから。いくら改良を重ねたからといって和そばと名乗ったら詐欺です。もっと堂々と中国のことを褒めてあげればいいじゃないですか」

「え、褒めているわけですか、あなたは。えーっと、名前をお聞きしても？」

「真行寺と申します」

「戸埜村です。ところで、そろそろここらへんで人民元の両替をしちゃいましょうか」

「いやもういいんです。忘れてください」

「え、どうしてですか？」

「いや、中国人民元なんて持ってないんですよ、実は」

「持ってない？　持ってもないのにどうして人民元での支払いが可能かなんて訊くんですか？」

「オプトのことをあなたと話したかったからですよ。自分の仮説、1オプト16円という設定の背後には、1元は約16円というレート、つまり中国人民元があるんだという自分の見立てをあなたに聞いてもらいたかったんです、戸埜村さん」

「僕に？」

「そう、MMTを小柳浩太郎に吹き込んだあなたにね」

戸埜村はMMT？　とつぶやきながら首を傾げた。真行寺は青い小瓶を摑んで戸埜村のグラスに注いでから、

「申し遅れました。警視庁捜査一課の真行寺と申します」と言った。

「一課というと」

「凶悪犯罪が担当になります」

「一課が僕になんの用です」

「あなたを守りに」

「守る？　どうして」

「だからMMTですよ」

「なんですかMMTって？」

戸埜村は依然として笑ってビールを飲んだ。腹が据わっているのかもしれないし、酔って危機感が希薄になっているのかもしれない
「そうMMTです。日銀は打ち出の小槌を持っている。日銀が持っているのは政府が持っているのと同じこと。だから、いまこそどんどん振って、公共事業をやり、デフレから脱却しましょうという、新財政構造改正法案のベースになっている経済理論です」

「はあ。ずいぶんと博識だ」

「ええ、本当はこんなこと知りたくはなかったんですが。ともあれ、あなたはMMTを小柳に吹き込んで新財政構造改正法案を書いた。ただ、あんな議員立法なんて通りっこないことはあなたにはわかっていた。小柳にも不可能だろうと伝えていた。そして、不可能だとわかっていながらも小柳はこの話に乗った」

「ちょっと待ってください、とんでもない方向に話が進んでますが」

「いや、大丈夫。目的地にむかって順調に航行中です」

「じゃあ、お訊きしますが、実現不可能なプランを不可能だとわかっていながら提出することにどんな意味があるんです？　そして、小柳はなぜその計画に乗るんですか？」

「兵は詭道なり」と真行寺は言った。

「おお、孫子ですね。兵は詭道なり。ゆえに能なるもこれに不能を示し、用なるもこれに不用を示し、近くともこれに遠きを示し、遠くともこれに近きを示し、利にしてこれを誘い、乱にしてこれを取り、実にしてこれに備え、強にしてこれを避け、怒にしてこれを撓《み》だし、卑《ひ》にしてこれを驕《おご》らせ、佚《いっ》にしてこれを労し、親《しん》にしてこれを離す……だったかな」

「現代語にしてくださいよ」

「簡単にいうと、〝戦争は騙し合いだ〟ってことです」

「それは知ってます。もうちょっと教えてください」

「できることをできないように見せ、できないことをできるように見せる。そういった虚実の駆け引きが戦いなんだってことでしょう」

「そうです。できないことをできるように見せる。それがMMTだったんです。実はあなたはMMTなんか実行しようとは最初から目論んでいなかった。できないことはわかっていたから。それをできるように見せて、提唱者の人気を沸騰させることこそが目的だった。そしてそういう詭道をこなすには小柳浩太郎はうってつけの役者だった」

「ほお。では、どのように騙しているんですか。新財政構造改正法案が通らないのがわかっていて、提案した。それをもとにどんな詭道でなにを欺こうとしているんですか」

「実はMMTを実行しているのは中国なんです」

「へえ、それは初耳です」

「戸埜村さんがそんなことを言うなんておかしいですね。ちょっと本を読んで調べてみたんですが、中央政府がべらぼうに強い国の中でもっとも健全な財政を保っているのが中国だそうじゃないですか。国債発行残高はGDPの17%ですよ。最近は地方政府の債務が増えて困っているそうですが、それでもGDPの七割前後ってところです。200%を超えている日本から見ると羨ましいかぎりですよね。これなら日本に流しているオプティコインくらいどうってことないでしょう。さて、オプティコインを大量に日本に流し込んだ後でどうするか。さっき言ったように、中国人民がいま使っている電子マネーをオプティコインに切り替えさせる。そうして、日本と中国のマネーを合流させる。するとどうなるか、共通の経済圏ができあがる。これはある意味、日本が中華圏に入ったことを意味するわけです」

戸埜村はしげしげと真行寺の顔を見た。戸埜村のその怪訝な表情から、どこかで見た顔だとは思うものの、はっきりと思い出せなくてもどかしいという心理が読み取れた。真行寺は続けた。

「日本と中国の奥底に、同じマネーが流れ出す。日本と中国は深いところでつながっちゃうわけだ。つまりこれは中国の一帯一路戦略の変形なんですよ！」

突然、戸埜村の顔がこわばった。

「あなたは、帝国ホテルの」

真行寺は昨日と同じように、こんどはビールのグラスを持ち上げて目配せした。

「一課です。公安は私のように親切ではない。本当に一課ですか、公安ではなくて？」

「二課です。公安は私のように親切ではない。それに昨夜はあなたを張ってあそこにいたわけじゃなかった」

そう言うと戸埜村は相好《そうごう》を崩し、そうですか、それならよかった、と言った。

「で、どうでしょう。私の推察は」

「面白い。話としてはとても面白い。もう少し先を聞きたいくらいだ」

「では、お言葉に甘えて、釈迦《しゃか》に説法と参りましょう。中国政府は中国中央銀行に中国人民元をせっせと刷らせ、これにオプティコインという隠れ蓑《みの》を着せて日本に流している。その普及に一役買っているのが〈オツレサン〉です。〈オツレサン〉を実質的にはただで供給しているのは、ソフト・キングダムがまずは使ってもらって商品の魅力を覚えてもらうためだなんて言っているが、実はオプティコインの普及が目的なんです。あれは日本円をせっせと中国元に両替させているんですよ」

「なるほどねえ。面白いな、それは。もう一杯どうぞ。――こちらに青島もう二本。それに紹興酒《しょうこうしゅ》ももらいましょうか。飲まれます？」

「いただきます。さらに、〈オツレサン〉という商品がなかなか好都合だった。ああいう人型の物体は、所有者にとって人格を持つようになります。ぬいぐるみだってそういう傾向が強いのに、会話できるとなればなおさらだ。当然、多くの主人と〈オツレサン〉との間に親密な関係が生まれる。親密さが増せば増すほど、ユーザーは個人情報を〈オツレサン〉に話す。つまり入力してしまう。それらはソフト・キングダムがみんな吸い上げる。こういう場合、グロスのデータをあちこちにこっそり売りつけてはのちにバレ、悪業が露見することがあるのですが、ソフト・キングダムはそんなケチなことはしない。それらはまとめて中国に渡しているのだから」

「なるほどよくできた話だ。聞いたところによると、〈オツレサン〉の通信系のユニットには中国製品の技術と部品が使われていて、組み立ては中国の深圳《しんせん》だというから、中国側にしてみれば公共事業なんだと強弁できなくもない」

「そうなんですか。知りませんでした。おかげで自説が補強されました。おっと、ありがとうございます。これは紹興酒ですか。うん、嫌いじゃないですね。この味は」

そう言いながら真行寺はすこし飲みすぎているかな、と不安になった。もともと酒にはそれほど強くない。けれど、戸埜村は、いやいや、面白い面白い。乾杯しましょうと言い、真行寺もこれに応じたほうが、相手の舌も滑らかになるだろうという下心も手伝って、しましょうしましょう乾杯、と陽気に杯を重ねた。

するとドアが開いて、スーツを着たふたりの男が入ってきて、店内を見回した。

「戸埜村正隆さんいらっしゃいますか」とそのうちのひとりが言った。

と同時に、真行寺のスマホがチンと鳴って、ショートメールの着信を知らせた。素早く開封すると、〈県警らしき男がふたり入りました〉とあった。馬鹿。神奈川県警は俺の作り話だ、困ったなこいつは。——などといくぶん酔った頭で考えていると、戸埜村ですがなんでしょうか、と座ったまま答えた当人に向かって、来店した男が、

「神奈川県警です。ちょっと署までご同行を」などとわけのわからないことを言い出したので、あれ、おかしいな、神奈川県警は俺の創作だったはずなのに、と真行寺は酔った頭でぼんやり思った。

「神奈川県警？　いま警視庁の刑事さんと話しているんですよ」と戸埜村も酔いの回った口調で言った。こちらもあまり強くないらしい。

「警視庁……」背の高いほうが眉をひそめた。

「なんの御用でしょうか」と戸埜村が訊いた。

「それは署で話します」

戸埜村の腕を取って立たせようとしたその手首を、真行寺が摑んだ。

「これは任意ですよね」

言いながら、自分の声が妙にむにゃむにゃしてるなあ、ともどかしかった。

「任意ではない」と相方の刑事が言った。「逮捕状を取ってあるんだ」

「じゃあ、まずそれを見せましょうよ、基本でしょうが」

そう言いながら真行寺は立ち上がった。動きも緩慢《かんまん》な気がした。これしきの酒で、と情けなかった。

「なんですか、あなたは」と刑事が聞いた。すると戸埜村が、

「ですから、警視庁の真行寺さんです」ともう一度紹介した。

真行寺は気をつけをして、ふたりの刑事にビシッと敬礼した。敬礼を返す代わりに、ふたりの刑事は顔を見合わせた。

「逮捕状を拝見」と真行寺は手を差し出した。

「あなたに見せるものではない」

おー、と真行寺は感嘆のため息を漏らした。

「それはそうです」

真行寺は前に出した手を横に広げ、戸埜村を紹介するように、どうぞ、と言った。戸埜村も、くれ、と手を突き出した。

ふたりの刑事は逮捕状らしき紙切れを取り出した。それはいったん戸埜村に渡ったが、すぐに真行寺へと回された。真行寺は目を細めて、

「うーん、ちょっとおかしいですねえ、この書式は。それとも警視庁と神奈川県警だとまたちがうのかな」などと言って眺めていた。

「容疑はなんなんですか」

「えーっと、中国人労働者の不当な斡旋《あっせん》らしい。字も間違ってるな。大丈夫か、神奈川県警は」

先の刑事はこれを無視し、戸埜村の腕を取ってふたたび立たせようとした。真行寺は書類

に目を落としたまま、戸埜村の肩を押さえつけ、これを許さなかった。

「ちょっと裁判官の名前を確認させていただきますよ」真行寺はスマホを取り出した。

「その必要はない」

あれ、この男の日本語にも訛りがあるぞ。戸埜村の祖母《ばあ》さんのそいつとはちがう、西洋人特有の訛りが。

「どうして必要ないんですか」と真行寺は言った。

「警視庁の刑事が神奈川県警の捜査を邪魔すると問題になる！」

やっぱり訛ってる。特に〝邪魔〟がおかしい。〝県警〟も微妙だな。ちょっとまて、あいつはなにをしてるんだ。通りに面したガラス窓の向こうに家入が立っていた。車のキーをちゃらちゃらさせて海のほうを指さしている。車を取ってきていいかというサインだ。さっさといけ馬鹿、と苛々しながらうなずいた。しかし、家入は動かない。店内でもめている様子が気になるんだろう。真行寺は顎をしゃくって、行けともういちど合図した。しかし、こともあろうに家入は、ドアを開け、すいません、と大声を出しながら入ってくると、神奈川県警と名乗った刑事、しかしおそらく実は米兵に向かって敬礼した。もちろん敬礼は返ってこない。家入は今度はバッヂを見せた。相手はしげしげとそれを眺めている。

「新宿署の家入です。若い頃に品川署の交通課におりまして、箱根駅伝ではいま一課にいる原課長と――」

家入は自己紹介を終えることができなかった。窓際の席であんかけ焼きそばを食っていた白人が箸を置いて立ち上がり、家入の顎をストレートで打ち抜いたからだ。垂直に家入は崩れた。まるでダイナマイトを仕掛けられて解体されるビルが、縦に崩れ落ちていくように。

これを見ながら真行寺は、さて困ったぞ、と思った。

「傷害罪です、これは」と戸埜村が言った。

「ちがう、公務執行妨害だ」とふたり組の刑事の片割れが言った。

真行寺は笑った。そして、家入を殴った白人の男を指さした。

「てことはこの人は警官だってことになる。ヘイ、アー・ユー・ポリスマン?」

ノー! と白人の男は叫ぶように言った。ノー? ノーですか? だったらなに? CIA? 海兵隊? FBIってことはないよな。そんなことを拙《つたな》い英語で喋っていると、鮑の女がやってきて、とん。なにかをテーブルに置いて、真行寺を指さした。

白いこけしのように見えたそれはコードレスホンの受話器だった。こういう面倒な手続きを踏んで連絡してくるのは、ひとりしかいない。

「ハロー、相棒」今日は自分から言ってみた。「まだ日本にいたのかよ」

しかし、聞こえてきたのは黒木の声ではなかった。それは古いのんびりとしたジャズだった。サックスがシンプルなメロディを吹いていた。後ろではドラムとピアノとベースとヴィブラフォンが混じり合っている。この緊迫した状況でそののどかなサウンドは実に間が抜けて聞こえた。

真行寺はコードレスホンをテーブルの上に戻した。すると、編み物をしていた老婆が立ち上がって言った。

「出て行け」

その声は家人を殴り倒した白人の大男に向けられていた。

「ここは日本なんだ」

そうだ、と思った。ここは日本だ。とはいえ、中華街で中華料理店を営んでいる中国残留孤児だった老婆の口から出ると、その命令は複雑な味わいがあった。

眼球を動かし、素早くカウントした。軍人相手じゃ一対一でも勝ち目はない。位置確認のためだ。全員で七人。正面突破は諦めよう。家人を殴り倒した白人の男が一歩前に踏み出した。

観念して、真行寺は抜いた。フリーズ！　と叫ぶ必要はなかった。目の前に突き出された銃口に男の表情が凍り付いた。ほかの連中も信じられないという顔をしている。日本人が銃を向けるというのは想定外だったろう。だから丸腰で来たってわけだ。それにしても特務を負ったオペレーションにしては雑すぎる。日頃デスクにへばりついているようなチビひとり簡単に連れ出せると思ったんだろうが、そうは問屋が卸さないんだよ、ボケ！

客のひとりがスマホをこちらに向けて撮影しようとしたので、やめろと怒鳴って、引っ込めさせた。

厨房の中からランニングシャツを着た男が出てきた。見るからに中国人、それも広州とか南のほうから来たような濃い面構えの連中が五人いた。みな手にでかい包丁を持っている。

「ふたりは店の前を固めてくれ」と真行寺が言った。

戸埜村がそれを中国語に訳した。

中のふたりが店の出入口を塞ぐように立った。

真行寺は銃を構えたまま、倒れている家入の傍《かたわ》らに跪《ひざまず》き、その手から車のキーを取った。

「車で逃げるのか」と戸埜村が言った。「酒気帯び運転だな」と笑って、鞄を手に立ち上がった。

「まだ乗ってないぞ」と言って、真行寺はいったんポケットに突っ込んだ偽の逮捕状を老婆に渡した。

「本物の神奈川県警に見せてください」

老婆は上着をめくり上げるとスカートのウエストゴムの下にそれを挟んだ。

厨房の入口を固めている三人の背後に回った。そして、敵陣に向かって英語で、

「そのままでいろ。二十分だ。お前たちはタフで訓練している。けれどこいつらは功夫《カンフー》マスターだ」

真行寺は叫ぶように言った。こなれない英語だなと内心自嘲しながら……。ただ、意味は通じただろう。戸埜村が中国語に訳すと、包丁をもった連中が一斉にアチョー！と叫んだ。威嚇《いかく》効果があったのかどうかはわからないが、ともあれ相手は動かなかった。戸埜村の肩を押して、厨房に入った。厨房は狭かった。数歩歩いたらもう裏口だ。アメリカ映画のように、料理人を次々に驚かせながら、厨房を突っ切り、裏口から逃げるってわけにはいかない。裏

口があっただけでも幸いだったと思ってドアを開けた。外に出て、細い路地を海のほうへと曲がった。一瀉千里《いっしゃせんり》に駆けるべきなのに、ふたりとも酔っていたので歩くのが精一杯だった。

ゆるゆると歩を進めていると、パトカーのサイレンが近づいてきた。まずいなと思った。アメリカ勢は、神奈川県警を偽称し、さらに警視庁の警官を殴り倒したんだから、先にそちらを言い訳しなければならない。しかし他の客は、銃で威嚇した人間が裏口から逃げたと駆けつけた神奈川県警に証言するだろうから、これは厄介《やっかい》だ。

なんどか路地を曲がっていると、戸埜村が高い鉄柵《てっさく》の脇で立ち止まり、いきなりこれによじ登った。あっけにとられて突っ立っている間に、向こうに着地して、中から柵に組み込まれた潜《くぐ》り戸《ど》を開けた。これはもう入るしかないなと思った。

「ここは神社なのか」と真行寺が訊いた。

「まあ似てますね。中国では廟《びょう》と言うんですが、死者の霊を祀《まつ》っているところです。ここは三国志《さんごくし》の関羽《かんう》って人が祀ってある。遠慮しないでいいですよ、中華街の組合が管理しているところなので」

戸埜村はそう言うと、神殿に続く階段を上がり始めた。後をついていくとかすかに息が切れた。神殿に入る手前には、香炉台《こうろだい》がいくつか並べられている。炉の中には、線香がふたつ、燃え尽きる直前の花火のようなかそけき柑子色の光を灯していた。神殿を隔てる扉に戸埜村は手をかけた。鍵はかかっていなかった。中に入ると漆黒《しっこく》の闇である。スマホの灯りを頼りに進むと、ご神体の前の床に茶色いクッションが並べられていた。拝礼のために跪《ひざまず》く時、膝をここに当てるのだろう。そこに戸埜村が後ろ向きに尻をつけた。ご神体に背中を向けるとは無作法だが、ほかに座るところも見当たらないので、真行寺もこれに倣った。

「紹興酒がよけいだった」

静寂の中で、自分のざらついた息づかいが耳についた。

「そうですね」と戸埜村も同意した。

ふたりして深く息を吸っては吐きながら、脈が落ち着くのを待った。それにしても、と戸埜村が言った。

「連中は俺をどこに連れて行くつもりだったんだろう」

「横須賀基地」と真行寺は言った。「たぶん入ったきり出てこられないでしょう」

そうか、と戸埜村はうなずいて、

「アメリカもそうとうに焦ってるんだな」と苦笑した。「まあ、華威の副社長が保釈されるって話ですからね」

「副社長の保釈とさっきの奇襲とは関係があるんですか」

「副社長を保釈するってイギリスがアメリカに通告してきたんです。イギリスにとってはEU離脱を控えて、背に腹はかえられぬという事情があるんですが、これはアメリカにとっては同盟国の裏切り以外のなにものでもない。ともあれアメリカは別の人質を探さなければならない。ところが、華威の副社長の代わりになる大物なんてなかなかいない」

「そこであんたに目をつけたってわけか、大したもんだな」

「いや、本当の狙いは朴社長ですよ。けれどいくらなんでも、日本で朴社長をいきなり攫《さら》うわけにはいかない。そこで俺をまず捕獲して、朴社長のアキレス腱《けん》にしたてあげようと狙ったんですよ」

なるほど、緊急なのと対象が小物だったので、オペレーションが雑になったってわけだ。ただ、次はもうこんなふうにはいかないだろう。

「なぜわかったんです」戸埜村が突然訊いた。「なにがきっかけで俺に辿り着いたんですか」

「豊崎の死がどうも釈然としなかったからです」

「――豊崎ってのは？」

「スカイ・プレイヤーの社長ですよ」

スカイ・プレイヤー……。復唱して戸埜村は記憶を辿った。映画の宣伝会社ですよ。この間の選挙運動で令和新党に協力した……。真行寺がそう言うとようやく、ああー、と出処《でどころ》を突き止めた声を上げ、

「手島のところの社長か。驚異的に無能な経営者だと手島が言っていた」

「あなたと手島さんとの関係は？」

「高校のエイケンです」

「エイケン、映画研究会ですか」

「そうです。手島が監督、俺は脚本を書いていました。どうせ訊かれるだろうから、先に自白しちゃいますが、小柳とは手島が小学校が同じだったんです。学年は俺たちの二個下。イ

ケメンだったから、監督の手島が、私立のおぼっちゃま高校に通っている小柳を連れてきて役者をやらせた。懐かしいな。あの頃は監督の手島が小柳に『台詞をやたらめったら重々しく喋るんじゃない』なんて怒鳴りまくって、芝居に駄目出ししてたんですよ。そういえば小柳っていまもその癖が直ってないよな」

そうか、殺された豊崎はいわば枠外《わくがい》のキャラだったんだ。豊崎の周辺を洗ってもなにも出てこないはずだ。

「てことは、この一連の件で、スカイ・プレイヤーで中心となって動いていたのは手島だったんだな」

「というかね、手島だから実行したんですよ」

「なぜ手島をスカイ・プレイヤーに潜り込ませたんだ」

「潜り込ませたってのは人聞きが悪い。この〝令和計画〟を始める前にはもういたんです」

「いや、スカイ・プレイヤーの創立の年を考えれば、前職があるはずだ」

「手島の前職ですか。ソフト・キングダムですよ」

なんだって！　真行寺は二の句が継げなかった。

「監督になれないのならせめて映画を仕事にしたいから、ソフキンを辞めると言い出して。考え直せと言ったんですけどね。馬鹿なので言うことを聞きませんでした」

「ちょっ、ちょっと待ってくれ、手島はソフト・キングダムで何をしてたんだ」

「M&Aです。全米第四位の通信会社を買収した時に、契約の詰めをやったのが手島です」

新たに朴社長が加わって、朴・手島・戸埜村というもうひとつのトライアングルが浮かび上がった。朴と手島は元上司と部下。朴と戸埜村は企業とその事業に縁《ゆかり》の深い省庁。手島と戸埜村は友人。この三辺でトライアングルが形成され、これに手島・戸埜村・小柳からなる映研トライアングルが連結されているというわけだ。

　しかし、映画のことなんてどうでもいいんだと言っていた手島が、ソフキンの高給を棒に振ってまで映画に拘泥《こうでい》したとは読めなかった。あの台詞はこちらを煙《けむ》に巻くためのものだったんだろうか。

「映画のことなんかどうでもいいって？　どの口が言うんだって話ですね。手島は俺たちの中では一番のシネフィル《映画通》ですよ。ただ、宣伝の仕事ってのは、映画好きほどツラいんだなんてことは言ってましたがね」と戸埜村は補足した。

「豊崎が無能だというのは？」

「土日も出勤しなきゃならないほど忙しいのに、こんなに儲からないのは経営者が無能だからら以外の理由は思いつかない、なんてよく愚痴をこぼしてました。まあ要するに映画一本あたりのギャラが安すぎるってことらしい。訊いてみると、確かに安い。そこまで時間と労力を使ってそれだけしかもらえないのなら、口の悪い手島じゃなくたって愚痴りたくもなるでしょうよ。だったら政党の宣伝活動でもやるかって訊いたら、手島が内容を教えろと言うのでとりあえず『小柳を政界のスターにする作戦だ。監督の腕の見せどころだぞ』を前口上に選挙戦のことを話したんです。そしたら手島が、軍資金と脚本さえ用意してもらえればやってやるなんて言ったんで、小柳も手島だったらやりやすいだろうと判断して、朴社長に相談した。さいわいにも手島の上司、つまりその豊崎ってのが朴社長を尊敬してたんで、ふたつ返事で引き受けてくれました。まあギャラも、映画会社からもらってる仕事と比べたら格段によかったんで当然ですけどね」

「小柳はどうやって口説いたんだ。離党となると相当の覚悟が必要だったろう」

戸埜村はふっと笑って、

「まあ、親父《おやじ》が親父ですからね。あの時はあいつも政治家になったんだなと思いました」と言った。

小柳浩太郎が総理経験者の息子であることを真行寺は思い出した。

「首相になれるとでも？」と真行寺は訊いた。

「いや」と戸埜村は首を振った。「いまの日本じゃ離党して新党なんか立ち上げたら、総理になるのは無理ですよ。俺はこう言ったんです。『歴史に名前を残して、親父さんを超えてみないか』って」

「それは、対米追従路線を放棄して、中国との同盟関係に舵を切れってことだよな」

「そういうことです。そのほうが歴史的に見ても正解なんですよ。戦後の七十年が特殊だっただけです」

「けれど、香港とか、チベットなんかを見ていたら、中国と手を結ぶことがはたしてよき選択なのかは迷うところだろ。中国に民主主義はあるのか。いや、そもそも日本にだって民主主義はあるんですか、なんてはぐらかしはよしてくれよ」

そう言うと戸埜村は笑って、わかりました、ちゃんと答えますよ、と言った。

「イギリスのとある研究所が世界各国の民主主義指数っていうのを二年おきに出しているんですよ。その方法は割愛しますが、百六十七ヶ国を対象に、その民主主義の程合《ほどあ》いを数字に置き換えてランクづけしてるわけです。因みにこのあいだの中国は百六十七ヶ国中、堂々の百三十九位」

「低いじゃないか」

「低い。このランキングのもうちょい下には、オマーンとかアラブ首長国連邦とか、中東の独裁政治体制の国が出てくる」

真行寺はギョッとした。

「そりゃあ間違っても民主的な国とは言えないな」

「ええ。因みに日本はときどき愛甲首相の独裁国家だと揶揄されますが二十三位につけてます。もうちょっと頑張るべきでしょうが、ぜんぜん駄目というほどでもない。日本人は民主主義国家日本に生まれたことを感謝するべきですね」

「アメリカは？」

「ふたつ上の二十一位です。因みにひとつ上には韓国がある。つまり対中国の三国が並んでいるわけです」

「ちょっと待ってくれ。二十一・二十二・二十三位の民主主義の同盟があるのに、どうして百三十九位の独裁政権国家にすり寄るんだ」

「まずいですか」

「まずいだろうよ」

「アメリカにくっついていたほうがいい？　真似して言わせてもらえば、どちらにもくっつかないで独立独歩で行くんだなんて、荒唐無稽なこと言うのはよしてくださいよ」

「言っちゃ駄目なのか」

「寝言ですよ、そんなもの。マシなほうを選ぶしかないんです」

どこかで聞いた台詞だった。

「じゃあアメリカだ」と真行寺は言った。

アメリカのロックが好きだから、というひとことは添えなかった。

「たいていの日本人はそう言う。そう考えるほうが楽だからです。でも、俺に言わせれば、それは非常に危険な選択だと思う」

「なぜ」

「まもなく中国が世界の覇権を握るから。その象徴的なターニングポイントが5Gです。これからの社会は情報を掌握《しょうあく》したものが勝つ。ものづくり大国の復権なんて言ってるような経産省の連中は現実を見ていないんです。中国の情報技術はすでに世界一となった。情報産業は新しい産業だ。だから技術の抜きん出たものがイニシアティヴを取る。情報技術が経済システムを変えていく。愛甲首相が得意とする金融緩和なんてのもできなくなっていきます。

どんどん円がオプトに換えられるということは、そのぶん円という現金が市中になくなることを意味します。だけど国債は円でしか買えない。金融緩和なんてものは、銀行が持っている国債を日銀が買い上げるってことだから、銀行に円の貯蔵量が少なくなると、このオペレーションはできなくなるんです。情報技術は医療も変えます。癌《がん》はたとえ罹《かか》ってもなんの心配もいらない治療可能な疾病《しっぺい》になる。おそらくそれは遺伝子を整えることによって行われ、その先陣を切るのは中国でしょう。倫理的なタブーが薄弱で、強大な中央政府が大量の資金をそこにつぎ込んでいるわけですから」

目まいがしてきた。

「だから日本は中国について行くほうが得《とく》なんです。おっと、損得がすべてではない、なんて野暮なことも言いっこなしですよ。遅かれ早かれ、アメリカはGDPでは中国に抜かれます。日本はまもなくひとり頭のGDPでも中国に抜かれるでしょう。つまり我が国は、国力という点でも、個々人の生活レベルにおいても、中国よりも下になる。いろんなところでそういう兆しはもう見え始めている。経営危機に至った日本のメーカーを中国が支援するなんてことはいまやめずらしくありません。まもなく日本人が中国に出稼ぎに行くようになります。これはもう確実です」

真行寺はぞっとした。

「ショックですか」見透かしたように戸埜村が笑った。「その気持ちはわかります。でも慣れるしかない。中国は貧しくて教育程度も低いという思い込みから、日本人は一刻も早く脱しなくてはいけない。すでに韓国はアメリカを嫌って中国にすり寄ろうとしている。日本にとって大事なのは韓国よりも先に中国の傘下、古い言葉で言えば冊封体制《さくほうたいせい》に身を投じることです。これを先に韓国にやられてしまうと、統一後には朝鮮が中国をバックに日本に牙《きば》を剝《む》いてくるでしょう。中国大陸と朝鮮半島は、ともに日本軍の侵略を受けた国どうしという共通認識のもと、過去のあることないことを蒸し返し、ことあるごとに無体《むたい》な要求を突きつけてくる。こうなるともう勝ち目はない。だから今こそ、方向転換の準備を進めなければならないんです」

嫌だ。真行寺は言った。

「嫌だってなんだってしょうがない。いまのアメリカ大統領が大番狂わせで当選した時、愛甲首相がすぐさまニューヨークに飛んでいったことを、マスコミは馬鹿にしましたが、あれ以降、首相は外交面ではかなりポイントを稼いでいます。同じことをこんどは中国にするべきです。それも一気呵成にではなく、アメリカにバレないように、まるでサラミソーセージを紙のように薄く薄く切るように、少しずつ少しずつすり寄っていくんです。――なんて思っていたんですが、バレていたみたいですね。こうなったら、早いところセットアップしたほうがいい」

荒唐無稽なようでいて、リアリティはあった。そして怖かった。

「さて、そろそろ質問に戻りましょうか」

戸埜村がそう言った時、真行寺は質問の何たるかを忘れていた。

「俺はなんと言って小柳を口説いたのか。その続きがまだ残っていますよ」

「だから、親父《おやじ》さんを超えてみろ、だろ」

「そうです。すると小柳は、どうやって超えればいいんだ、と訊いてきました」

「アメリカから中国に鞍替《くらが》えするんだろ。それをいま話してたんじゃないか」

「そうなんです。そうなんですが、小柳はねえ、真行寺さんほど物わかりがよくないんですよ。もっとわかりやすく、まるで映画のワンシーンのような絵巻物を目の前に広げてやらないと。さてそれはなんでしょうか」

クイズのように尋ねられ、さてと真行寺は考え込んだ。総理にならずとも歴史に名を残せるもの、そしてこれで父親を超えたとみなを納得させられるもの。父親が成し遂げられなかったモニュメンタルな実績……。そして、まるでハッピーエンドの映画のように小柳がエンディングでガッツポーズできるようなシーン。それは、なんだ。なんだなんだなんだ。

突如、真行寺の目の前に、にこやかに手を振りながらタラップを降りてくる小柳浩太郎が出現した。続いてぞろぞろと数人の日本人がこの後に連なる。カメラが徐々に引くと夥《おびただ》しい数のフラッシュを焚く報道陣が現れ、その後方では大勢の出迎えが控えていて、盛大な拍手を送っている。

「拉致問題か」

そう言って戸埜村を直視した。脚本を書いた男の顔には、してやったりの笑いが浮かんでいる。

そうか。小柳浩太郎の父良太郎は拉致問題に積極的に取り組んだ政治家だった。そして、北朝鮮の前労働党委員長と面会し、拉致被害者五名を取り戻した実績がある。しかし、このときの強引なやり方が北朝鮮を怒らせ、最終的な解決が遠のいたという批判がくすぶり続けている。ここで息子の浩太郎が残りの被害者全員を取り戻すことに成功した暁《あかつき》には、ある意味で息子は父を超えたと言えるだろう。けれど、どうやって？　思えば、愛甲首相もまた、副官房長官だった当時、小柳良太郎と共に北朝鮮に入っており、拉致問題の解決に関しては非常に熱心であるにもかかわらず、なかなか駒を進められていないというのが実情なのに。

「そうなんです。首相も決してほったらかしにしているわけではないんです」と戸埜村は言った。「けれど、それでも埒があかないんだから、駒の進め方を変えるべきなんですよ」

あっ、と真行寺は思った。

「中国側から攻略するのか」

「そうです。愛甲さんはアメリカの大統領から圧力をかけてもらいなんとか北朝鮮を動かそうとしている。比べてみてくださいよ、中国のほうから圧力をかけてもらうのとどちらが効くか、北朝鮮の立場に立って考えてみれば明白です。ついこないだ会話し始めたばかりのアメリカと、朝鮮戦争のときに援軍をもらい、いまも年間約五百トンの石油を大慶《だいけい》油田から延びるパイプラインを通じて送ってもらっている中国と」

「けれど、中国にすり寄るとしたって、すり寄ってきてまもない日本に中国はそこまでサービスするだろうか」

「そのためにオプトがある」

「どういうことだ」

「オプトが中国と日本を一体化させるんです。これが日本が朝鮮《コリア》を出し抜くための一手です」

「わからないな。それが得策なら、朝鮮《コリア》だって同じ手を打ってくるんじゃないのか」

「いや、韓国にはできない。一九九七年に財政が破綻して、国際通貨基金《IMF》からの資金支援を受け入れた韓国経済には、アメリカ資本があまりにも深く入り込んでしまっている。それに北朝鮮には、オプトを使えるだけの通信ネットワークがまだ国内に張りめぐらされていない。だから、朝鮮半島を飛び越してまず日本が中国と経済圏で一体化することができるんですよ」

「たとえできたとしても、中国の経済圏に日本が飲み込まれるってことじゃないのかよ、それは」

「そういうふうに言うこともできるでしょう。けれど、共通のプラットフォームで日本の勢力を中国に拡大するチャンスだと捉えることもできる」

　真行寺にはそれを判断できるだけの教養はなかった。

「グローバル化は避けられない。だったらどこと共通のプラットフォームを持つのか。歴史的に考えて、中国と組むのが妥当だと俺は思うんです。もう一度言いますよ。GDPで日本が中国を抜くのはもう無理なんですよ。アメリカが中国に抜かれるのは、俺の計算では、二〇四〇年です。いま一歳の子が、成人式を迎える頃には世界の勢力図は大きく変わっているってことです。だったら、日本は中国の一番目の子分にしてもらうことが最良の選択肢なんです。悔しいですか、でも日本はずっとそうやってきた、アメリカの子分としてね」

「ちょっと待てよ、香港を見てみろ。中国に制度的に完全に飲み込まれたくないから、あそこまで抵抗してるんじゃないか」

「だから慣れますよ。いや慣れるしかないんです。中国じゃ個人情報が吸い上げられている状況は、〈オツレサン〉の比じゃない。顔認証が発達している中国では、信号無視したらすぐさま個人名で警告されます。でも、それも慣れですよ」

黒木も言っていた。慣れるだろう、と。人間はたいていのことに慣れるんですよ、と。

そう言ったあと戸埜村は、たぶんね、とつけ足した。

「それでどうするんですか」突然、戸埜村が言った。

どうする？

「俺をどうするんですか」

そう言われて、話が目下の急務に戻ったことを理解した。

自分は一体なにを目的にこの中華街に来たのだろう。知りたいと思ったからだ。現実になにが起こっているのかを知りたい、と。そしていま、戸埜村の言葉でそれを知った。

自分が追ってきたMMTや新財政構造改正法案は見せ球だった。小柳のチームは人気を得るために、現政権が採択できないとわかっていながら提案した。さらに景気が落ち込めば儲けもの、こちらが出した案を潰したからこんなありさまになったんだ、とまた喧伝する。そして知名度と人気を上げつつ、「対米追従路線の度が過ぎる」というクリシェの裏に潜ませた中国寄りの外交を徐々に露わにしていこうという作戦だったのだ。

まさしく、兵は詭道なり、である。

首謀者は戸埜村だ。これをいま白日の下にさらせば、売国奴として彼が集中砲火を浴びることは間違いない。けれど、長い歴史のスパンで見れば、戸埜村がやろうとしていることが、日本にとって良きことなのか悪しきことなのかは、そう簡単に結論づけられない。

けれど、この計画はすでにアメリカに感づかれている。小柳という政治家を役者として使ったこの企みのおおよそも、その台本を書いているのが戸埜村だということも、すでにバレているんだろう。今日のところはなんとか急場をしのいだが、遅かれ早かれ、再びアタックを食らうだろうし、この次は今回のような間抜けな真似はしてくれないだろう。

「あんたは、さっき俺を守りに来たと言ってたね」

「できればそうしたい」と真行寺は言った。「けれどこうなっては俺の腕じゃとても無理だ」

戸埜村は、失望と失笑が入り混じった息を吐いた。

「とりあえずの安全地帯は留置場の中だな。とにかくあんたを逮捕して警察署の中に保護する。アメリカ映画じゃあ刑務所で殺されることが結構あるが、日本は安全だから安心してくれ」

「冗談じゃない」と戸埜村は言った。「勾留されている間にことが好転するとも思えない」

そりゃそうだ、と真行寺も認めた。

すべてを打ち明け、知ったことで、緊張がとけて、ふたりの言葉遣いはぞんざいになっていた。戸埜村が口を開き、じゃあ俺から提案させてもらうよ、と切り出した。

「広尾《ひろお》まで俺の護衛をしてくれ」

広尾か。スマホを取り出して時計を見た。まだ地下鉄は走っている。元町からみなとみらい線に乗れさえすれば、そのまま中目黒《なかめぐろ》まで行ける、そこから日比谷線に乗り換えて、広尾までは十分もかからないだろう。

「広尾になにがあるんだ」

「広尾っていうか麻布《あざぶ》だけどな。中国大使館に行くよ。そこで保護を求める。万が一の時にはそうすることになっているんだ」

戸埜村は立ち上がった。そうして立ち入り禁止のパーテーションのロープを跨いで関羽の像に近づいたかと思うと、その着物の裾に手を突っ込んだ。そうしてしばらく中をまさぐっていたが、やがて引っこ抜いたその手は茶封筒を一通摑んでいた。

戸埜村は戻ってくると、それを開封し、中の書類をスマホの灯りで照らして読んだ。横から覗き込むと、紙の上にはびっしり漢字だけが並んでいた。中国語だった。ヘッドラインの大文字の中には、〝特別〟や〝保護〟〝許可〟という文字が並んでいた。万が一この計画が、露見したり頓挫《とんざ》したりした場合には、日本やアメリカが手出しのできない中国圏内に逃げ込んでいいということになっているらしい。早い話が、戸埜村は工作員《エージェント》であり、それがバレたので亡命するということだ。

状況を考えれば、妥当な判断のように思えた。しかし警察官である真行寺にとっては、相手の身分を突き止めた上で、亡命の手助けをするなんて言語道断である。「守りに来た」なんてかっこつけて言わなければよかった、と真行寺は後悔した。

もっともこれは口約束だ。できないと断って、一一〇番通報して県警に引き渡すことはできる。中国大使館まで護衛してやると言って、捜査権が警視庁にある都内に入ってから逮捕してもいい。捜査方法ではまた水野から叱責を食らうだろうが、中国の工作員を挙げたということになると、最終的にはプラマイゼロ以上に評価される気がする。この年齢《とし》になるまで巡査長でやってきたのでいまさら褒められたくもないが、また監察に呼び出されてネチネチといじめられるのは嫌だ。

「しかし、この時間じゃ大使館は閉まっているだろう」ととりあえず真行寺は逃げを打った。「朝一番で飛び込めるよう近くまで移動しておく。確かにここは横須賀基地からも近いし、これからパトカーも集まってくるだろうから、早いうちに横浜を出ておきたい」

真行寺が答えに窮していると、急に激しい物音がした。誰かが、立てつけの悪い神殿入口の引き戸をガタガタやっていた。

真行寺は身構えた。警察ならばまず「出てこい」と外から呼びかけるはずだ。それも省いて突入しようとしているのだから、アメリカの戦闘員にちがいない。となると、最悪の展開である。扉が開いた。と同時に、闇から光が投げつけられた。しかし、覚悟していたよりもそれはずっと弱々しいものだった。さらに、光の向こうに浮かび上がった人影には、鍛え上げられた戦闘員らしさはまるでなかった。

「ナイナイ」と戸埜村は言った。いや、そう発音したように思えた。ナイナイってなんだと思っていると戸埜村がスマホの光を向こうに向け、その光が相手の顔を直射した。

婆さんだった。登龍房で編み棒を動かしていたあの婆さんが懐中電灯片手にやってきたのであった。婆さんはまた引き戸をガタガタいわせながら閉めると、近づいてきた。そして、スカートのポケットからなにか取り出すと、百円ライターで着火した。蠟燭《ろうそく》だった。それがコンクリートの床に立てられると、やわらかい仄明《ほのあ》かりが下から本堂を照らし出した。ここに潜んでいるのをあっさり見つけたということは、この潜伏法は祖母から孫に伝授されたものなのだろう。

婆さんはよろよろと戸埜村に駆け寄ると、抱きついて泣いた。ふたりは中国語で何か話していた。婆さんはおいおい泣いて、なにかをしきりと訴えていたが、戸埜村はこれを宥《なだ》め慰《なぐさ》め、語りかけていた。

突然、戸埜村が真行寺を手でさし示した。そして老婆に向かってなにか言った。中国語なのでわからない。言われた婆さんは孫に注いでいた視線をこちらに振り向けると、突進してきて、しなだれかかるように抱きついて、叫ぶように言った。

「お願いします。正隆を逃がしてやってください。お願いします」

いや、こればかりは引き受けられないんです、と言おうとしたが、

「死ぬような思いをしてなんとか日本に帰ってきて、やっと生活も落ち着いてきたと思ったら、こんどは孫が中国に逃げなきゃならないなんて」と泣かれると、この場でいやとは言えなくなった。

そのあとでまた祖母と孫のふたりは中国語での会話に戻り、徐々に婆さんの態度も落ち着いてきた。真行寺は婆さんに質問させてもらうことにした。

「いまお店の状況はどうなってますか。新たに警察官は来ましたか？」

「どんどん集まってるよ。店の前に停まってるパトカーの台数を数えたら、六台もあったからね」

「私が渡した紙はどうしましたか」

「やってきた警察に見せた。みんなで回し読みして、あちこちに電話をかけていた」

「最初にやってきたふたりと、客を殴った白人たちは？」

「逃げていったよ。白いやつらは無銭飲食だね」

「殴られた大きな男はどうしました」

「救急車で運ばれてた」

「運ばれるとき意識はありましたか」

「ああ、警察官となにか話をしていたね」

ということは当然、家入の口から真行寺の名前は出るだろう。非常に難しい状況に放り込まれたということになる。

もういいか、と戸埜村が言った。真行寺がうなずくと、もう行ったほうがいいというように、婆さんに本堂から出るよう催促した。真行寺はそれを引き留め、財布から一万円札を三枚抜いて差し出した。

「ご迷惑をおかけしました。ああいう状況だったのでお支払いできませんでした。これで足りるかどうかわかりませんが、食い逃げしたやつのぶんの足しにでもしてください」と言った。

婆さんは激しくかぶりを振って、札を摑んでいる真行寺の手を押し返した。そして、真行寺の手首を握ると彼の胸にぐいぐい押しつけながら、正隆を頼みますとくり返した。受け取ってもらわないと困るのだが、頑として老婆は譲らず、最後は手を後ろに回して、結局そのまま本堂を出て行った。

これは考えようによっては利益供与である。黒木が言った〝贈与の呪い〟ってやつをかけられたのかもしれない。状況はますます悪くなったな、と思いながら真行寺は札を財布に戻した。

さて、神奈川県警はどう動くだろうか。それは、聞き取り調査をどのように把握するかということに関わってくる。ともあれ、県警はまちがいなく混乱するだろう。

まず神奈川県警を名乗ったあやしいやつらがいる。婆さんに出来の悪い逮捕状を見せられた県警は、彼らがニセであるということを確定する。そして、そいつらが店を飛び出して逃げたってことになると、こいつらの捕捉が急務となる。それから、このニセ県警とどういう関係なのかはわからないが、入ってきた客をいきなり殴りつけて逃げた白人がいる。こちらは紛れもなく傷害罪だ。これも即刻捕まえなければならない。さらに無銭飲食が余罪としてある。しかも殴られて失神したやつは、警視庁新宿署の刑事だ。これもどういうことだかよくわからない。もっとわからないのは、新宿署の刑事がニコイチで動いていた真行寺という本庁の刑事で、こいつはニセ県警が連行しようとした対象、つまり戸埜村を連れて姿をくらましている。おまけに、抜銃までしたという。一刻も早い身柄の確保が必要だ。こうして聞き取り調査を進めていけばいくほど、県警は混乱する。

そして、あまたの警官が動員されることは確実だ。検問を突破して、麻布の中国大使館まで辿り着けるかどうかは賭けである。捕まったときの言い訳を考えておいたほうがいい。戸埜村を逮捕して連行中だったということにしよう。とりあえずそう思った。

そろそろ行こう、と戸埜村が言った。反対する理由は特になかった。ふたりして本堂を出て、鉄柵の門扉の潜り戸から通りに出た。この廟は脇道が交差する角に建立《こんりゅう》されている。この角を、大通りとは反対方向に、枝道を海のほうへ曲がった。そのまま海へと進めば、どこかに地下鉄の出入口を示す標識が見つかるはずだ。

それは黄色いコーヒーショップの横にあった。足早にそこに向かおうとする戸埜村の腕を摑んで真行寺が引き留めた。不思議そうに振り返る戸埜村に首を振って連れ戻し、真行寺は逆方向へと歩き出した。

「どうした」と戸埜村が訊いた。

「張られている。私服警官がうじゃうじゃ立っていた」

「わかるのか」

「まあ同業者だからな、立ち方を見れば大体わかる。——こっちも駄目だな」

下り方面の出入口にも同類が立っている。

「どうするんだ」

「仕方ない。飲酒運転だ」

「車はどこにある」

「山下公園の駐車場だ。行こう」

途中、横浜合同庁舎の近くで、コンビニに入り、尾行がないかどうかを確認した。そして、大通りを渡って、山下公園に入った。潮の匂いがした。

ゆっくりと駐車場に近づいた。そして、立ち止まった。遠くで幾筋もの光が舞っていた。制服警官が、駐車している車の中を照らして、無人かどうかを確認し、ナンバープレートを控えているのが遠目に見えた。真行寺は踵を返し、引き返した。

「電車も駄目、車も駄目、八方ふさがりだな」と戸埜村は言った。

ともあれ長居は無用だ。しかし、中華街にはもう戻れない。

「このあたりに公園はなかったっけ」

「あるよ。いちばん近いのは港の見える丘公園だ」

「あそこはカップルだらけだろ」

「カップルは人目を気にしないぞ」

「いや、あんなところにムサい男ふたりだと目立つ」

「だったら元町公園しかないな」

「行こう。そこで作戦練り直しだ」

真行寺は歩き出した。

「考えると妙案が出るのか」

背後で戸埜村が訊いた。

「わからん」

「じゃあ、さっさとタクシー捕まえちゃったほうが早いんじゃないか」

「こういう場合、警察はタクシー会社に連絡して、情報提供を求めるんだよ」

「こういう場合って」

「凶悪犯の逃走」

「まてよ、凶悪犯なのか、俺たち」

「銃を抜いたからな。これは日本の警察にとっては大事件だ」

「だけどあんたは警察官だろ、俺を守るために抜いたわけだろ」

「その理屈が通るまでには時間がかかる。日本では銃の所持者はすべて凶悪犯だ。とりあえずな。実際、そう対処するのが合理的だろ」

「なるほど」

夜の公園の暗い小道に入った。すると、ジリジリジリジリ！　と突然ベルが鳴った。昔の電車が発車する時に鳴らすベルの音に似ていた。夜の闇に響き渡るその音の源《みなもと》を、真行寺は耳を澄まし、視線を巡らして探した。しかし、音の原因は突き止められなかった。真行寺は目を閉じ再び耳を澄ました。オーディオファンなので耳を澄ますことは得意だ。音は公園の外から届けられている、と判断した。公園を飛び出て、比較的大きな通りの舗道に立って見渡した。

白い六角柱の古風な電話ボックスがあった。音の出所《でどころ》はそいつだった。通行人が不思議そうに見ている。学生らしきひとりが興味本位で近づいてドアを開けようとしてるところにダッシュし、突き飛ばした。なんだよオッサンいきなり、とぶつくさ言っているのにもかまわず、受話器を奪って耳に当てた。

「俺だ！」と真行寺は言った。

黒木だと思った。こんな形で連絡をしてくるのは黒木以外にいないのだ。しかし、さっきはちがった。暢気《のんき》なジャズが流れていた。あれはなにかの間違いだ。黒木なんだろ、この窮地を救ってくれ！

しかし、受話器から流れてきたのはやはり古くさいジャズだった。畜生！　と真行寺は受話器を叩きつけようとした。その手がフックの直前で止まった。さっきの曲とちがう。いや、曲は同じだ。演奏が違うだけだ。登龍房で聞いたのは、サックスのクインテットだった。今回はボーカル入りだ。突然切れた。続いて「シーバース」と〈オツレサン〉の声で聞こえた。

「もう一回、もう一回頼む」と真行寺は言った。

リクエストに応えたかのように、曲はもう一度始まった。ハスキーな女性ボーカルが歌い出した。なんだって？　したい　乗せる　あなたを　ボートに　中国……。あっ、これは——、

「中国行きのスロウ・ボート」じゃないか！

村上春樹が同名の小説を書くに当たってインスパイアされたと言っていた曲だ。こんな曲だったのか。ロックファンの俺には、しっかりしろと怒鳴りつけたくなるくらい眠たいサウンドだぞ。しかし、そんなことはこの際どうでもいい。真行寺は戸埜村に向かって言った。

「あんたを船に乗せる。例の用紙を見せて乗船させてもらうんだ。中国国籍の船内なら、日本の警察も駐日アメリカ軍もそう簡単には手出しできない」

「中国の船が接岸しているのか？」

「だと思う」

「だと思う、か。で、どこに？」

「さあな。中国商船は大抵はどこに着くんだ」

「いまは山下埠頭にはほとんど発着がない。出入りしているのは主に本牧《ほんもく》埠頭だ。けれど、埠頭はかなり広いぞ。——おい、ちょっと待てよ」

真行寺は再び公園に戻った。

「シーバースだ」

「曲が途切れると、そう言った。いや、そう聞こえた。シーバースを探そう。それしか方法はない」

「なんだって」

「曲ってなんだ。ちょっと待てよ、だからでかいんだって」

「そんなにでかいんだったら、案内図くらい掲示してるだろう」

そう言いながら、外人墓地の中を突っ切った。

「待ってくれよ、まさかシーバースってシーバスのことじゃないだろうな」

追いついてきて戸埜村が言った。

「シーバスか。そんな気もするな」と真行寺は言った。

「馬鹿、シーバスってのは、遊覧船だぞ」

ショックを受けたが、じゃあ、ちがうんだと言い返した。シーバスじゃなくて、やっぱりシーバースだ。そう言ってまた通りに出た。標識が山手本通《やまてほんどお》りだと告げていた。港の見える丘公園を抜けると、ちいさな橋があった。橋名板《きょうめいばん》には鷗橋《かもめばし》と記されてあった。そこを渡ったところで、スマホの地図で埠頭に入ったことを確認した。

本牧埠頭は確かにでかかった。ここからは大きく三つの突堤に分かれている。ちがう突堤に進んだら、またこのへんまで引き返してこなくてはならない。

「ちょっと待ってくれ、落ち着こうぜ」と追いついてきた戸埜村が言った。「シーバースって、それは確かなのか」

そう言われると不安になってくるが、真行寺はあえて、

「まちがいない」と保証した。

「英語なんだな」

「英語の発音に聞こえたな。巻き舌だったよ。rが入っていた気がする」

「バースでrが入っているのなら、birth だろう。バース《birth》なら生まれるって意味だ。場所柄を考えると、シーは海《sea》だな。シーバースって〝海の誕生〟か。おい、わけわかんないぞ」

「落ち着け」と真行寺は同じ言葉を返しつつ、歩みは止めなかった。

「とりあえずやってみるよ」

「やってみるって、なにを」

「俺はいちおう英文科卒だ。ただし読み書きも苦手なら、ディクテーション《書き取り》はもっと駄目なんだが」

「英文科出て、刑事やってるのか」戸埜村の声には呆れた調子があった。

「そうだ。ロックバンドでデビューし損ねてな」

戸埜村は肩をすくめて、

「で、なにをやるって?」と訊いた。

真行寺は、スマホの音声入力モードを日本語から英語に切り替えた。そして、メモ帳に向かって、さっき聞いたバースの発音にもっとも近くなるように口の中で舌を丸めて〝バース〟と発語した。その結果は真行寺を大いに失望させた。birth はまだしも、bath が出たり、

boss が出たりした。横から覗き込んでいた戸埜村が笑った。しかし、とうとう十回目に新しい綴《つづ》りの単語が現れた。

——berth

「どういう意味だ」と戸埜村が訊いた。

「知らん」

「英文科出てるんだろ」

「うるさい。わかんなきゃ辞書で引けばいいんだよ」

真行寺は辞書のサイトに飛んで、berth と打ち込んだ。

——寝台、段ベッド

なんだよ、これはと思った。さらに訳がわからなくなって腹が立ちさえした。すると隣から戸埜村が、

「これじゃないのか」と言って、その下の文字列を指で示した。そこには、

——(港の)投錨地　停泊位置　とあった。

そうか、シーは海《sea》じゃなくて、Cだ！　Cバースに碇泊している中国船に乗れってことだ！

すかさず、本牧埠頭の地図をネットで検索した。あった。Cバースは真ん中の突堤の海に向かって右側の岸壁にある！

「急ごう」と真行寺は言った。

スマホの地図アプリでルートを確認しながらなるたけ早足で歩いた。しかし、だだっ広いコンクリートの平面が海に向かって突き出ている埠頭は、徒歩で移動するにはかなり広い。また、Cバースに中国船が碇泊しているとしても、そいつがいつ出港するのかはわかっていない。辿り着いたら、いましがた出て行った貨物船の船尾が見えるだけ、なんてこともありうる。急ぐに越したことはない。

夜の埠頭は静かだった。だだっ広い道は、一台の車も通っていなかった。広い車道の真ん中を、ひたすら歩いた。潮の匂いがだんだん強くなった。しだいに、本当にCバースに中国行きの船が碇泊しているのだろうか、と不安になってきた。まさか中国地方、山口県下関《しものせき》港行きの朝日丸《あさひまる》が停まっているなんてことはなかろうな、などとくだらないことまで考えてしまう。

やがて、Cバースに近づくと、薄暗がりの向こうに、大きな船が黒いシルエットを月明かりに浮かび上がらせていた。その大きさからして外国船にまちがいない。

間に合ったぞ！　と思ったそのときだった。

強い光が浴びせかけられた。懐中電灯とは次元のちがう強烈で広大な光が照射され、一瞬で昼に変わった。岸壁には数多くのパトカーが並んでいた。いかにも刑事然とした連中が十人は佇んでいた。読まれていたんだ！　と思った。

「どうなってるんだ」

戸埜村の声はうわずっていた。

「悪かった」と真行寺は言った。

「どういうことだ」

「まんまとはめられた。おびき出されたんだ」

登龍房と公衆電話にかかってきた電話も罠《わな》だ。真行寺は上着の内側に手を入れ、リボルバーを抜いた。

「おい、多勢に無勢だぞ」戸埜村の声は震えていた。

「じゃあ両手を挙げて出て行くか。向こうはおそらくここで始末するつもりだ」

「そんなばかな」

「ここだと人目につかないからな。お誂え向きなんだよ」

そう言いながらも、どうしてこんな手の込んだことをする必要があるのか、とは思っていた。

「いったい、なにが起こっているんだ」

「すべて白状したんだろう。そこでやってきたのがあの連中だ」

真行寺は、シリンダーをスイングアウトさせ、銃弾が充塡されているのを確認した。

「よせ。そんなもの使ったらいよいよ収拾がつかなくなるぞ」

「とにかく、走れ」

「おい、冗談を言っている場合か」

「できればしたいよ、冗談にな」

そう言って真行寺は撃鉄を引いて叫んだ。

「走れ！」

戸埜村が地面を蹴って駆け出した時、また怒鳴るような声がした。

「五分後にテストだからな、すぐに戻ってこいよ」

なんだって、と思って真行寺は声の主を探した。釣り人が着るようなポケットがいっぱいついたカーキ色のベストを着てノートを開いていた。

「じゃあ、そろそろ再開しますので、トイレは早めにすましてください」と隣にいる人間が拡声器で叫んだ。「まもなくスタートです。スタッフはスタンバイお願いします」

なにかの撮影らしかった。真行寺はもう一度「行け」と戸埜村に言った。戸埜村はまた走り出した。

「そこ、ちょっとこっちに来て」

そう拡声器で言われたので、撃鉄を戻してから撮影部隊に歩み寄った。

「刑事だね」

助監督にそう言われて、「はい」と答えた。

「銃はもうもらった？」

「え、ええ」

「ちょっと見せて」

真行寺は見せはしたが手には取らせなかった。

「なんか、迫力ないなあ。どうします監督、これでいいですか」

助監督はディレクターズ・チェアに座っている白髪の老人に声を掛けた。老人はチラッと見て、

「なんて銃だよ、それは」

「ニューナンブです」と真行寺は応えた。

「どうしてそんなかっこ悪い名前の銃をぶらさげてんだ」

「すみません、これしかなかったもので」

「なんだって、お前持参してきたのか。まったくガンマニアをエキストラで使うなよ。おい、岡本《おかもと》、もうちょっと景気いいのを渡してやれ」

監督が振り向いてそう言うと、ディレクターズ・チェアの後ろで、地べたに尻をつけていたクルーカットの男は、横に置いていたでかいトランクから、自動拳銃を取り出した。

「じゃあ、これ。デザートイーグル」

渡された銃は熊でも撃つのかというようなシロモノだった。これが本物だったら、中途半端な構えで撃つと、発射の衝撃で腕が振られて肩を痛めてしまうだろう。

「刑事役にニューナンブは正解なんだけどね」とクルーカットの男は言った。「長谷部監督はリアリズムの人じゃないからさ」

そう言って男はまたディレクターズ・チェアの後ろに下がって地面に尻をつけた。

長谷部？　椅子に座っている老人は長谷部安臣か。真行寺はその横に立っているスクリプ

ターらしき女性が胸に抱く台本の表紙を見た。

――『横浜無宿　最終章 涙の汽笛』

おいおい、俺は『横浜無宿』にエキストラで出演するのか、しかも刑事役で。

「録音の井澤《いざわ》さんがまだだな、どうしたんだ」拡声器を提げた助監督が言った。

「録音部隊は、汽笛を生録するっていって、あっちに行きました。中国行きのデカい船が出港するので、その時に汽笛を録るそうです」

「おいおいマジかよ。雰囲気を盛り上げるために鳴らしてる観光船とちがって、貨物船は出港で汽笛なんか鳴らさないって教えたのに」

「鳴らないのなら鳴らしてくれと頼むまでだ、なんて言ってましたよ」

「相変わらず強引だなあ、井澤さん。そんなの、ライブラリーの音源を使えばいいじゃないか」

などとぶつぶつ言っていると、ディレクターズ・チェアに座って紙コップでなにか飲んでいた監督が、

「そう言うな。井澤が録りたいって言ってんだから録らしてやれ」と言った。

助監督は、はいと言って頭を軽く下げたが、わざとらしく腕時計を見て、

「この調子だと明ける前に撮り終えられるかビミョーなんだよな」と口の中でブツブツ言ってはいた。

汽笛が鳴った。

「おお、鳴った」と誰かが言った。

「いい音だなあ」と他の誰かが言った。

真行寺もそう思って、Cバースのほうを見た。黒い船影がゆっくり岸壁を離れていった。

船尾に〝龍門〟という文字が見えた。

戸埜村は乗船できただろうか。電話しようかと思った。携帯の番号は尾関幸恵からもらっていたから。けれど、よした。査問会議にかけられたら、電話の履歴は調べられる。乗れなかったらまた戻ってくるだけだ。そうするしかないのだから。

「渡部達彦さん入ります」という声がして、主演俳優らしき男が上着を脱いでカメラの前に歩み出た。このシリーズの主人公、港トオルを演じる俳優としては三代目になる若手だ。ちょっとマスクが甘すぎる気がした。初代のような無骨な面構えをした俳優はいまは少なくなっているのだろう。

監督が立ち上がり渡部と芝居の打ち合わせをはじめた頃、先にマイクをつけた棹《さお》を担いだ女と、レコーダーを首から提げた男を従えた老人が、煙草《たばこ》をふかしながら現場に戻ってきて、ディレクターズ・チェアから少し後方に設置された録音ブースの椅子に、「やっぱり本物はちがうね」などと言いながら座った。

「マスターショットから撮ります」と助監督が言った。

「あいよ」と言いながら録音技師はヘッドホンを被った。

助監督が拡声器を口元に持っていった。

「すみません、刑事役はこちらのコンテナの後方に、蛇頭《スネークヘッド》は倉庫の陰に移動願います」

そう言われて真行寺も重たいモデルガンを提げて、コンテナのほうへ移動した。渡部達彦もこれまた大きな銃を手にしてやってきた。

助監督がまた叫ぶように言った。

「シーン128、一連でまずマスターショット撮ります。本テスです。よろしくお願いします！」

はい、カメラ回りました。音、回りました、という声が聞こえた。長谷部監督がメガホンを口にあてた。

「よーい、アクション！」

撮影は未明まで続いた。真行寺はなんどか監督に「もうちょっと刑事《デカ》らしくやれんのか！」と怒鳴られて、その度にすいませんと謝りながら、コンテナの陰から蛇頭がいる想定になっている倉庫に向かってモデルガンの引き金を引いた。

戸埜村の姿を再び見ることはなかった。おそらくなんとか乗船できたんだろうと思いながら、真行寺はパンパンと撃ち続けた。

5　マシなほうを選んでもらうしかありません

最後のオーケーが出たあと、主演俳優にお疲れ様でしたと花束が贈られ、みんなが拍手した。続いて助監督が「『横浜無宿　最終章 涙の汽笛』これにてオールアップです！」などと宣言すると、輪になったスタッフやキャストからまた拍手が起こり、撮影現場というのはこうなっているのかとものめずらしく思いながら、真行寺も手を叩いた。

それから埠頭には、キャンプ用のテーブルが組み立てられて広げられ、その上にどこかから調達してきたらしき寿司や乾き物や缶ビールが並べられて、このささやかな宴会に真行寺も加えてもらった。

とにかく終わったという安堵感がスタッフや役者陣の間に漂っていた。真行寺は、今日はいろんなことが起こりすぎたという思いに囚《とら》われ、さらにこの一件がどう収まるのだろうかという憂いもくすぶって、落ち着かないまま、しかし表面《おもてづら》は暢気に撮影チームとかっぱ巻きをつまんでビールを飲んでいた。

おい、と監督が真行寺に声を掛けた。

「お前、山崎《やまざき》のところのもんか」

なにを訊かれているのかわからないのでまごまごしていると、さっき銃を渡してくれたクルーカットの男が、

「いや山崎さんのところでは見ない顔ですね」と言った。

「どこに所属しているんだ」

どうやら所属事務所を訊いているらしかった。その方面だと嘘も思いつかないので、「警視庁です」と言った。

居合わせた連中がどっと笑った。

「とんでもないやつだ」と監督もニヤニヤしながらプラスチックのコップからビールを飲んで、「まだ役になりきってやがる」と言った。


飲んでいるうちに、夜はすっかり明けた。朝の波止場にでっかいトラックが行き来しはじめた。撮影隊も、若いスタッフがゴミをビニール袋に入れだしたのをきっかけに、撤収作業にとりかかった。やがてテーブルや椅子もたたまれて、無愛想なコンクリートの地面がそこに残された。スタッフはそれぞれ自分が担当する機材をトラックやバンに積み込み、荷台の扉やバックドアを閉めて、施錠した。

スタッフは二台のロケバスに分乗して東京に戻るということが、漏れ聞こえてくる会話でわかった。一台は渋谷に、もう一台は新宿に向かうようだ。真行寺は新宿行きに乗せてもらった。ショートメールを一本送ってから、眠ることにした。そうして、うつらうつらしながら都心へと運ばれて行った。

新宿郵便局前でバスは停まった。降りてすぐに電話をすると、水野玲子はすでに近くの喫茶店で待っていた。二十四時間営業のカラオケボックスのフロントで改めて待ち合わせ、比較的ちいさな部屋に入った。

「休みの日なのにすみません」と真行寺は謝った。

「まあ来ないわけにはいかないわね。『なるべく早いタイミングで耳に入れておいたほうがいい』なんてメールをもらったら。さてと、洗いざらい吐いてもらおうか」

真行寺は昨日の朝から今朝にかけて起こったことを、黒木が絡むところはうまく飛ばしつつ、順を追って話した。

水野はコーラを飲みながら聞いていたが、真行寺が話し終えると、深いため息をついたあとでポツリと言った。

「それは命を狙われてもしょうがないわね」

この台詞が、日本の現状を鑑《かんが》みて出たものなのか、水野の個人的価値観を反映している言葉なのか、判断がつかなかった。

「考えようによっては」と水野は言った。「あなたは中国のスパイをそれと知りながら逃がしたことになる」

真行寺は黙っていた。

「ただ、命を狙われている人間を救ったと見ることもできる」

真行寺はうなずいた。

「あなたのとった行動をどちらで意味づけるかは人によります」

そうなのかと思い、そうなんだろうなと思った。

「ただ、これをそのまま報告すると、前者で判断されると思うな」

水野はいつもは後ろで縛っている髪を肩で揺らしながら、やれやれというように首を振った。

「発砲はしていないわけよね」

「はい、抜きはしましたが撃ってません」

「じゃあそこに賭けてみるか」

水野はそう言って立ち上がった。

「とりあえず月曜は普通に出勤しなさい」

わかりました、と真行寺は言った。じゃあ、私はこれからジムに行くからと言って水野は出ようとした。真行寺は、いちおう聞いておきますが、とその背中に声を掛けた。

「課長の判断はどちらですか」

水野が振り返った。

「スパイを逃がしたイカレポンチか、人命を救助した英傑か、さてどちらだろうね」

真行寺は上司の評価を待った。

「どちらかというと前者かな。ただイカレポンチを暴走させたとなると、私の立場も危うくなるから、後者のほうになんとか誘導するように努力します」

さびしい言葉を残して敬愛する上司は出て行った。

二時間で予約したので、時間がすこし余った。真行寺はひとりでビートルズの「キャント・バイ・ミー・ラブ」を歌った。

買うとは、マネーを差し出してモノを手中に収めることだ。これは、マネーとモノが同じ価値を持つという了解のもとで行われる交換である。なんでも買えるってことは、すべての価値は数字に置き換えられるってことでもある。自然だって人間だって。

金があればなんとでも交換できる。できないものがありそうだが、突き詰めていくとなんでもオーケーというのが現実だ。人を殴って慰謝料を払う時、暴力と金を交換している。臓器だってほとんどが金と交換可能だ。精子や卵子にだって値がつく。もう少し経てば個々人の遺伝子情報も金と交換されるようになる。インドの寒村では娘が金に換算されて売春宿に売られている。

「キャント・バイ・ミー・ラブ」を歌い終わり、満足できない真行寺は金にまつわる曲を次々と歌った。シンディ・ローパーの「マネー・チェンジズ・エヴリシング」、ブラーの「カントリー・ハウス」、ペット・ショップ・ボーイズの「オポチュニティーズ」、ダイアー・ストレイツの「マネー・フォー・ナッシング」。ストラングラーズの「グリップ」はカラオケにはなかった。

黒木は、あいつが俺に協力するのは対価を求めているわけじゃなくて贈与なんだと言った。そして自分がなにかものを頼んだ時には断りにくいでしょうと迫った。これを言われた時には正直言うとちょっとビビった。なにせ黒木は公安警察に追われている身である。けれど、こういうベタベタした人間関係も、相手によっては悪くない。もっとも、元AV女優の知人は、自分の身体をレンタルして対価を得ているだけだ、と言っていた。だとしたら、こちらは交換だ。そう思うほうが気が楽なんだろう。

　人は交換という考えに馴染んだ。市場に代わるものなし、という考えが地球の隅々まで覆い尽くそうとしている。かつてはこのような考え方を拒否した共産主義の二大大国のうち、ソ連はビッグバンのような崩壊を来《きた》し、その後に社会主義の理想とはかけ離れた格差社会が残った。人民公社が解体されたあとの中国はじわじわと市場万歳路線に舵を切って、ついに今回の事件が起きるまでにその経済を強大なものにした。

　歌い終わって部屋を出た。立ち食いの店でかき揚げ蕎麦《そば》をすすってから、中央線に乗った。電車は案外と混んでいた。国立《くにたち》でようやく座った。眠いのと疲れていたのとで、高尾駅からはタクシーを使った。

　赤いレンガの自宅の駐車場には、屋根にパラボラアンテナを載せた大型バンが昨日のまま停まっていた。バンのドアは開かれていて、ヘッドセットを装着した男がふたり、いくつものモニター画面を前に座っているのが見えた。森園がカーリー・フィリップスの中国公演に5Gを経由して参加する日であった。この年齢《とし》になって徹夜はつらいが、いくら自分の家だとはいえ、この状況で自室のベッドに潜り込んで寝るというわけにはいかないだろう。それでも、思い切ってドアのノブを回して開けた。スタッフは玄関先まで溢《あふ》れていた。一番手前にいた男が振り返り、

「どちら様ですか」と言った。

いや、ここのオーナーなんですが、いまどのような状況ですかなどと言っていると、真行寺の声を聞きつけたのか、サランがやって来た。

「ごめんなさい、いまは中に入れる状況じゃないので、こちらにお願いします」と言って連れ出された。

家から少し歩いたところの空き地にもう一台バンが駐車していた。サランは、ドアを開けて、

「すみません、うちの顧問が入ります」と中に声を掛けた。

バンの運転席と助手席のひとつ後ろの列には、スーツ姿のと、七分袖のニットにキャップを被ったのと、どちらも三十代半ばくらいの男が首にヘッドフォンをかけて座っていた。ふたりは頭をぺこりと下げると、どうぞと言った。スーツの男は名刺をくれた芳原だった。キャップの男も昨夕にうちで見た顔だった。お邪魔しますと言って、このふたりの後ろの列の奥に陣取った。あまり居心地のいい状況とは言えなかったが、とにかく疲れていたので座りたかった。目の前の前席の背もたれには、旅客機のシートのように、液晶モニターが埋め込まれていて、そこには開演前の中国の薄暗い会場が映し出されていた。前列のふたりの前にはもう少し大きなモニターが設置されていた。

「あと五分です」とニットにキャップの男が振り向いて言って、前から紙コップをふたつ差し出してきた。ありがとうございますと隣の席からサランが受け取って、真行寺にひとつ渡

した。コーヒーだった。いらないと思ったが、面倒なのでさっさと飲んで、空のコップを床に捨てて目を閉じた。サランの声が聞こえた。

「ボビーさんは？」とサランが言った。

面倒な質問だなと思い、無視した。

「ちょっと寝る。森園が出る時に起こしてくれ」

昨夜は寝てないんだ、とつけ加えてシートを倒すとすぐに意識は朦朧《もうろう》とした。まどろみの中で、黒木のことを思った。いつものように電話で会話ができなかったのは、おそらく、すでに空の上にいて、機内 Wi-Fi を使って〈オツレサン〉経由でコンタクトしてきたんだろう。前もって、あの Gmail のアカウントにメッセージが残されてないか確認しておくべきだった。

この公演を黒木に見てもらいたいサランは、日時は伝えてあるにちがいない。出資者に自分の仕事を見て欲しいということなんだろうが、別の意味があるのかもしれない。それが面倒だった。空の上の黒木はおそらく見ていない。

こんどは海の上の戸埜村のことを思った。あいつはもう日本の海域を出ただろうか。これからは中国人として生き、やがて、日本が中国の属国になればふたたび大手を振って戻ってくる、そういうつもりでいるのだろうか。

拍手が聞こえた。カーリー・フィリップスの中国公演が始まったようだ。真行寺は目を開けなかった。流れ出したピアノのイントロで、ジョン・レノンの「イマジン」を幕開けに持ってきたことがわかった。なるほど。米中貿易摩擦が過熱化する中、中国市場に進出したい米国アーチストは、国境なんてないんだと宣言することでこのコンサートを始めようという魂胆なのだ。

けれど、国境はある。国もある。厳然としてある。どうする、ジョン。国境なんてないとお前は夢見たけれど、俺が見た夢の中では、マネーの記号、¥とか£とか$とか€とか₣とか฿が浮遊していた。マネーこそが、共同体を深部で結びつけ、その外部に境界線を引くのだ。しかし、また新しいマネーが共同体と共同体の境界に生まれると、マネーがこれを取り持って、境界を曖昧にし、両者をひとつにして、奥底を流れ始める。オプティコインの出現はジョンの夢を実現しているのかも知れない。けれど、その現実は俺には悪夢に思える。ジョン、お前はあんな風におごそかに夢を歌うべきじゃなかったぞ。お前はシャウトするべきだったんだ。そのシャウトで風穴を空け、遠くの風景を垣間見せて欲しかった。資本主義の向こうを、等価交換の向こうを、人間が人間であることを。

まどろみは白く混濁し、真行寺は眠りに落ちた。時々、音楽が聞こえ、夢の中のとめどない風景と交じり合った。そして肩を叩かれて目を覚ました。

「出ますよ」とサランの声がした。真行寺はシートを起こし、ヘッドフォンを被った。目の前の液晶画面では、カーリーが曲の間に喋っていた。ここで私のアジアの友達を紹介させてください、日本から華威の5Gの回線経由で参加してくれますミノル・モリゾノ。――なんてことを言って、画面が切り替わると、草原の中で機材に囲まれている森園が現れた。竹林はやめたらしい。なんだかモンゴルみたいだがしかたがない。機材の上には〈オツレサン〉

が置かれていて、ここから中国につながっているんだということを宣伝していた。

曲が始まった。意外にもハードなロックンロールだった。曲の後半から森園は音を出し始め、さらにソロも取った。曲の調性をことごとく無視したノイズを溢れさせて、サウンドをいっそう前傾させた。いいじゃないかと真行寺は思った。ここんところ、汚れた食器をためるな、ゴミを捨て忘れてるぞ、買ってくる弁当のセンスが悪い、などと小言ばかり言っていた森園にひさしぶりに敬意を抱いた。次のバラード調の曲では、カーリーのボーカルを取り込み、リングモジュレーションをかけたり、妙な和音を追加したりして、不思議な趣向を加味していた。

最後の曲が終わり、カーリーとバンドは袖に引っ込んだ。投影されていた森園の映像も徐々に暗くなって消えた。そしてアンコールの拍手を浴びながら、カーリーがバンドを引き連れて、もう一度ステージに現れると、森園の映像がまた浮かび上がった。

カーリーはマイクを握ってメンバー紹介を始めた。リズムギターとパーカッションには中国系アメリカ人が配されていた。森園はシンセサイザープレイヤーとして紹介された。そして、このコンサートに多大な協力をしてくれた華威と日本のソフト・キングダムに感謝しますと言ったあと、最後にすこし個人的なことを話させてくださいと改まった。

「私の祖父はニューヨークのチャイナタウンの中国人の家庭に生まれました。ですから私には四分の一中国人の血が流れています。ニューヨークに住むイタリア系アメリカ人がピッツァを食べて大きくなったように、私は祖父のチャーハンを食べて育ちました。中国は私のふるさとでもあります。どちらにより多くの親しみを持つかなんてそう簡単には決められないほどです」

これは律儀にも中国語に同時通訳され、音声が会場に響いた。念が入っているな、と真行寺は苦笑した。

では最後にいつもはやらないような曲を今日は特別に、とカーリーは言って、ワン、ツー、スリー、フォと指を鳴らして軽やかにカウントした。曲が始まった。のどかなジャズだった。あれれ、この曲は？　と思っていると、イントロが終わり、カーリーの甘い声は旅心地《たびごこち》に染まったラブソングを歌い出した。

「中国行きのスロウ・ボート」だった。

中国の観客へのサービスなんだろう。

こんな曲で森園はどういう風に参加するんだろうかと心配になった。森園はやはり暗い響きを加味することでこのハッピーな曲に多少やけくそ気味に、どこか不安な影を添えた。ステージのカーリーはやや苦笑気味だったが、真行寺はとてもよいと思った。

曲が終わった。カーリーがもう一度メンバーを紹介した。紹介されたメンバーは、自分が担当する楽器から短く音を出して応答した。森園の番が回ってきた。オン・シンセサイザー、ミノル・モリゾノと呼ばれて、森園は、キーボードの鍵盤をヒョイと押した。

サンプリングされた〈オツレサン〉の声が出た。

マシなほうを選んでもらうしかありません。

【参考文献】

『変貌する資本主義と現代社会』（正村俊之著 有斐閣）
『奇跡の経済教室 基礎知識編 戦略編』（中野剛志著 ＫＫベストセラーズ）
『マネーの魔術史 支配者はなぜ「金融緩和」に魅せられるのか』（野口悠紀雄著 新潮選書）
『平成金融史 バブル崩壊からアベノミクスまで』（西野智彦著 中公新書）
『経済政策 不確実性に取り組む』（松原隆一郎著 放送大学教育振興会）
『グレイトフル・デッドにマーケティングを学ぶ』（デイヴィッド・ミーアマン・スコット、ブライアン・ハリガン著 渡辺由佳里訳 日経ＢＰ）
『この金融政策が日本経済を救う』（高橋洋一著 光文社新書）
『現代経済学』（瀧澤弘和著 中公新書）
『論理の方法』（小室直樹著 東洋経済新報社）
『ゼロデイ 米中露サイバー戦争が世界を破壊する』（山田敏弘著 文藝春秋）
『カイエ・ソバージュ 第三部 愛と経済のロゴス』（中沢新一著 講談社）
『「影の銀行」の謎を解く』（津上俊哉著 Kindle版 ＰＨＰ研究所）

畏友 重枝義樹氏との雑談の中から本作は生まれた。とりとめのない四方山話に長時間付き合ってくれた重枝氏に厚く御礼申し上げる。

著者

文中の引用は、村上春樹著『中国行きのスロウ・ボート』(中公文庫)によりました。

実在する団体等が登場いたしますが、この作品はフィクションです。

本書は書き下ろしです。

中公文庫

エージェント
——巡《じゅん》査《さ》長《ちょう》 真《しん》行《ぎょう》寺《じ》弘道《ひろみち》

2019年11月25日　初版発行

著　者　榎《えの》本《もと》　憲《のり》男《お》

発行者　松田　陽三

発行所　中央公論新社
〒100-8152　東京都千代田区大手町1-7-1
電話　販売　03-5299-1730　編集　03-5299-1890
URL http://www.chuko.co.jp/

ＤＴＰ　嵐下英治
印　刷　三晃印刷
製　本　小泉製本

Printed in Japan　ISBN978-4-12-206796-7 C1193

中公文庫既刊より

え-21-1
巡査長 真行寺弘道　榎本憲男
五十三歳で捜査一課のヒラ捜査員——出世拒否×バツイチ×ロック狂のニュータイプ刑事登場。圧倒的なスケールの痛快エンターテインメント！〈解説〉北上次郎
206553-6

え-21-2
ブルーロータス 巡査長 真行寺弘道　榎本憲男
真行寺弘道は、五十三歳で捜査一課ヒラ刑事という変わり種。インド人の変死体が発見され、インドを専門とする若き研究者・時任の協力で捜査を進めると……。

206634-2

え-21-3
ワルキューレ 巡査長 真行寺弘道　榎本憲男
元モデルだという十七歳の少女・麻倉瞳が誘拐された。真行寺刑事は、評論家デボラ・ヨハンソンの秘書を務める瞳の母に、早速聞き込みを始めたが——。

206723-3

な-70-1
黒 蟻 警視庁捜査第一課・蟻塚博史　中村 啓
「黒蟻」の名を持つ孤独な刑事は、どこまで警察上部の闇に食い込めるのか？ このミス大賞出身の実力派作家が、中公文庫警察小説に書き下ろしで登場！

206428-7

な-70-2
ZI-KILL 真夜中の殴殺魔　中村 啓
警察官の父が失踪してから、自分の中に現れた凶暴な別人格〈ハイド〉。そいつが連続殴殺魔なのか？ 自分の無実を証明するための捜査がはじまる！

206738-7

ひ-21-11
猿の悲しみ　樋口有介
弁護士事務所で働く風町サエは、殺人罪で服役経験を持つシングルマザー。ある日、出版コーディネーターが殺された事件についての調査を命じられる。

206141-5

ひ-21-13
遠い国からきた少年　樋口有介
芸能界のフィクサーと呼ばれる男が、要求されている賠償金額を減らしたいと羽田法律事務所を訪れた。謎多き美脚調査員が、アイドルグループの闇を暴く！

206570-3

各書目の下段の数字はISBNコードです。978-4-12が省略してあります。

番号	タイトル	サブタイトル	著者	内容紹介	ISBN
ひ-35-1	刑事たちの夏(上)		久間 十義	大蔵官僚の墜落死を捜査する強行犯六係の松浦警部補は、他殺の証拠を手にした。しかし、大蔵省と取引した上層部により自殺と断定され、捜査は中止に……。	206344-0
ひ-35-2	刑事たちの夏(下)		久間 十義	松浦は、北海道のリゾート開発に絡む不正融資事件を追う。鍵を握る、墜落死した官僚の残した「白鳥メモ」は、誰の手元にあるのか――。〈解説〉香山二三郎	206345-7
ひ-35-3	ダブルフェイス(上)	渋谷署8階特捜本部	久間 十義	渋谷区円山町のラブホテル街で女性の扼殺死体が発見された。キャリアOL殺人事件の被害者周辺を調べると、大手電力会社や政治家、銀行をめぐる〈不適切な融資〉疑惑が浮上してきて……。	206415-7
ひ-35-4	ダブルフェイス(下)	渋谷署8階特捜本部	久間 十義	捜査一課の根本刑事らが、外資系一流企業で男たちに伍して働いていた彼女は、誰に、なぜ殺されたのか!?	206416-4
ほ-17-1	ジウI	警視庁特殊犯捜査係	誉田 哲也	都内で人質籠城事件が発生、警視庁の捜査一課特殊犯捜査係〈SIT〉も出動するが、それは巨大な事件の序章に過ぎなかった! 警察小説に新たなる二人のヒロイン誕生!!	205082-2
ほ-17-2	ジウII	警視庁特殊急襲部隊	誉田 哲也	誘拐事件は解決したかに見えたが、依然として黒幕・ジウの正体は摑めない。捜査本部で事件を追う美咲。一方、特進をはたした基子の前には謎の男が! シリーズ第二弾。	205106-5
ほ-17-3	ジウIII	新世界秩序	誉田 哲也	〈新世界秩序〉を唱えるミヤジと象徴の如く佇むジウ。彼らの狙いは何なのか? ジウを追う美咲と東は、想像を絶する基子の姿を目撃し……!? シリーズ完結篇。	205118-8
ほ-17-4	国境事変		誉田 哲也	在日朝鮮人殺人事件の捜査一課の男たち。警察官の矜持と信念を胸に、公安部と捜査一課で対立する境の島・対馬へ向かう。〈解説〉香山二三郎	205326-7

各書目の下段の数字はＩＳＢＮコードです。978－4－12が省略してあります。

ほ-17-5
ハング
誉田　哲也
捜査一課「堀田班」は殺人事件の再捜査で容疑者を逮捕。だが公判で自白強要の証言があり、班員が首を吊った姿で見つかる。そしてさらに死の連鎖が……誉田史上、最もハードな警察小説。
205693-0

ほ-17-7
歌舞伎町セブン
誉田　哲也
『ジウ』の歌舞伎町封鎖事件から六年。再び迫る脅威から街を守るため、密かに立ち上がる者たちがいた。戦慄のダークヒーロー小説！〈解説〉安東能明
205838-5

ほ-17-11
歌舞伎町ダムド
誉田　哲也
今夜も新宿のどこかで、伝説的犯罪者〈ジウ〉の後継者が血まみれのダンスを踊る。殺戮のカリスマvs.新宿署刑事vs.殺し屋集団、三つ巴の死闘が始まる！
206357-0

ほ-17-12
ノワール　硝子の太陽
誉田　哲也
沖縄の活動家死亡事故を機に反米軍基地デモが全国で激化。その最中、この国を深い闇へと誘う動きを、東警部補は察知する……。〈解説〉友清　哲
206676-2

わ-24-1
叛逆捜査　オッドアイ
渡辺　裕之
捜一の刑事・朝倉は自衛官の首を切る猟奇殺人事件を捜査していた。古巣の自衛隊と米軍も絡み、国家間の隠蔽工作が事件を複雑にする。新時代の警察小説登場。
206177-4

わ-24-2
偽証　オッドアイ
渡辺　裕之
サバイバル訓練中の死亡事故を調べるため、自衛隊特戦群出身の捜査官・朝倉は離島勤務から召還される。ミリタリー警察小説、第二弾。
206341-9

わ-24-3
斬死　オッドアイ
渡辺　裕之
グアム米軍基地で続く海兵連続殺人事件。ＮＣＩＳから召還された朝倉は、異国で最凶の殺人鬼と対決する。自衛隊出身の捜査官「オッドアイ」が活躍するシリーズ第三弾。
206510-9

わ-24-4
死体島　オッドアイ
渡辺　裕之
虫が島沖で発見された六つの死体。謎の孤島に単身潜入した元・自衛隊特殊部隊の警察官・朝倉に襲い掛かる影の正体は⁉「オッドアイ」シリーズ第四弾。
206684-7